KB024759

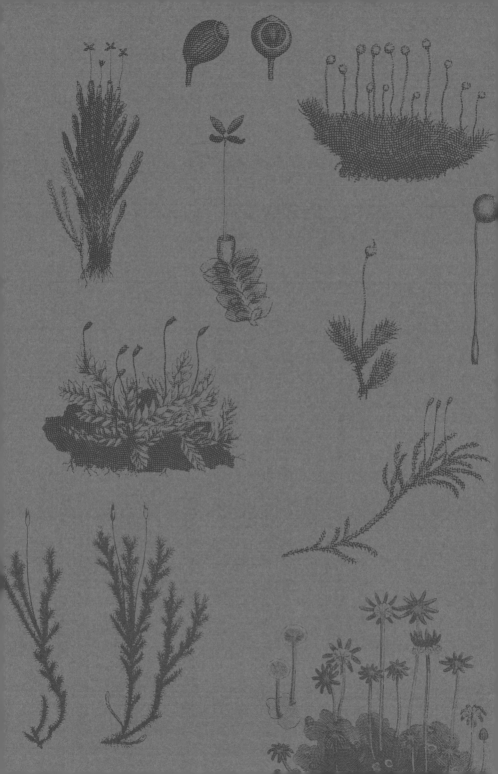

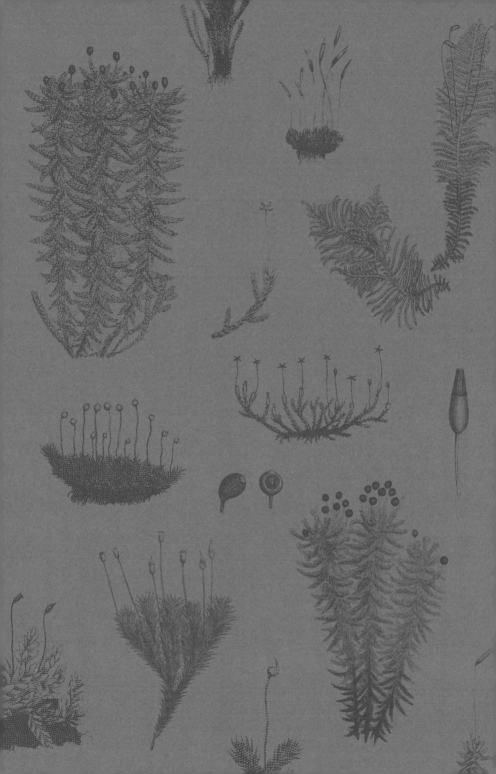

이끼와 함께

일러두기

o 괄호 안의 내용은 지은이의 주이며, 옮긴이 주는 글줄 상단에 맞추어 작게 표기했다.

o 책, 신문, 잡지는 《 》로, 방송, 영화, 글, 노래, 논문은 〈 〉를 사용했다.

o 생물 외 고유명사의 표기는 국립국어원의 외래어 표기법을 따랐으나, 일반적으로 통용되는 표기가 있을 경우 이를 참조했다.

o 라틴어 속명이나, 속명과 종소명이 결합한 라틴어 학명은 이탤릭으로 표기했다.

o 이끼의 이름은 대부분 국립생물자원관의 '한반도의 생물다양성'에 등록된 우리말 이름(보통명)으로 옮겼으며, 그렇지 않은 경우는 통용되는 이름이나 학명 발음을 우리말로 옮겼다.

o 원서에 속명으로만 표기된 이끼의 경우, '솔이끼속'처럼 대부분 모식종의 우리말 이름에 '속'을 붙여 옮겼으나, 문맥과 가독성을 고려해 일부는 해당 속의 특정 종명이나 모식종의 우리말 이름만으로 옮겼다.

o 이끼는 관다발이 발달하지 않아 진정한 의미의 잎과 줄기로 분화되지 않았지만, 원서와 학계 모두 '잎', '줄기' 라는 용어를 관용적으로 써 그대로 옮겼다.

—

GATHERING MOSS: A Natural And Cultural History Of Mosses by Robin Wall Kimmerer

Copyright © 2003 by Robin Wall Kimmerer

All rights reserved.

This Korean edition was published by Nulwa Co., Ltd. in 2020 by arrangement with Oregon State University Press through KCC(Korea Copyright Center Inc.), Seoul.

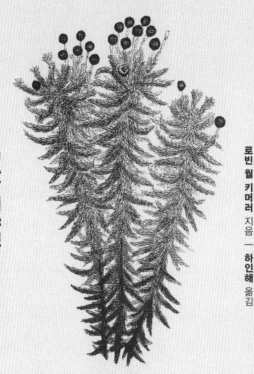

Gathering Moss

Robin Wall Kimmerer

이끼와 함께

로빈 월 키머러 지음 ― 하인해 옮김

작지만
우아한 식물,
이끼가 전하는
지혜

눌와

들어가는 글

이끼색 유리로 보는 세상

–

내가 '과학(아니 종교였나?)'을 경험한 가장 어렸을 때 기억은 오래된 강당에 모여 유치원 수업을 받았을 때다. 첫눈이 황홀하게 내리기 시작하자 우리 모두는 서리가 낀 창문에 코를 박고 바라봤다. 현명한 홉킨스Hopkins 선생님은 첫눈을 보고 흥분한 다섯 살배기들을 진정시키기란 어렵다는 걸 잘 아시고 우리를 데리고 밖으로 나갔다. 부츠를 신고 벙어리장갑을 낀 우리는 부드럽고 하얀 소용돌이 안에서 선생님 주변으로 모였다. 홉킨스 선생님은 주머니 깊숙이 손을 넣어 돋보기를 꺼냈다. 난생처음 돋보기로 본 눈 결정은 선생님의 군청색 모직 코트 소매에 흩어져 있어 밤하늘에 뜬 별과 같았다. 결코 그 모습을 잊을 수 없다. 열 배 확대한 눈송이는 정말 놀라우리만큼 복잡하고 정교했다. 눈처럼 작고 평범한 것이 어떻게 그처럼 완벽하게 아름다울 수 있을까? 눈을 뗄 수 없었다.

눈송이를 처음 보고 느꼈던 가능성과 신비로움을 여전히 기억한다. 세상은 눈에 보이는 게 다가 아니라는 생각이 그때 처음 들었고 지금도 자주 그런 생각을 한다. 모든 눈꽃송이가 투명한 별로 이루어진 우주임을 깨달은 후 나뭇가지와 지붕에 사뿐히 내려앉은 눈을 바라보

왔다. 눈이 품은 비밀은 눈부셨다. 돋보기 렌즈와 눈송이는 하나의 깨달음이었고 관찰의 시작이었다. 세상은 이미 아름답지만 가까이 보면 더 아름다울 것이라는 직감이 든 순간이었다.

이끼를 관찰하는 법은 내가 눈송이를 처음 본 기억과 비슷하다. 일상적인 인식의 한계 너머에 또 다른 차원의 미적 체계가 존재한다. 눈송이처럼 작고 또 완벽하게 정렬된 잎들, 본 적 없는 생물의 복잡함과 아름다움 같은 것들 말이다. 이때 필요한 건 집중력과 어떻게 관찰하는지에 관한 지식이다. 숲에 대한 비밀스러운 지식과 마찬가지로, 이끼도 자연의 풍경에 다가갈 수 있는 길임을 나는 깨달았다. 이 책은 그 풍경으로의 초대장이다.

이끼를 처음 본 후 삼십 년 동안 거의 항상 확대경을 목에 차고 다닌다. 확대경 줄은 내 메디신 백medicine bag, 아메리카 원주민이 목이나 허리에 차는 작은 주머니로 부적, 담배, 응급 약초를 보관한다의 가죽 끈과 물리적으로 그리고 은유적으로 뒤엉킨다. 나는 식물 그 자체, 과학자로서 수행해온 연구, 포타와토미Potawatomi족 후손으로서 전통 지식에 대해 본능적으로 갖는 애정을 비롯해 여러 원천에서 식물에 관한 지식을 얻었다. 대학에서 식물의 학명을 배우기 훨씬 전부터 식물은 내 선생님이었다. 주관과 객관, 영혼과 물질이라는 식물에 대한 두 관점은 내 목을 감싼 두 개의 줄처럼 대학에서 뒤엉키듯 섞였다. 내가 식물학을 배운 방식은 식물에 대한 내 전통 지식을 주변으로 밀어냈다. 이 책을 쓰는 것은 전통 지식을 회복해 올바른 자리를 되찾아주는 과정이었다.

옛이야기에서 개똥지빠귀, 나무, 이끼, 인간과 같은 모든 생명체는 같은 언어를 썼다. 하지만 그 언어는 오래전에 잊혔다. 그러므로 이제 우리는 다른 존재들의 이야기를 알려면 그들이 살아가는 방식을 관찰해야 한다. 나는 이끼의 이야기를 전하고 싶다. 이끼의 목소리는 거의 들리지 않고, 우리는 이끼로부터 배울 것이 많기 때문이다. 이끼는 우리 인간이 아닌 다른 종의 관점을, 우리가 꼭 들어야 하는 중요한 메시지를 품고 있다. 내 안에 있는 과학자는 이끼의 삶에 대해 알고 싶어 하고 과학은 이끼의 이야기를 들려줄 강력한 도구를 제공한다. 하지만 그것만으로는 충분하지 않다. 이야기는 관계에 관한 것이기도 하다. 우리, 그러니까 이끼와 나는 서로 알아가는 데 많은 시간을 보내왔다. 이끼의 이야기를 하면서 나는 세상을 이끼색의 유리를 통해 바라보게 되었다.

원주민의 전통에서는 무언가를 알고 싶다면 우리 자신의 네 가지 면, 즉 생각, 몸, 감정, 영혼으로 이해해야 한다고 말한다. 과학적으로 무언가를 아는 것은 세상에 관한 경험적 정보를 몸으로 수집하고 생각으로 해석하는 것에 그친다. 이끼의 이야기를 들려주기 위해서 나는 객관적인 접근법과 주관적인 접근법 모두 취해야 한다. 의도적으로 두 가지 앎의 방식을 모두 들려주는 이 책의 글에서 물질과 영혼은 다정하게 함께 걸을 것이다. 때로 춤도 출 것이다.

차례

· 구르지 않는

·

돌이 되어

내 인생의 대부분인 듯한 지난 이십 년 동안 밤마다 맨발로 이 길을 걸을 때면 흙이 오목한 발바닥 중심을 밀어 올리는 것만 같다. 애디론댁산맥Adirondack Mountains의 어둠 속에서 그저 길이 집으로 안내하도록 자주 손전등을 두고 나온다. 솔잎과 모래를 밟으면 내 발이 악보 없이 건반을 두드리며 오래된 사랑 노래를 연주하는 손가락이 된 듯하다. 매일 아침 가터뱀이 햇볕을 쬐는 사탕단풍 옆 큰 뿌리에서는 무의식적으로 발을 조심스레 딛는다. 전에 이곳에서 발가락을 다친 걸 기억하기 때문이다. 빗물에 길이 씻긴 언덕 아래에서는 뾰족한 자갈을 피해 몇 걸음 돌아 양치식물이 난 곳으로 간다. 길은 매끈한 화강암 산마루를 따라 올라간다. 그곳에서 낮 동안 내리쬔 햇볕의 온기를 여전히 느낄 수 있다. 이후 흙과 풀로 이루어진 평탄한 길을 걸으며 내 딸 라킨Larkin 이 여섯 살 때 땅벌집을 밟은 곳과 우리가 나뭇가지 위에서 줄지어 곤히 자는 새끼 올빼미 가족을 발견한 단풍나무 숲을 지난다. 샘물이 흐르는 소리가 들리고 습한 내음이 나며 발가락 사이로 물기가 느껴지면 길을 벗어나 내가 지내는 통나무집으로 향한다.

만남의 시작, 이름

나는 대학생 때 크랜베리호 생물학 연구소Cranberry Lake Biological Station에서 실시한 현장 생물학 연수 과정에 참여하면서 연구소를 처음 찾았다. 목줄에 때가 탄 워즈 사이언스 학생용 확대경을 창고에서 빌려 목에 걸고 케츨렛지Ketchledge 박사님을 따라 숲속을 다니다가 처음 이끼를 알게 되었다. 수업이 끝났을 때 대학에 다니며 푼푼이 모은 돈을 털어 그가 찬 전문가용 바슈롬 확대경을 주문하면서 내가 이끼에 매료되었음을 깨달았다.

이후 교수가 된 나는 크랜베리호로 돌아왔고 연구소 소장이 된 지금도 그때 산 확대경을 빨간 줄에 걸어 목에 차고 학생들과 호수를 따라 걷는다. 그렇게 긴 시간 동안 이끼는 나와 달리 거의 변하지 않았다. 케츨렛지 박사님이 타워트레일Tower Trail을 걸으며 우리에게 보여준 들

솔이끼속*Pogonatum* 이끼가 그대로 있다. 매해 여름, 그 이끼를 보며 긴 생명력에 놀란다.

지난 몇 년 동안 이끼 군락이 형성되는 과정을 알기 위해 여름마다 이끼가 낀 바위를 관찰하고 연구하고 있다. 바위들은 너울거리는 숲의 바다에서 외딴 섬처럼 서 있다. 섬 주민은 오로지 이끼뿐이다. 우리는 어떤 돌에는 십여 종의 이끼가 평화롭게 공존하지만 겉보기에 똑같은 옆의 돌에는 단 하나의 종만 사는 이유를 파헤치고 있다. 고립된 개체들이 아닌, 다채로운 공동체가 나타나도록 하는 조건은 과연 무엇일까? 이 질문의 답은 인간뿐 아니라 이끼에 있어서도 매우 복잡하다. 여름이 끝나면 우리는 돌과 이끼에 대한 진실을 학문적으로 규명할 짧지만 일목요연한 논문을 완성할 것이다.

애디론댁산맥에 흩어진 빙하석glacial boulder은 만 년 전 화강암이 빙하와 함께 떠내려 오면서 둥글게 다듬어진 바위다. 이끼가 낀 바위들은 숲이 태곳적 모습을 간직한 것처럼 보이게 한다. 하지만 나는 이 바위들이 빙하가 범람한 황무지에 쓸려 내려온 후 지금처럼 두터운 단풍나무 숲에 감싸이기까지 주변 환경이 얼마나 많이 바뀌었는지 알고 있다.

바위 대부분은 높이가 어깨까지 오지만 사다리로 올라가야만 관찰

산들솔이끼
Pogonatum urnigerum

할 수 있는 높은 것도 있다. 나와 학생들은 바위에 줄자를 감아 너비를 잰다. 우리는 바위의 색과 pH를 기록하고 갈라진 틈의 수와 얇은 부엽토의 깊이에 관한 여러 정보를 모은다. 모든 이끼 종은 이름을 부르며 분류한다.

"디크라눔 스코파리움-*Dicranum scoparium*, 비꼬리이끼. 플라기오테치움 덴티쿨라툼*Plagiothecium denticulatum*, 가는잎산주목이끼."

복잡한 이름을 적느라 애를 먹는 학생은 짧게 불러달라고 간청한다. 하지만 아무도 관심을 주지 않는 이끼는 대부분 일반적으로 불리는 보통명common name, 학명과 달리 각 나라의 언어로 붙인 식물 이름이 없다. 스웨덴의 위대한 식물 분류학자 카롤루스 린네우스Carolus Linnaeus가 마련한 엄격한 규칙에 따라 학명만 붙여질 뿐이다. 린네우스는 어머니가 지어준 칼 린네Carl Linne라는 자신의 이름마저도 과학의 발전을 위해 라틴어로 풀어 썼다.

이곳의 바위들은 이름이 있어서 사람들은 '의자바위', '갈매기바위', '불탄바위', '코끼리바위', '미끄럼바위' 같은 이름으로 호수 주변에 있는 장소를 지칭한다. 나름의 이야기가 있는 이름을 부를 때마다 우리는 그 장소의 과거와 현재에 연결된다. 바위라면 당연히 이름이 있다고 여기는 곳에서 자란 내 딸들은 바위들을 보며 '빵바위', '치즈바위', '고래 바위', '독서바위', '다이빙바위'라고 불렀다.

돌이나 사물에 이름을 붙이는 방식을 보면 우리가 그 대상을 경계 안에 있는 것으로 인식하는지 아니면 경계 바깥에 있는 것으로 인식하고 부르는지 알 수 있다. 입으로 부르는 이름은 서로 잘 안다는 증거이므로 우리는 사랑하는 대상에는 달콤하고 비밀스러운 이름을 붙인다. 이름을 붙이는 행위는 우리의 경계를 긋는 강력한 형태의 자결주의다. 경계 바깥에서 이끼는 학명으로 불려도 충분하다. 하지만 이끼는 경계 안에서 스스로를 어떻게 부를까?

데이터로 말할 수 없는 것들

크랜베리호 생물학 연구소의 매력 중 하나는 여름이 오고 다시 여름이 와도 그리 달라지지 않는다는 것이다. 지난여름 나무를 땔 때 밴 연기 냄새가 여전한 낡은 플란넬 셔츠를 또다시 꺼내 입듯 6월마다 같은 모습이다. 이곳은 우리 삶의 기반이자 진정한 집이다. 다른 수많은 것이 변해도 이곳은 그대로다. 여름이면 어김없이 작은 새가 학생 식당 근처 가문비나무에서 둥지를 튼다. 블루베리가 익기 전인 7월 중순에는 허기진 곰이 야영지 주변을 어슬렁거리곤 한다. 마치 알람 시계처럼 해가 지고 20분 후면 비버가 앞쪽 부두를 헤엄쳐 지나가고, 아침 안개는 베어산Bear Mountain 남쪽 봉우리 사이 낮은 고개에서 가장 길게 머무른다. 아, 변하는 것도 있다. 혹독한 겨울에는 물가에 떠 있던 유목이 얼음 때문에 다른 곳으로 옮겨 간다. 한번은 가지가 왜가리 목처럼 뻗은 해묵은 은빛 나무가 호숫가를 따라 20미터가량 움직였다. 어떤 해 여름에는 오래되어 썩은 사시나무 꼭대기가 강풍에 날아가 버려 딱따구리가 다른 나무에 둥지를 틀어야 했다.

이러한 변화조차 모래사장에 새겨진 물결무늬처럼 익숙한 규칙을 이룬다. 잔잔한 호수는 약 1미터 높이로 파도칠 수 있고, 사시나무 잎은 비가 내리기 전 몇 시간 동안 소리를 내며, 저녁 하늘에 뜬 구름의 모양을 보고 다음 날 바람을 예측할 수 있다. 나는 바위마다 이름을 부르고, 내가 어떤 곳에 사는지 이해하며, 땅과 물리적으로 교감하면서 힘과 안식을 얻는다. 이곳 야생의 호숫가에서 내 내면의 풍경은 바깥 세계를 거의 완벽하게 투영한다.

그렇기에 오늘 통나무집에서 몇 킬로미터 떨어지지 않은 익숙한 길을 지나다가 본 광경에 놀라지 않을 수 없었다. 나는 발걸음을 멈추었다. 혼란에 빠진 채, 숨을 죽이고 항상 다니던 길이 어둠과 빛의 경계 때문에 평소와 다르게 보이는 것은 아닌지 살펴봤다. 셀 수 없이 이 길을 걸었지만 통학 버스만 한 바위 다섯 개가 오랜 부부가 낀 단단한 팔짱처럼 아귀가 잘 맞게 쌓인 모습을 오늘 처음 보았다. 분명 빙하가 바위를 그렇게 다정한 형태로 만든 뒤 이곳을 떠났을 것이다. 나는 조용히 바위 더미를 돌며 손끝으로 이끼를 쓸었다.

동쪽에 바위 사이로 입구가 있었고 안은 동굴처럼 어두웠다. 어쩌면 그곳을 이미 알고 있었다. 전에 한 번도 본 적 없는 입구지만 이상하게도 친숙했다. 우리 가족은 아메리카 원주민 포타와토미Potawatomi족의 곰 부족Bear Clan 출신이다설화에 따르면 포타와토미족의 최초 조상은 곰, 비버, 물고기, 오리 등으로 그 후예들이 각자 가문을 이루고 조상이 되는 동물이나 자연물을 신으로 섬겼다고 한다. 곰은 어떤 약으로 사람을 치료해야 하는지 알고 식물과 특별한 관계를 맺는다. 곰은 식물들의 이름을 부르고 그들의 이야기를 안다. 우리는 곰에게 찾아가 선견지명을 얻고 우리에게 주어진 임무를 묻는다. 나는 곰을 만나러 간다고 생각했다.

풍경은 주변을 경계하듯 모든 세밀한 부분까지 부자연스럽게 선명했다. 나는 시간이 바위처럼 무겁게 느껴지는 초현실적인 고요한 섬에 서 있었다. 하지만 고개를 흔들자 시야가 밝아지면서 호숫가에서 '쉭'하고 이는 익숙한 물결 소리와 머리 위로 딱새가 지저귀는 소리가 들렸다. 동굴에 이끌려 손과 무릎을 땅에 대고 어둠 속으로 들어가 수 톤에 이르는 바위 위를 지나며 곰의 거처를 상상했다. 앞으로 기어갈 때마다 팔의 맨살이 거친 바위 표면에 쓸렸다. 모퉁이를 돌자 등 뒤 바깥에서 들어오던 빛이 사라졌다. 선선한 공기를 들이마셨지만 곰이 아닌 부드러운 땅과 화강암 냄새만 났다. 손가락으로 더듬으며 앞으로 나아가긴 했지만 나조차도 그러는 영문을 몰랐다. 동굴 바닥은 아래로 기울어졌고 비가 이처럼 깊숙한 곳까지는 한 번도 들어오지 않은 것처럼 마른 모래로 덮여 있었다. 또 한 번 앞에 있는 모퉁이를 돌자 굴이 위로 향했다. 앞쪽에 숲의 녹색 빛이 보여 계속 나아갔다. 바위 무더기 아래에 난 길을 기어가다 보면 반대편으로 나가게 될 거라고 생각했다.

꿈틀거리며 굴을 통과해 나온 곳은 숲이 전혀 아니었다. 대신 바위벽으로 둘러싸이고 풀이 가득한 작고 둥근 터가 나왔다. 하늘의 푸름이

비친 둥근 눈처럼 빛으로 채워진 방이었다. 인디언붓꽃Indian paintbrush
이 만발했고, 원형을 이룬 바위들 주변에 건초 향이 나는 양치식물이
돋아 있었다. 나는 경계 안으로 들어왔다. 내가 들어온 길 말고는 뚫려
있는 곳이 없었는데 그 입구가 내 뒤에서 닫히는 걸 느꼈다. 둥근 벽면
을 모두 돌아봤지만 더 이상 출구를 찾을 수 없었다. 처음에는 무서웠
으나 햇빛 속에서 나는 풀 향기가 따뜻했고 벽에는 이끼가 가득했다.
이끼 벽에 둘러싸이자 바깥이란 평행 우주는 신기루처럼 사라지고 말
았다. 하지만 바깥에 있는 딱새가 나무 위에서 지저귀는 소리는 들려와
기묘했다.

　　바위로 이루어진 경계 안에서 나는 어떠한 생각과 느낌도 초월해
설명하기 힘든 상태에 이르렀다. 바위들은 분명한 목적을 지니고 생명
을 이끄는 심오한 존재였다. 또한 그곳은 매우 긴 파장으로 에너지가
교환되면서 진동하는 힘의 장소였다. 바위들의 눈빛 속에서 나는 존재
를 인정받았다.

　　바위는 느림과 강함을 넘어섰지만 표면의 알갱이를 서서히 모래
로 풍화시키는 이끼의 부드럽고 푸른, 빙하처럼 강한 숨결에는 굴복했
다. 이끼와 바위는 아득한 옛날부터 대화를 했고 그 대화는 분명 시였
다. 빛과 그림자 그리고 대류의 이동을 노래한 시다. 그것은 "거대함과
미세함, 과거와 현재, 부드러움과 강함, 고요함과 활기, 음과 양이 접
촉하는 바위 위 이끼의 변증법"(조지. H. 셍크, 《이끼 정원 가꾸기Moss
Gardening》, 1999)이었다. 그곳에서는 물질과 영혼이 공존했다.

이끼 군락이 과학자들에게는 미스터리일지 모르지만 군락 구성원끼리는 서로 익숙하다. 이끼는 가장 가까운 동반자인 바위의 윤곽을 안다. 내가 통나무집으로 가는 길을 기억하듯이 이끼는 빗물이 바위틈을 어떻게 흐르는지 기억한다. 경계 안에 들어선 나는, 이끼들이 린네우스가 식물에 라틴 이름학명을 붙이기 훨씬 전부터 이름을 지녔음을 알 수 있었다. 시간이 흘렀다.

내가 그곳에 몇 분을 있었는지 아니면 몇 시간을 있었는지 모르겠다. 그 시간 동안 내 존재를 느낄 수 없었다. 오직 바위와 이끼뿐이었다. 이끼와 바위. 누군가 어깨 위로 손을 살짝 올린 것처럼 정신이 들었고 주위를 둘러보았다. 최면에서 깨어났다. 머리 위로 딱새 소리가 다시 들렸다. 주위를 둘러싼 벽은 온갖 이끼로 빛나, 마치 처음 보듯 이끼들을 다시 보았다. 바로 그 순간 그곳에서 녹색과 회색, 오래됨과 새로움이 빙하석 사이에 공존했다. 내 조상은 바위가 지구의 이야기를 간직하고 있다는 사실을 알고 있었고 나는 잠시나마 그 이야기를 들을 수 있었다.

그곳에서 생각은 바위의 느린 대화를 윙윙거리며 방해하는 소음이었다. 이끼 벽에 있던 문이 다시 나타났고 시간은 다시 움직이기 시작했다. 바위의 경계 안으로 이어지는 문이 열릴 때 나는 재능을 선사받았다. 경계 안에서 뿐 아니라 밖에서도 사물을 다르게 볼 수 있게 되었다. 재능에는 책임이 따른다. 그곳에서 나는 이끼에게 린네우스식 이름을 전혀 붙이고 싶지 않았다. 내게 주어진 임무는 이끼가 고유의 이름을 지녔다는 메시지를 전하는 것이다. 이끼들이 세상에 존재하는 방식은 데이터만으로 이야기할 수 없다. 이끼는 내게 줄자로는 아무것도 알 수 없는 신비가 존재하며, 어떠한 질문과 답은 바위와 이끼에 대한 사실에서는 찾을 수 없음을 기억하라고 말한다.

굴을 빠져나가는 건 들어올 때보다 쉬워 보였다. 이제는 내가 어디로 향하는지 알았다. 고개를 돌려 어깨 너머로 바위를 본 뒤 집으로 향하는 익숙한 길로 걸음을 옮겼다. 나는 곰을 따라가고 있음을 알게 되었다.

보는 법
배우기

대류을 건너며 약 10킬로미터 상공에서 4시간을 있었더니 결국 정신이 몽롱해졌다. 우리는 이륙과 착륙 사이에 가사 상태에 빠진다. 삶의 장章 사이에서 잠시 멈추는 것이다. 태양이 강렬한 빛을 내보내는 창밖 풍경은 평면도처럼 보이고 산맥은 대류의 피부 위에 생긴 주름살 같다. 우리가 이 위로 지나가든 말든 밑에서는 또 다른 이야기들이 펼쳐진다. 8월 햇빛 속에서 블랙베리가 익어가고, 한 여자는 여행 가방을 싼 뒤 현관 앞에서 망설이고 있으며, 편지 봉투가 열리자 종이 사이에서 무척 놀라운 사진이 미끄러져 나온다. 하지만 우리는 너무 먼 곳에서 매우 빨리 지나가고 있다. 우리 이야기를 제외한 모든 이야기가 우리를 비켜 간다. 창에서 고개를 돌리면 이야기는 녹색과 갈색의 2차원 지도로 멀어진다. 방금 본 송어가 위로 솟은 둑의 그림자로 사라지면 진짜 송어를 본 게 맞나 싶을 정도로 잔잔한 수면만 남듯이 말이다.

새로 샀지만 여전히 답답한 돋보기를 쓴다. 중년에 찾아온 노안이 애통하다. 페이지 위 글자는 초점이 들쑥날쑥하다. 한때 아주 뚜렷이 보였던 것들이 왜 이제는 보이지 않는 걸까? 바로 눈앞에 있는 걸 보려고 아무런 소득 없이 애쓰는 와중에 처음 아마존 우림에 갔던 때가 생각난다. 원주민 가이드들은 가지 위에서 쉬고 있는 이구아나와 잎 사이로 우리를 내려다보는 큰부리새toucan를 친절하게 가리켜 주었다. 그들의 훈련된 눈에는 선명했지만 우리에게는 거의 보이지 않았다. 빛과 그림자의 모양만으로 이구아나를 식별하도록 훈련을 받은 적이 없는 우리는 바로 눈앞에 이구아나가 있어도 안타깝지만 볼 수 없었다.

맹금처럼 멀리 볼 수도, 집파리처럼 거의 전 방위를 한꺼번에 볼 수도 없는 우리 인간은 불행히도 근시안이다. 하지만 뇌가 발달한 덕분에 최소한 우리의 시야가 지닌 한계를 인지한다. 인간은 겸손과 거리가 멀지만 스스로 볼 수 없는 것이 많다는 사실을 인정하고 세상을 관찰할 기발한 방법을 찾기 위해 애쓴다. 적외선 위성 영상, 광학 망원경, 허블 우주 망원경은 우리의 시야를 광활하게 넓힌다. 또한 전자 현미경을 통해 우리는 자신의 세포로 이루어진 외딴 우주를 거닐 수 있다.

하지만 어떠한 장치의 도움도 받지 않는 중간 척도에서 우리의 감각은 이상하리만큼 둔해진다. 우리는 첨단 기술을 통해 외부에 있는 것을 보려고 애쓰지만 바로 옆에서 빛나는 수많은 면면을 자주 놓친다. 우리는 겉만 훑어보면서 '보고 있다'고 생각한다. 이러한 중간 척도에서 우리 시야의 정확도가 떨어지는 이유는 시력이 나빠서가 아니라 마음의 의지가 약하기 때문이다. 장치들이 너무 뛰어나서 우리는 맨눈을 믿지 못하게 되었을까? 아니면 기술이 없더라도 시간과 인내만 지니면 인지할 수 있는 것들에 우리가 무관심한 걸까? 세심함만으로도 세상에서 가장 성능이 뛰어난 망원 렌즈를 능가할 수 있다.

훈련해야 보인다

올림픽반도Olympic Peninsula에 있는 리알토해변Rialto Beach에서 북태평양을 처음 마주한 순간을 기억한다. 육지를 떠난 적 없는 식물학자인 나는 친구들과 탄 차가 구불구불하고 먼지 쌓인 도로에서 방향을 틀 때마다 난생처음 만나는 바다를 보려고 목을 길게 뺐다. 도착해 보니 나무 사이로 짙은 회색 안개가 끼어 있고 머리카락에는 습기 때문에 물방울이 맺혔다. 하늘이 맑았다면 우리가 기대했던 자갈 해변, 우거진 숲, 드넓은 바다를 볼 수 있었을 것이다. 그날 날씨가 흐려 해변의 언덕은 시트카가문비나무Sitka spruce 꼭대기가 잠시 구름 위로 드러날 때만 보였다. 친구들과 나는 물이 빠지면서 생긴 조수 웅덩이 너머 깊게 울리는 파도 소리로 바다의 존재를 짐작할 뿐이었다. 낯설게도, 그 거대한 끝자락에서 세계는 무척이나 작아졌으며 안개는 모든 것을 가리고 중경中景만을 남겼다. 바다의 전경을 보고자 했던 열망은 좌절됐지만 해변과 주변 조수 웅덩이처럼 보이는 것에만 집중하게 되었다.

회색 천지를 헤매던 우리는 곧 서로 시야에서 멀어졌고 친구들은 몇 발자국만 떨어져도 유령처럼 사라졌다. 완벽한 모양의 자갈이나 깨지지 않은 맛조개 껍질을 발견할 때마다 숨죽여 내는 소리가 우리를 연결해 주었다. 이 여행을 준비하면서 찾아본 도감에 따르면 조수 웅덩이에서는 불가사리를 '반드시' 볼 수 있고, 그렇다면 나는 난생처음 불가사리를 보게 될 터였다. 동물학 수업에서 마른 불가사리밖에 보지 못해서 원래 서식지에 사는 불가사리를 꼭 보고 싶었다. 홍합과 삿갓조개 사이를 뒤져봤지만 불가사리는 보이지 않았다. 조수 웅덩이를 처음 본 사람의 호기심을 만족시킬 만한 따개비, 이국적으로 생긴 해조류, 말미잘, 딱지조개chiton는 가득했다. 하지만 불가사리는 없었다.

바위 위를 조심히 걸어 다니며 색이 달과 같은 부서진 홍합 껍데기와 조각난 작은 유목을 주우면서도 주위를 계속 살폈다. 불가사리는 없었다. 실망한 나머지 허리나 좀 펴려고 몸을 일으키는데 갑자기 한 마리가 눈에 들어왔다. 밝은 주황색 불가사리가 바로 눈앞에 있는 바위에 붙어 있었다. 커튼이 확 걷힌 것처럼 불가사리가 사방에서 보였다. 여름 저녁에 어두워지면 하나씩 모습을 드러내는 별과 같았다. 검은 바위 틈 사이에 주황색 별들이 있고, 검붉은 점박이 별들은 팔을 쭉 펴고 있으며, 보라색 별들은 추위 속에서 서로 꼭 끌어안은 가족처럼 모여 있었다. 보이지 않던 것이 갑자기 보이기 시작하자 무수히 발견됐다.

한 샤이엔Cheyenne족 노인은 내게 무언가를 찾는 가장 좋은 방법은 그것을 찾지 않는 것이라고 말했다. 이는 과학자에게는 어려운 개념이다. 하지만 노인은 시야를 넘어서 바라보며 가능성에 마음을 열면 원하는 것이 모습을 드러낼 것이라고 말했다. 방금 전까지도 보이지 않던 것이 갑자기 보인 경험은 숭고했다. 그러한 순간들은 반복해 찾아왔지만 그때마다 세상이 확장되는 벅찬 감정을 느낀다. 내 세상과 다른 존재의 세상을 가르던 경계가 순식간에 사라지는 경험을 하면 겸허해지면서도 즐거워진다.

시각적으로 무언가를 갑작스럽게 인식하는 이유 중 하나는 뇌가 '탐색 이미지search image'를 생성하기 때문이다. 시각적으로 복잡한 환경에서 뇌는 처음에는 들어오는 모든 정보를 어떠한 비판적 평가 없이 받아들인다. 주황색을 띠고 별처럼 쭉 뻗은 다섯 개의 팔, 매끈한 검은 바위, 빛과 그림자. 이 모든 것이 들어오더라도 뇌는 정보를 바로 해석해 의미를 의식으로 전달하지 않는다. 패턴이 반복되고 의식에서 피드백을 받은 뒤에야 우리는 우리가 무엇을 보는지 알 수 있다. 이러한 방식으로 동물들은 복잡한 시각적 패턴에서 먹이라는 특정 형태를 구분해 능숙하게 사냥감을 잡는다. 예를 들어 어떠한 나방 종이 휘파람새의 뇌에 탐색 이미지를 생성할 만큼 개체수가 많으면 휘파람새는 성공적으로 먹이를 잡는다. 하지만 같은 나방 종이라도 수가 적으면 새에게 발견되지 않는다. 신경 연결 통로는 경험을 통해 훈련되어야 눈에 보이는 것을 처리할 수 있다. 시냅스가 작동하면 별들이 드러난다. 안 보이던 것이 한순간에 선명해진다.

키가 180센티미터인 사람이 숲을 걸으며 이끼를 보는 것은 약 10킬로미터 상공에서 나는 것과 같다. 땅에서 멀리 떨어져 다른 곳으로 향하면 우리는 발밑 전체를 놓치게 된다. 매일 우리는 그곳을 보지 못한 채 지나친다. 이끼와 다른 작은 생물들은 일상적인 지각의 한계점에 잠시 머물도록 우리를 초대한다. 우리에게 필요한 건 세심함뿐이다. 특별한 방식으로 그것들을 바라본다면 새로운 세계가 펼쳐진다.

합주곡 듣듯이 보다

내 전남편은 이끼에 열정적인 나를 약 올리려고 이끼는 그저 장식품이라고 농담하곤 했다. 그에게 이끼는 숲의 벽지였고 자신이 찍은 나무 사진의 배경이 될 뿐이었다. 이끼로 짜인 카펫은 분명 환한 녹색 빛을 내는 배경 조명이다. 하지만 이끼로 된 벽지에 렌즈 초점을 맞추고 흐릿한 녹색 배경을 선명하게 조율하면 완전히 새로운 차원이 나타난다. 얼핏 보았을 때 무늬가 일정했던 벽지는 사실 비단으로 정교하게 짠 패턴이 복잡한 태피스트리tapestry, 여러 가지 색실로 그림을 짜 넣은 직물다. 그 이끼는 하나의 이끼가 아니라 형태가 엄청나게 다양한 '이끼들'이다. 작은 양치식물같이 길게 갈라진 잎도 있고, 타조 깃털 같은 씨실도 있으며, 아기의 고운 머리카락같이 빛나는 실타래도 있다.

　나는 이끼로 덮인 통나무를 가까이 볼 때마다 원단 가게에 들어가는 상상을 한다. 창문 위로 늘어진 원단의 다양한 질감과 색에 이끌려 가게로 들어가면 눈앞에 천 두루마리가 줄지어 있다. 손가락 끝으로 산주목이끼속*Plagiothecium*으로 된 실크 휘장을 타고 내려가 거울이끼속 *Brotherella* 비단을 만진다. 색이 어두운 꼬리이끼속*Dicranum* 모직과 금빛 양털이끼속*Brachythecium* 천과 반짝이는 초롱이끼속*Mnium* 리본도 있다. 키가 작고 갈색인 풀이끼속*Callicladium*으로 된 트위드 천은 중간중간에 변덕이끼속*Campylium* 금실이 엮여 있다. 이끼 낀 통나무를 그냥 지나가는 것은 휴대전화로 통화하느라 모나리자를 지나치는 것과 같다.

　녹색 빛과 그림자로 이루어진 이끼 카펫을 더 가까이 보면, 가느다란 가지가 단단한 줄기 위에서 잎으로 그늘을 만들고, 빗물이 잎으로 된 지붕을 타고 떨어지며, 진홍색 진드기들이 잎 위를 배회한다. 주변 숲의 구조가 이끼 카펫에서도 나타나, 전나무 숲과 이끼 숲은 서로를 거울처럼 비춘다. 초점을 이슬방울 단위로 줄이면 숲의 풍경은 흐릿한 벽지로 변해 선명하게 보이는 이끼 소우주의 배경이 된다.

　이끼 보는 법은 시각이 아니라 청각에 가깝다. 대충 보아서는 안 된다. 멀리 떨어진 소리를 듣거나 대화에 숨은 뉘앙스를 파악하기 위해서는 집중력을 발휘해야 하고 음악을 듣기 위해서는 모든 소음을 걸러내야 한다. 이끼는 엘리베이터에서나 나올 경음악이 아니라 견고하게 짜인 베토벤 4중주다. 바위 위로 흐르는 물소리에 귀 기울이듯 해야 이끼를 볼 수 있다. 갯물이 흐르는 차분한 소리는 이끼의 부드러운 초록빛처럼 여러 목소리로 이루어져 있다. 프리먼 하우스Freeman House는 개울이 내는 소리에 대해 다음과 같이 썼다. "갯물이 서로 겹치면서 쿨렁하며 떨어지기도 하고 돌에 첨벙 부딪히기도 한다. 개울 소리의 푸가를 집중해서 조용히 듣다보면 각각의 톤이 구별된다. 바위 위로 물이 미끄러지는 소리, 자갈이 움직이면서 나는 저음과 그보다 높은 옥타브, 돌 사이에 난 수로를 통과한 물이 콸콸거리는 소리, 물방울이 웅덩이로 떨어지며 내는 종소리." 이끼를 보는 것도 마찬가지다. 천천히 그리고 가까이 다가가면 서로 뒤엉킨 태피스트리 실에서 드넓은 패턴이 펼쳐진다. 실은 전체와 다르면서도 전체의 일부다.

이름을 배우며 보이는 것들

눈송이 하나가 지닌 프랙털 기하학fractal geometry을 이해한다면 겨울 풍경은 더욱 경이롭다. 이끼를 안다면 세상에 대한 우리의 지식은 더욱 풍성해진다. 내 선태학 수업을 듣는 학생들은 숲을 전혀 새로운 방식으로 바라보게 되면서 이러한 변화를 경험한다.

여름 동안 선태학 수업에서 학생들과 숲을 거닐며 이끼에 대해 가르친다. 수업이 시작되고 처음 며칠 동안 학생들은 우선 맨눈으로, 그 다음에는 확대경으로 이끼를 구별하는 모험을 한다. 학생들이 이끼 낀 바위가 '이끼 하나'로 덮인 게 아니라 각자의 이야기를 지닌 스무 종류의 이끼들로 덮인 걸 알게 되면 내가 깨달음의 산파가 된 기분이다.

산길과 실험실에서 학생들의 대화를 엿듣는 건 즐겁다. 그들의 어휘는 나날이 늘어 지상부shoot, 줄기·잎 등 땅 위로 자라는 부분에서 잎이 달린 초록색 부분을 '배우체gametophyte'라고 당당히 부르고, 위로 솟은 작은 갈색의 무언가를 '포자체sporophyte'라고 의연하게 말한다. 위로 촘촘히 솟은 이끼는 '직립형acrocarp' 이끼가 되고, 잎이 옆으로 넓게 퍼진 것은 '포복형pleurocarp' 이끼가 된다. 이처럼 형태를 지칭하는 단어를 알면 그 차이가 훨씬 분명해진다. 용어를 자유자재로 구사하면 더 잘 볼 수 있다. 단어를 아는 것은 보는 법을 배우는 또 하나의 단계다.

학생들이 이끼를 현미경 아래에 놓기 시작하면 또 한 번 새로운 차원과 마주해 더 많은 용어를 배우게 된다. 잎을 하나씩 조심스럽게 떼낸 다음 깔유리에 올려 자세히 관찰한다. 스무 배 확대한 잎의 표면은 아름답게 조각되어 있다. 밝게 빛나는 빛이 각각의 세포를 통과해 그 우아한 형태를 비춘다. 예상을 뛰어넘는 구조와 색으로 가득한 미술관을 관람할 때처럼 이끼들의 형태를 관찰하다 보면 시간 가는 줄 모른다. 나는 한 시간이 다 되어서야 현미경에서 고개를 들 때도 있는데 그때마다 단조롭고 뻔한 형태로 이루어진 일상이 얼마나 시시한지 새삼 놀란다.

현미경으로 관찰한 대상을 설명하는 용어는 무척이나 명료하다. 잎의 가장자리는 단순히 불규칙적인 것이 아니다. 구체적인 단어로 잎의 테두리를 설명한다. 커다랗고 거친 이빨 무늬는 '이빨형톱니dentate', 톱날 무늬는 '뾰족한톱니serrate', 이빨이 작고 고르면 '작은뾰족한톱니 serrulate', 테두리를 따라 술이 달렸다면 '가는털톱니ciliate'라고 부른다. 아코디언처럼 잎이 주름졌다면 '주름plicate', 책장 사이에 끼워 넣은 것 처럼 평평하다면 '평면complanate'이라고 부른다. 이끼 구조의 미묘한 차이마다 지칭하는 용어가 있다. 학생들은 이러한 단어를 비밀 결사대 가 쓰는 암호처럼 내뱉고 그럴 때마다 서로 유대감이 강해진다. 또한 이러한 단어들을 알면 식물과 친밀해지기 때문에 더 세심하게 관찰한 다. 각 세포의 표면을 지칭하는 단어도 있다. 젖가슴처럼 부푼 모양은 '유방상mammillose,' 작은 돌기는 '유두상papillose,' 수두처럼 돌기가 많다 면 '다돌기상pluripapillose'이다. 처음에는 난해한 전문용어처럼 들릴지 모르지만 이 단어들에는 생명이 있다. 두꺼우며 둥글고 물이 차 부풀어 오른 지상부를 '송충이상julaceous'보다 더 적절하게 표현할 수 있을까?

사람들이 이끼에 대해 거의 모르기 때문에 보통명이 있는 이끼는 아주 적다. 대부분은 라틴어로 된 학명만 있으므로 많은 사람은 이끼 를 구별할 엄두를 못 낸다. 하지만 나는 이끼 그 자체만큼이나 아름답 고 정교한 학명이 좋다. 혀를 굴리며 운율을 살려 신나게 발음해 보자. '돌리카테치아 스트리아텔라*Dolicathecia striatella*, 투이디움 델리카툴룸 *Thuidium delicatulum*, 바르불라 팔락스*Barbula fallax*.'

그렇다고 해서 이끼를 알려면 학명을 외워야 하는 건 아니다. 우리 가 붙인 라틴어 단어는 임의적일 뿐이다. 나는 새로운 이끼 종을 발견했지만 정해진 이름이 떠오르지 않으면 '초록 융단', '곱슬곱슬한 꼭대기', '빨간 줄기'처럼 내가 이해할 수 있는 이름을 붙인다. 단어 자체는 중요하지 않다. 내게 중요한 건 이끼를 인식하고 그 개성을 파악하는 일이다. 원주민에게 앎이란 인간 외에도 모든 개체의 존재를 인정하는 것이고, 모든 존재는 이름을 지녔다. 어떠한 존재를 이름으로 부르는 것은 존경의 표시고 이름을 무시하는 것은 무례함의 표시다. 단어와 이름은 우리 인간이 서로뿐 아니라 식물과도 관계를 구축하는 방식이다.

사람들은 종종 '이끼'라는 단어를 이끼가 아닌 식물에도 쓴다. 순록이끼reindeer moss는 지의류고, 스페인이끼Spanish moss, 수염틸란드시아는 꽃식물이며, 아일랜드이끼Irish moss는 조류고, 곤봉이끼club moss는 석송류lycophyte다. 그렇다면 무엇이 이끼일까? 진짜 이끼나 선태식물은 가장 원시적인 육생 식물이다. 우리에게 익숙한 고등식물과 비교해서 어떤 부분이 이끼에는 없는지를 살펴 이끼를 정의할 수 있다. 이끼에는 꽃과 열매, 씨, 뿌리가 없다. 내부에서 물을 나르는 관다발계, 즉 물관부와 체관부가 없다. 이끼는 가장 단순한 식물이며 그 단순함에 우아함이 깃들어 있다. 몇 안 되는 기초적인 줄기와 잎으로만 된 구조이지만, 전 세계 곳곳에서 진화한 이끼 종은 약 2만 2천 개에 달한다. 종마다 개성이 다른 고유한 존재이기 때문에 거의 어떠한 생태계에서도 미세한 틈새를 찾아 성공적으로 생존한다.

이끼를 관찰하면 숲을 더 깊고 가깝게 알 수 있다. 현재 있는 곳과 오십 걸음 떨어진 곳의 이끼가 다르다는 것을 색만 보고도 안다면 숲과 강하게 연결될 수 있다. 앞에 있는 사람의 걸음만으로 그가 친구임을 알아볼 수 있는 것처럼, 빛을 끌어들여 고유의 녹색을 발하는 방식만을 보고 어떤 이끼인지 알 수 있다. 시끄러운 방에서도 사랑하는 사람의 목소리를 구별하고 수많은 사람 중에서 자녀의 미소를 알아보는 것처럼, 거의 모든 것이 익명인 세계에서도 가깝게 연결된 존재는 인식할 수 있다. 이처럼 연결되어 있다는 감정은 특별한 분별력, 즉 오랜 시간 동안 보고 들으면서 생기는 탐색 이미지에서 나온다. 눈으로 잘 보이지 않더라도 친밀함을 쌓으면 다른 방식으로 볼 수 있다.

작아서

좋은 이유

내 팔에 매달려 징징대는 아이를 보고 인상이 깐깐한 여인이 얼굴을 찌푸린다. 길을 건널 때 조카에게 내 손을 잡으라고 했더니 서럽게 운다. 조카는 "난 그렇게 작지 않아. 나도 크고 싶어!"라고 목청껏 소리친다. 그 바람이 얼마나 순식간에 이루어질지 모르면서 말이다. 차에 돌아와서는 유아용 카시트에 묶여 있는 게 창피하다며 칭얼거려서, 나는 조카에게 작기 때문에 무엇이 좋은지를 잘 설명해 봤다. "라일락 숲 아래 비밀 요새에 쏙 들어가면 오빠가 못 찾잖아. 할머니 무릎 위에 앉아 이야기도 들을 수 있지?" 하지만 아이는 들으려 하지 않는다. 집으로 돌아오는 차 안에서 아이는 새로 산 연을 꼭 쥔 채 잠들었지만 얼굴은 여전히 뿌루퉁하다.

조카가 다니는 유치원에서 일일 과학 선생님을 도맡아 이끼로 덮인 돌을 가져갔다. 아이들에게 이끼가 무엇인지 물었다. 아이들은 동물인지, 식물인지 아니면 돌인지 묻지 않고 바로 핵심으로 들어가서는 이끼는 작다고 대답했다. 아이들은 제대로 알고 있다. 이처럼 가장 분명한 특징은 이끼가 서식하는 방식에 엄청난 영향을 끼친다.

이끼가 작은 이유는 곧게 설 수 있는 구조가 없기 때문이다. 크기가 큰 이끼는 대부분 물이 무게를 받쳐주는 호수나 개울에 서식한다. 나무는 관다발 조직, 물관부 망, 두꺼운 벽으로 된 관세포가 마치 목재 배관처럼 물을 나르기 때문에 높고 곧게 자랄 수 있다. 가장 원시적인 식물인 이끼는 그러한 관다발 조직이 없다. 줄기가 얇기 때문에 위로 많이 자라면 무게를 지탱할 수 없다. 물관부도 없어서 땅에 있는 물을 잎이 있는 꼭대기까지 나를 수 없다. 식물은 몇 센티미터만 되어도 스스로 수분을 채울 수 없다.

하지만 작다고 해서 도태되지는 않는다. 지구상의 거의 모든 생태계에 서식할 뿐 아니라 무려 2만 2천 종에 달하는 이끼는 어떠한 생물학적 기준으로도 매우 성공했다. 비좁은 공간에 숨는 내 조카처럼 몸집이 크면 불리할 여러 작은 장소에서 살 수 있다. 보도블록 틈, 참나무 가지, 딱정벌레 등 위, 절벽에 튀어나온 바위 등 커다란 식물 사이에 난 빈 공간이라면 어디든 메울 수 있다. 작은 삶에 훌륭하게 적응한 이끼는 왜소한 몸집을 십분 활용함으로써 위험에 맞서 영역을 넓힌다.

주인으로 살 경계층

뿌리가 길게 뻗고 그늘을 만들어주는 나무는 누가 뭐래도 숲의 지배자다. 이처럼 경쟁력이 막강하고 무거운 잎을 떨구는 나무는 이끼에 비할 수 없다. 몸집이 작다면 무엇보다도 햇빛을 두고 경쟁하기가 애당초 불가능하다. 나무가 이길 수밖에 없다. 따라서 이끼는 주로 그늘에서 살지만 그래도 번성할 수 있다. 햇빛을 사랑하는 나무와 달리 이끼의 엽록소는 구조가 세밀하기 때문에 숲우듬지를 뚫고 들어오는 빛의 파장도 흡수할 수 있다.

상록수가 만드는 습한 그늘 아래에서 번성하는 이끼는 종종 촘촘한 초록 카펫을 이룬다. 하지만 낙엽수로 이루어진 숲은 가을이면 축축하고 거무스레한 잎사귀가 바닥을 덮기 때문에 이끼는 숨을 쉬지 못해 서식하기 힘들다. 평야 위 외딴 언덕처럼 평평한 숲 바닥 위에 있는 통나무나 나무 그루터기는 이끼가 낙엽을 피하는 대피소다. 이끼는 바위, 낭떠러지, 나무껍질처럼 딱딱하고 침투성이 없어 나무는 살 수 없는 곳에서 번성한다. 훌륭한 적응력을 지닌 이끼는 이러한 역경에 굴하지 않는다. 주어진 환경에서만큼은 명실공히 주인공이다.

이끼는 바위 위, 나무껍질, 통나무 겉면처럼 토양과 대기가 바로 맞닿는 얇은 표면에 서식한다. 이처럼 공기와 땅이 만나는 곳을 경계층 boundary layer이라고 한다. 바위나 쓰러진 통나무와 뺨을 맞대고 사는 이끼는 자신이 사는 기반의 형태와 질감을 속속들이 안다. 이끼의 자그마한 크기는 전혀 문제가 되지 않으며, 오히려 경계층 안에 형성된 독특한 미시 환경을 활용하기에 적합하다.

대기와 흙은 어떻게 상호작용할까? 잎처럼 작든 언덕처럼 크든 모든 표면에는 경계층이 있다. 누구나 아주 단순한 방식으로 경계층을 체험할 수 있다. 맑은 여름 오후 땅에 누워 움직이는 구름을 본다면 당신은 지구 표면의 경계층에 있다. 땅 위에 납작하게 누우면 바람의 속도가 약하기 때문에 서 있을 때 머리카락을 흩날리던 산들바람을 거의 느끼지 못한다. 또한 지면은 따뜻하다. 햇볕으로 데워진 땅이 열을 다시 당신에게 전달할 뿐 아니라 표면에는 바람이 적기 때문에 열이 그대로 머무른다. 지면 바로 위의 기후는 약 180센티미터 위의 기후와 다르다. 우리가 땅에 누웠을 때 느끼는 이러한 효과는 크기와 상관없이 모든 표면에서 나타난다.

공기는 실체가 없어 보이지만, 흐르는 물이 강바닥 윤곽과 상호작용하듯이, 부딪히는 물체와 흥미로운 방식으로 상호작용한다. 바위 같은 물체에 공기가 지나가면 물체 표면은 공기의 행동을 변화시킨다. 방해물이 없다면 공기는 층류laminar flow라고 불리는 경로를 따라 부드러운 선형으로 움직인다. 눈으로 볼 수 있다면 잔잔하고 깊은 강을 자유롭게 흐르는 물과 같을 것이다. 하지만 공기가 표면과 접촉하면 마찰이 생겨 움직이는 속도가 느려진다. 물이 흐를 때처럼 말이다. 강바닥에 돌이 많거나 통나무가 있으면 유속은 느려진다. 층류가 표면의 방해를 받으면 기류는 속도가 다른 여러 층으로 나뉜다. 높은 곳에서는 공기가

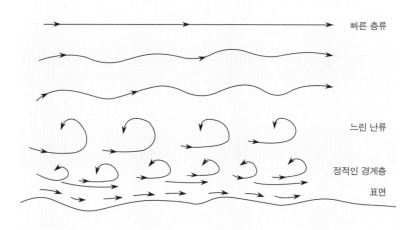

빠른 층류

느린 난류

정적인 경계층

표면

표면 위의 공기 흐름

부드러운 평면으로 빠르게 움직인다. 그 아래에는 공기가 방해물에 부딪히면서 소용돌이치는 난류가 생성된다. 표면을 향해 내려가면 공기는 점점 느려지다가 표면 바로 위에서는 마찰로 인해 완전히 정체된다. 이처럼 공기가 정체된 곳에서는 땅에 누워 있을 때의 느낌을 받는다.

이러한 공기층을 나는 매년 봄마다 더 큰 척도로 경험한다. 겨우내 난간에 걸어둬 거미줄이 쳐진 예쁜 연이 4월 첫 훈풍에 흔들리면 파란 하늘이 보고 싶다. 그러면 연을 경계층으로 날리기 위해 밖으로 나간다. 우리 집 주변은 계곡이 강풍을 막아주기 때문에 바람이 세지 않아 나와 아이들이 좋아하는 커다란 용 모양 연은 곧바로 날지 않는다. 따라서 집 뒤에 있는 목초지 위를 쇠똥을 피해 가며 미친 듯이 왔다 갔다

작아서 좋은 이유

뛰어야 연을 날릴 바람을 만들 수 있다.

지표면과 가까운 곳에서 부는 느린 바람은 연의 무게를 지탱하지 못한다. 바람이 닿지 않는 곳에서 연은 꼼짝하지 않는다. 정체된 공기층을 벗어나도록 줄을 잡고 정신없이 뛰어다녀야만 연이 줄을 당기며 춤을 춘다. 연이 마구 움직이면서 찌그러지려고 한다면 난류로 올라간 것이다. 그리고 마침내 연줄이 팽팽해지고, 빨갛고 노란 용은 자유롭게 움직이는 공기로 진입한다. 연은 층류에 적합하도록 만들어졌지만 이끼는 경계층에 적합하게 만들어졌다.

나는 목초지에 흩어진 빙하석 하나에 앉아 연줄을 당기며 종다리 울음소리를 듣는다. 바위는 햇볕을 받아 따뜻하고 이끼 때문에 푹신하다. 공기가 바위 주변을 부드럽게 흐르다가 이끼가 사는 표면에 부딪히는 모습을 상상해 본다. 태양의 온기는 공기가 정체된 얇은 층에 갇힌다. 공기가 거의 움직이지 않아서 열 교환을 막는 덧창처럼 단열재 역할을 한다. 내 주위로 부는 봄바람은 차지만 바위 표면 바로 위의 공기는 훨씬 따뜻하다. 기온이 어는점 아래로 내려가더라도 바위 위에 해가 들면 이끼는 액체로 된 물에 몸을 적실 수 있다. 이끼가 바위 표면 바로 위 온실 같은 경계층에서 서식할 수 있는 건 몸집이 작기 때문이다.

경계층은 열뿐 아니라 수증기도 가둔다. 축축한 통나무 표면에서 증발한 물이 경계층에 갇히면서 이끼가 번성할 수 있는 습한 환경이 조성된다. 이끼는 습한 곳에서만 자랄 수 있다. 건조해지면 광합성을 멈추기 때문에 더 이상 자라지 않는다. 이끼가 성장할 수 있는 적절한 조건은 항상 일정하게 유지되지 않으므로 이끼는 아주 느리게 자란다. 경계층의 테두리 안에 살아야 습기를 바람에 뺏기지 않기 때문에 성장의 기회는 더디게 찾아온다. 이끼는 경계층 안에 살 만큼 작아야만 큰 식물들은 모르는 따뜻하고 습한 서식지를 차지할 수 있다.

또한 경계층은 수증기 말고도 여러 기체를 가둔다. 통나무 위 얇은 경계층 대기의 화학 조성은 주변 숲과 크게 다르다. 썩은 통나무에는 수많은 미생물이 서식한다. 곰팡이와 박테리아는 크레인에 달린 건물 철거용 쇠공만큼 효율적으로 나무를 끊임없이 분해한다. 분해 작업이 계속되어 단단한 통나무가 바스러지는 부엽토로 서서히 변하면 이산화탄소 함량이 높은 증기가 발생하는데 이 역시 경계층에 갇힌다. 실온의 대기에서 이산화탄소 농도는 약 380ppm이다. 하지만 통나무 위 경계층에서 이산화탄소 함유량은 최대 열 배 높다. 광합성의 원재료인 이산화탄소는 이끼의 축축한 잎으로 쉽게 흡수된다. 그러므로 경계층은 이끼 성장에 유리한 미시 기후를 형성할 뿐 아니라 광합성의 원재료인 이산화탄소를 대량으로 공급한다. 굳이 다른 곳에 살 이유가 있을까?

작은 몸으로 적응하는 방법

경계층에 살 정도로 크기가 작은 것은 큰 장점이다. 이끼는 작은 몸집이 자산이 되는 미시 서식지를 발굴한다. 지상부가 계속 자라 공기가 건조한 난류 구간까지 도달하면 이끼는 성장을 급격하게 멈춰야 할 것이다. 그러므로 모든 이끼는 경계층만큼 높이가 제한되므로 모두 키가 작을 거라고 짐작할 수 있다. 하지만 블루베리 덤불과 세쿼이아 redwood의 키 차이만큼이나 이끼의 길이는 엄청나게 다양하다. 빵 부스러기처럼 1밀리미터에 불과한 것도 있고 풍성한 실타래처럼 10센티미터에 이르는 것도 있다.

이처럼 이끼의 키 차이가 큰 주요 원인은 서식지마다 경계층의 높이가 다르기 때문이다. 바람이 통하고 햇볕을 온전히 받는 바위 표면에서는 경계층이 얇다. 그러한 건조한 환경에서 이끼가 안전한 경계층에 머물기 위해서는 매우 작아야 한다. 반면 습한 숲에 있는 바위에서 사는 이끼는 바위의 경계층이 숲 자체의 경계층으로 보호받기 때문에 높게 자라더라도 안락한 미시 기후에 머물 수 있다. 나무는 바람의 속도를 늦추고 그늘은 증발을 막기 때문에 대기가 건조해지지 않는다. 습한 우림에서 이끼는 풍성하고 길게 자란다. 경계층이 넓을수록 이끼는 크기가 커진다.

이끼는 스스로 형태를 바꾸어 경계층의 너비를 조절하기도 한다. 움직이는 공기와의 마찰을 증가시키는 모든 표면은 공기의 속도를 낮추고 경계층을 두껍게 만든다. 거친 표면은 부드러운 표면보다 효과적으로 공기의 속도를 낮춘다. 거칠게 눈보라 치는 황야에서 얼굴로 불어오는 강한 바람을 상상해 보자. 바람의 힘을 피하려면 땅에 엎드려 지표면의 경계층으로 숨어야 한다. 선택할 수 있다면 허허벌판과 풀이 길게 난 땅 중 어디에 엎드려야 몸이 따뜻해질까? 키가 큰 풀은 공기가 흐르는 층을 뚫고 들어가 공기의 속도를 늦추어 경계층을 넓히기 때문에 체온을 유지하는 데 도움을 준다.

　같은 원리로 이끼 역시 위에 있는 경계층을 확장한다. 이끼 자체의 표면이 기류에 저항을 일으킨다. 저항이 클수록 경계층은 넓어진다. 키 큰 풀의 축소판인 이끼 지상부는 공기의 움직임을 저해하도록 적응했다. 많은 이끼 종은 잎이 길고 좁게 위로 솟아 있어 주변 공기 흐름을 늦춘다. 또한 건조한 곳에 서식하는 이끼는 털이 촘촘하게 나 있거나, 반짝이는 잎 끝이 길게 늘어지거나, 작은 가시들이 돋아 있다. 이처럼 잎 표면에서 연장된 부분 또한 공기의 움직임을 늦추고 경계층을 두껍게 만들어 꼭 필요한 수분이 증발되지 않도록 한다.

　건조한 곳에서 이끼는 종종 이슬에서 하루치 수분을 얻는다. 이슬은 대기와 바위 표면이 상호작용하면서 형성된다. 태양의 열기가 식는 밤이면 어느 정도의 온기를 간직한 바위 표면의 온도와 공기의 온도가 차이가 나 수증기가 물로 응결된다. 얇은 이슬 막이 공기-바위 접촉면에 형성되어 이끼는 쉽게 수분을 흡수할 수 있다. 건조한 곳에서는 아주 작은 존재만이 쉽사리 사라질 이슬에 의존해 살 수 있다.

　경계층의 안전하고 아늑한 공간은 이끼의 든든한 피난처다. 하지만 이처럼 이끼가 성장한 양육 환경은 자식 세대에는 적합하지 않다. 내 조카와 마찬가지로 이끼도 결국 부모의 보호에서 벗어나 자신만의 공간을 찾아야 한다. 이끼는 미세한 가루 형태의 번식체인 포자를 형성해 번식하는데 포자가 멀리 퍼지기 위해서는 바람이 필요하다. 포자 대부분은 부모가 있는 이끼 잎 카펫에서는 싹을 틔울 수 없으므로 반드시 멀리 떠나야 한다. 공기가 정체된 경계층의 기류는 포자를 퍼트리기에 충분하지 않다. 그러므로 이끼는 포자낭을 지탱하는 줄기인 삭병seta을 길게 올려 포자를 높이 보내고, 포자가 바람을 타고 집을 떠나도록 한다. 빠르게 성장하는 포자체는 바람에 날리는 연처럼 경계층을 뚫고 난기류 구간으로 들어간다. 그곳에서 공기가 포자낭 주변에서 소용돌이치며 포자를 밖으로 꺼낸 다음 새로운 서식지에 안착시킨다. 모든 종의 새끼가 그러하듯 포자는 부모의 구속에서 벗어나 넓은 세상에서 자유를 찾는다.

삭병의 길이는 경계층 두께와 긴밀한 상관관계를 갖는다. 숲에 사는 이끼는 삭병이 길어야 두터운 경계층을 벗어나 숲 바닥 위로 부는 미풍에 흔들릴 수 있다. 반면 경계층이 얇은 탁 트인 곳에서는 이끼 대부분의 삭병이 짧다.

이끼는 크기가 큰 식물들이 살 수 없는 공간을 차지한다. 이끼의 존재 방식은 작은 몸집을 축복으로 여기는 것이다. 자신의 독특한 구조를 공기와 지면 사이에 작용하는 물리법칙에 맞춤으로써 번성한다. 작기 때문에 한계는 강점이 된다. 누가 내 조카에게도 이를 알려줬으면 좋겠다.

· 물로

·돌아가는

·생명

겨울이 끝나고 봄이 시작되는 4월 밤, 축축한 바람에 몸이 움츠러드는데도 차마 창문을 닫지 않았다. 개구리 소리가 차가운 공기를 타고 희미하게 들려오지만 성에 차지 않는다. 더 크게 들어야 한다. 계단을 내려와 잠옷 위에 오리털 재킷을 걸친 후 맨발을 방한 부츠에 넣은 다음, 부엌 뒷문을 열고 벽난로로 훈훈해진 집을 나선다. 아직 남아 있는 눈 위로 신발 끈을 질질 끌면서 농가 위에 있는 못까지 터벅터벅 걸어가 젖은 땅 냄새를 들이마신다. 들려오는 소리가 매혹적이다. 가까워질수록 코러스가 강해지며 클라이맥스로 향하는 듯하다. 다시 몸이 움츠러든다.

개구리들이 부르는 합창으로 공기가 쿵쿵 울려 내가 입은 재킷의 나일론 겉감이 진동한다. 나를 잠에서 깨워 부르고 다른 개구리들을 다시 못으로 이끈 개구리 울음소리의 힘이 경탄스럽다. 나와 개구리는 일종의 언어를 공유하기 때문에 모두 이곳에 이끌린 걸까? 개구리들은 나름의 계획이 있다. 그렇다면 이 소리의 강에 나를 불러 바위처럼 서게 만든 것은 무엇일까?

봄의 의식인 집단 수정을 치르기 위해 개구리들은 낭랑한 소리로 주변의 다른 모든 개구리를 이곳 만남의 장소로 불러 모은다. 암컷은 얕은 물에 알을 짜내고 수컷은 우윳빛 정자 더미로 그 위를 덮는다. 부모 개구리가 다시 숲으로 폴짝 뛰어 들어가면 한참 후 젤리 덩어리로 감싸진 알은 올챙이가 되고 여름이면 성체가 된다. 고성청개구리spring peeper는 어른이 되고 나면 삶의 대부분을 숲 바닥에서 보낸다. 하지만 아무리 멀리 모험을 떠났다 해도 번식을 위해서는 물로 돌아와야 한다. 고대 수중 생물에서 육지 생물로 변화한 가장 원시적인 척추동물인 양서류는 진화의 과정에서 못을 벗어나지 못했다.

이끼는 식물 세계의 양서류다. 조류와 육생 식물의 중간인 이끼는 생물이 육지로 진출하는 진화의 첫 단계다. 육지에서 생존하기 위한 기초적인 적응 능력을 진화시킨 이끼는 이제 사막에서도 살 수 있다. 하지만 개구리처럼 이끼도 번식을 위해서는 물로 돌아와야 한다. 다리가 없는 이끼는 가지 안에 원시 시대의 못을 재현해야 한다.

식물 세계의 양서류

다음 날 오후 저녁 식사에 쓸 동의나물을 캐기 위해 이제 조용해진 못으로 다시 왔다. 나물을 찾으려고 허리를 숙이니 지난밤 여파가 눈에 들어온다. 해가 비치는 얕은 물속에 알 덩어리가 있다. 덩어리들은 표면에 작은 산소 방울이 박힌 녹조green algae와 엉켜 있다. 내가 쳐다보는 동안 방울들이 수면으로 어른거리며 올라온 뒤 터진다.

주니Zuni족의 전통 지식에 따르면 처음 세상은 구름과 물뿐이었지만 흙과 태양이 결혼해 녹조를 출산했다. 그리고 녹조에서 모든 형태의 생명이 탄생했다. 과학 지식에 따르면 세상이 녹색이 되기 전 생명은 물속에만 있었다. 파도는 얕은 만의 텅 빈 해안가에 부서졌다. 햇빛으로 달궈진 땅에는 나무가 한 그루도 없어 그늘은 전혀 없었다. 고대 대기에는 오존이 없어 강한 직사광선이 육지에 곧바로 도달해, 감히 물가로 나온 생명체는 쏟아져 내리는 치명적인 자외선 줄기에 DNA가 파괴되었다.

하지만 바다와 못에서는 물이 자외선을 걸러 내기 때문에, 주니족의 이야기에서처럼, 조류는 진화 역사의 경로를 부지런히 바꾸고 있었다. 조류 가닥이 광합성을 하고 내뿜은 산소 방울이 수면으로 올라오면서 산소 분자가 대기에 하나씩 쌓여갔다. 새롭게 등장한 산소는 성층권에서 강한 햇빛과 반응하며 오존층을 생성해, 미래에 탄생할 육상 생물을 위한 보호막을 만들어줬다. 그제야 육지는 생명이 탄생할 수 있는 안전한 곳이 되었다.

깨끗한 못은 녹조가 살기에 알맞은 장소였다. 물로 몸을 지탱할 수 있고 어디든 영양소가 있기 때문에 햇빛을 가두도록 실 형태로 엉켜 있기만 하면 뿌리, 잎, 꽃 같은 복잡한 구조는 필요 없었다. 따뜻한 물속에서 교미는 쉽고 단순했다. 미끄러운 조류 가닥에서 빠져나온 난자가 아무렇게나 떠다녔고 정자는 물 안으로 자유로이 움직였다. 난자가 정자와 우연히 만나기만 하면 물이 모든 걸 해결해 주기 때문에 보호막이 되어 줄 자궁이 없어도 새로운 조류가 자랐다.

조류가 물속의 안락한 삶을 뒤로 하고 왜 험난한 육지로 나왔는지 어떻게 알 수 있을까? 못이 말라버려 물 밖에 나온 물고기처럼 조류가 바닥에 남았을 수 있다. 또한 조류가 물가의 그늘진 바위틈을 서식지로 삼았을 수 있다. 화석은 성공 사례를 기록했지만 그 과정은 잘 보존되지 않았다. 하지만 우리가 확신할 수 있는 것은 이제까지 발견된 가장 원시적인 육생 식물이 약 3억 5천만 년 전 데본기에 물을 떠나 땅에서 터전을 마련하려고 했던 사실이다. 그 선구자가 바로 이끼다.

편안한 수중 생활에서 벗어나 육지로 모험을 떠나기 위해서는 크나큰 시련에 맞서야 했고 그중에서도 생식이 가장 큰 난관이었다. 고대 조류에서 유전된 물속에서 떠다니는 난자와 헤엄치는 정자는 물에서는 괜찮지만 건조한 육지에서는 문제였다. 못이 마르면 개구리 알은 살아남지 못한다. 조류의 알도 공기가 건조해지면 종말을 맞는다. 이끼의 생애 주기는 이러한 문제들을 해결하도록 진화했다.

내 바구니가 동의나물로 가득 차면 오래된 밀폐 유리병을 꺼내 못물과 개구리 알을 가득 담는다. 딸들에게 알이 올챙이로 변하는 모습을 보여주기 위해서다. 나는 어렸을 때 알 중간에 있는 까만 점에서 다리와 꼬리가 나오는 광경을 보고 놀라움을 금치 못했다. 통통하고 둥근 알을 보면 임신했을 때 내 올챙이가 몸 안의 따뜻한 못에서 꿈틀거리던 기억이 떠오른다. 우리는 우리만의 방식으로 못으로 돌아가 생식을 함으로써 물에서 온 인간의 기원과 연결된다. 나는 못 주변을 덮은 이끼 덩어리도 챙긴다. 현미경 아래에 놓고 아이들에게 보여줄 것이다.

이끼의 유성생식과 물

이끼는 육지에서 살아남기 위해 단순한 조류를 뛰어넘는 완전히 새로운 구조를 진화시켰다. 조류의 둥둥 떠다니는 엉킨 구조는 위로 곧게 솟을 수 있는 줄기로 대체되었다. 현미경으로 보면 이끼에는 작지만 완전한 모양의 잎이 나 있고, 작은 뿌리같이 생긴 헛뿌리rhizoid가 솜털처럼 얽혀 있어 흙에 고정될 수 있다. 지상부 꼭대기에 원형으로 빽빽하게 모인 잎은 아래에 있는 잎과 모양이 다르다. 이끼 끝에 있는 잎 다발 안에는 암생식기관인 장란기藏卵器, archegonium가 숨어 있다. 조심스럽게 잎을 떼어내면 안에 있는 장란기를 볼 수 있다. 잎 사이에 자리 잡고 있는 서너 개의 기관은 모두 밤색이고 목이 긴 와인 병 모양이다. 또

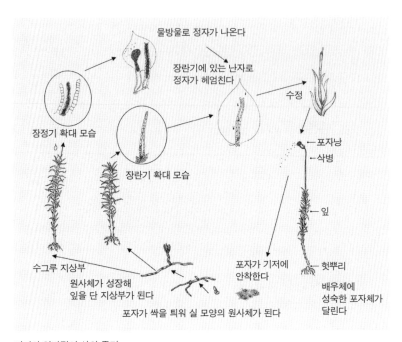

이끼의 일반적인 삶의 주기

다른 줄기에서는 잎겨드랑이axil에 털 같은 잎이 엉켜 있다. 이 잎을 떼어내면 소시지처럼 불룩한 초록색 낭이 나온다. 이 낭은 수생식기관인 장정기藏精器, antheridium로, 밖으로 내보낼 정자가 가득 차 있다.

    물기 없는 땅에서 겪는 생식의 어려움을 이겨내기 위해 이끼는 대대적인 혁신을 감행했다. 난자를 물로 내보내지 않고 암그루 안에 보호하는 것이다. 양치식물에서 전나무에 이르기까지 현재 존재하는 모든 식물이 취하는 이 전략은 이끼가 처음 고안했다. 안전한 자궁에서처럼 난자를 부풀어 있는 장란기 바닥에 고정한다. 얽힌 잎으로는 물을 가둬 난자가 건조해지지 않도록 하고 정자가 헤엄칠 수 있는 웅덩이를 만든다. 수정되지 않은 난자는 장란기에 안전하게 머물며 수정을 기다린다.

하지만 정자가 난자에 닿기란 무척 어렵다. 첫 번째 장애는 육지 세계에서는 불안정한 수분 공급이다. 정자가 헤엄쳐 난자에 도달하려면 수분막이 끊기지 않아야 한다. 잎이 무성하다면 잎 사이를 빗물과 이슬이 메운다. 잎 사이에 있는 미세한 공간이 이끼 사이에 물을 흐르게 해 암그루와 수그루를 연결해 주는 투명 수로가 된다. 하지만 어느 한 곳이라도 수분막이 끊기면 건널 수 없는 벽이 생겨 정자는 난자로 가지 못한다. 정자는 임시 수로를 무너트리는 증발 현상과 경쟁해야 한다. 이끼가 빗물이나 이슬, 폭포의 분무를 통해 정자를 이동시킬 수 없다면 난자는 계속 수정되지 못한다. 한 해 동안 가물면 생식은 실패할 확률이 높다.

두 번째 문제로, 이끼는 정자를 다량으로 생성하지만 각각의 작은 정자 세포가 난자를 만날 확률은 아주 낮다. 목청껏 짝을 부르는 개구리와 달리 이끼의 정자는 목적지를 안내해 주는 신호가 없어 수분막을 닥치는 대로 헤엄친다. 대부분은 잎의 미로에서 길을 잃는다. 연약하고 작은 정자는 수영하는 동안 쓸 수 있는 에너지가 한정되어 있다. 장정기에서 나오는 즉시 생존 시간이 줄어들기 시작한다. 한 시간 안에는 모든 정자가 에너지를 소진하고 죽는다. 난자는 여전히 기다린다.

세 번째 문제는 물의 특성에 있다. 인간의 관점에서 보면 물은 매우 유동적이어서 쉽게 파고들 수 있다. 하지만 미세한 이끼 정자가 물을 통과하는 것은 젤리로 가득 찬 수영장에서 헤엄치는 것과 같다. 이끼 정자에게 물방울의 표면장력은 탄성이 있는 벽과 같아 몸부림치며 밀쳐도 통과할 수 없다. 그러나 이끼 정자는 물의 영향을 벗어나는 여러 기발한 방법을 개발했다. 정자가 밖으로 나올 준비가 되면 장정기는 더 많은 물을 흡수하여 몸을 부풀리다가 터트린다. 그러면 정자가 유압에 의해 밀리면서 힘차게 출발할 수 있다.

이끼가 물의 표면장력을 극복하는 또 다른 방법은 정자에 계면활성 성분을 투입하는 것이다. 장정기가 터지면 계면활성 성분이 비누와 같은 역할을 하여 물의 점성을 낮춘다. 계면활성 성분이 물방울의 팽팽한 표면과 만나 표면장력이 깨지고 물방울의 돔 모양이 곧바로 판판해질 때, 정자는 파도를 타는 서퍼처럼 이동한다.

정자는 자신이 태어난 장정기에서 약 10센티미터 이상 이동하기 어렵기 때문에 난자에 닿으려면 이 모든 도움을 받아야 한다. 어떤 종은 정자가 날아가는 거리를 늘리기 위해 물이 튀는 힘을 이용한다. 솔이끼속*Polytrichum*과 같은 종들은 해바라기 꽃잎처럼 평평한 원반 형태로 잎이 장정기를 둘러싼다. 이러한 원반으로 빗방울이 떨어지면 정자는 혼자 갈 수 있는 거리보다 두 배가 넘는 약 25센티미터까지 날아갈 수 있다.

모든 조건이 충족되어 암컷까지 헤엄쳐 온 정자는 장란기의 긴 목을 타고 내려와 기다리고 있던 난자에 도달한다. 수정이 이루어지면 첫 자손 세포인 포자체sporophyte가 만들어진다. 고성청개구리의 삶에서 수정란은 젤리와 같은 막에만 의지하여 못을 떠다니기 때문에 주변 환경에 따라 운명이 판가름된다. 하지만 이끼는 자식을 포기하지 않는다. 장란기 안에서 정성껏 키운다. 태반과 비슷한 특수한 수송 세포transfer cell가 영양분을 부모 이끼에서 발달 중인 자식으로 나른다. 이끼가 자식을 키우는 데 이용한 세포와 내가 아이를 낳도록 도와준 세포가 매우 비슷하다는 사실이 놀랍고 동질감이 느껴진다.

수정된 개구리 알은 처음에는 올챙이로 변하고 그 다음 부모와 꼭 닮은 모습이 된다. 어린 이끼는 잎이 있는 부모의 모습으로 바로 변하지 않는다. 대신 수정란은 중간 세대인 포자체로 발달한다. 다음 세대를 형성하여 퍼트릴 포자체는 여전히 부모에 붙어 보살핌을 받는다.

유전자와 환경의 춤

여름이 되어 못물이 따뜻해지면 나와 딸들은 수영하고 싶은 생각이 굴뚝같다. 하지만 조류 때문에 물이 탁해서 무더운 날씨에도 들어가지 못한다. 어쩔 수 없이 못가에 배를 깔고 누워 책을 펴고 일광욕을 한다. 나는 눈높이에서 땅을 보는 걸 좋아한다. 물가를 따라 돋은 이끼에 형성된 포자체를 손끝으로 무심히 건드린다. 손을 떼면 포자체는 위로 다시 튀어 오르면서 포자를 미풍으로 조금 퍼트린다. 봄 동안 수정란을 품은 줄기 끝 장란기에서 포자체가 올라온다. 길이가 약 2.5센티미터인 강모 끝에 달린 포자체는 이제 통통한 원통형 포자낭capsule이 되었다. 그 안에는 가루 형태의 포자들이 바람을 만나 어디든 날아갈 운명을 기다리고 있다.

포자 대부분은 적합하지 않은 장소로 떨어지기 때문에 서식지를 찾는 것은 거의 불가능하다. 하지만 또 다른 못의 축축한 가장자리나 적당히 습한 다른 장소를 만나면 다시 한번 변화가 일어난다. 호박색의 둥근 포자는 물기를 흡수해 부푼 다음 녹색 실 모양의 원사체protonema를 밖으로 뻗는다. 이 실들은 습한 땅으로 가지를 뻗어 녹색 그물을 만든다. 이끼의 생애 중 이 시기야말로 실타래 형태의 먼 친척인 녹조와 구분하기 힘들 정도로 비슷하다. 이제 막 태어난 아기의 얼굴이 증조할머니의 얼굴을 담고 있는 것처럼, 유전자에 진화의 역사를 담은 원사체는 조류의 모든 특성을 지닌다. 하지만 이러한 유사함은 곧 사라지고 원사체를 따라 난 눈bud들에서 잎을 단 지상부가 솟아오르면 풍성한 이끼 밭이 새롭게 생성된다.

이끼 대부분은 이처럼 행복한 결말을 맞지 못한다. 육상 번식에 있어 아마추어적 특성이 여실히 드러난다. 적응해서 생식을 하긴 하지만 효율은 아주 낮다. 장란기에 진입하는 정자가 거의 없기 때문에 난자 대부분은 오지 않는 신랑을 하릴없이 기다리는 신부처럼 정자를 기다리느라 엄청난 에너지를 허비한다. 유성생식有性生殖을 방해하는 요인이 이처럼 많다면 여러 이끼 종이 짝짓기 자체를 포기하는 건 당연하지 않을까? 많은 이끼 종이 포자체를 거의 또는 전혀 생성하지 않는다.

유성생식 없이 개구리는 태어날 수 없고 봄의 코러스도 들을 수 없다. 하지만 이끼는 개구리와 달리 정자가 난자를 만나지 못하더라도 번성할 수 있다. 짝짓기만이 개체수를 늘리는 유일한 기회가 아니다. 생명공학이 도래하기 훨씬 전부터 이끼는 복제를 통해 자신의 유전 복제물을 자연에 퍼트려왔다. 사실 이끼 종 대부분은 작은 조각만으로도 재생할 수 있다. 우연히 습한 흙 위에 떨어져나간 이끼 잎 하나는 온전한 식물로 성장한다.

무성번식은 생식 계획의 대안도 될 수 있다. 무성아, 주아, 곁가지와 같이 특수한 무성 번식체 기관은 이끼의 각종 부위에서 간단히 분리될 수 있다. 이러한 기관은 분리되면 비효율적인 짝짓기에 어떠한 노력도 들이지 않고 군락을 형성할 새로운 서식지로 날아간다. 복제 능력 덕분에 난자와 정자를 만나게 할 필요가 없으며 포자체를 생성하느라 시간과 에너지를 쓰지 않아도 된다. 무성생식無性生殖이든 유성생식이든 세상으로 나아가기 위해서는 지속성과 영속성을 주제로 한 진화의 변주곡에 맞추어 유전자와 환경이 정교하게 춤추어야 한다.

매년 봄 나와 딸들은 개구리들이 노래를 부르며 '수선화를 유혹한다'고 말한다. 수선화는 첫 개구리 울음소리가 들리면 초록 싹이 솟아나고 울음이 멎기 전에 만개한다. 내 포타와토미족 조상들은 밤새 버섯이 땅 위로 솟는 힘의 신비를 '푸포위puhpowee'라고 불렀다. 4월 밤 나를 못으로 이끌어 푸포위의 증인이 되도록 한 건 이 신비로운 힘일 것이다. 올챙이와 포자, 난자와 정자, 나와 당신, 이끼와 개구리, 우리 모두는 봄이 시작되는 밤의 소리를 이해함으로써 서로 연결된다. 그것은 신성한 세상에서 삶을 지속하고 이끌려는 간절함이 우리 안에서 울려 퍼지는 무언의 목소리다.

역할 분화의

아름다움—

꼬리이끼

토요일 아침 볼일을 보러 또는 산을 오르려고 자동차를 타면 미국 공영 라디오NPR의 지역 채널에서 토요일 아침 프로그램이 나온다. 〈자동차 이야기Car Talk〉와 〈그거 아십니까?What Do You Know?〉 중간에 방송되는 〈자매들의 위성 통화The Satellite Sisters〉라는 라디오 프로그램은 다음과 같은 멘트로 시작한다. "서로 다른 대륙에 떨어져 사는 우리 다섯 자매는 부모는 같지만 전혀 다른 삶을 삽니다. 한번 이야기를 시작해 보겠습니다."

자매들은 지구 저편에서 서로 안부를 묻지만 마치 부엌 식탁에 반쯤 마신 커피 컵과 시럽이 끈적끈적한 빵을 올려 놓고 수다를 떠는 분

위기다. 수다의 주제는 커리어 전략, 아이들, 환경 운동가로서 여성, 식료품점에서 포도 시식을 하며 겪는 윤리적 딜레마를 오간다. 물론 관계에 관한 이야기도 빼놓을 수 없다.

남편은 헛간에서 어슬렁거리고, 딸들은 생일 파티에 갔으며, 나는 아침부터 자매들의 대화를 들으며 기분 좋게 게으름을 피운다. 산책을 하기에는 땅이 젖었고 정원을 손질하기에는 너무 질퍽거려 아침이 온전히 나만의 시간이 되면 아직 종 이름을 찾지 않은 꼬리이끼속 *Dicranum* 이끼들을 관찰하고 싶어진다. 놀기 위해 일을 하다니 얼마나 복 받았는가. 실험실 창문으로 빗물이 흘러내리고 자매들의 목소리만이 내 친구다. 내가 자매들과 크게 웃더라도 누가 알겠는가? 학생들도 없고 전화도 오지 않으니 주중의 소란스러움에서 벗어나 다양한 이끼와 몇 시간을 보낸다.

다양한 종으로 이루어진 꼬리이끼속 역시 자매가 여럿이다. 내가 꼬리이끼들을 여자로 여기는 이유는 꼬리이끼 남자들은 비범하고, 어쩌면 어쩔 수 없는, 운명을 맞았기 때문이다. 강인한 여자라면 바로 이해할 수 있을 운명이다. 이에 대해서는 뒤에서 더 자세히 이야기하자. 자매들이 머리를 새로 하고 나면 약점을 들킨 것처럼 자신이 없어진다는 이야기를 하는 동안, 나는 꼬리이끼속 이끼들의 모습이 정갈하게 한쪽으로 빗은 머리카락 모양이라는 사실을 왜 깨닫지 못했을까 생각하며 웃는다.

다른 이끼들은 카펫이나 작은 숲을 연상시키지만, 꼬리이끼들은

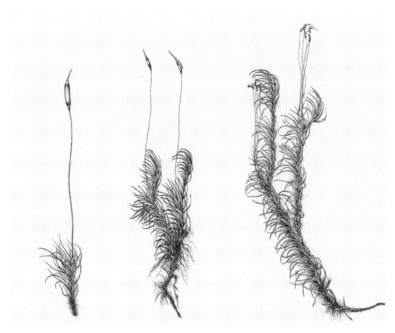

꼬인꼬리이끼 *D. montanum,* 비꼬리이끼 *D. scoparium,* 디크라눔 운둘라툼 *D. undulatum*

양쪽으로 가르마 탄 머리, 웨이브 머리, 곱슬머리, 까까머리처럼 머리 모양을 닮았다. 가장 작은 꼬인꼬리이끼*D. montanum*부터 가장 큰 디크 라눔 운둘라툼*D. undulatum*에 이르기까지 가족사진을 찍듯 일렬로 줄을 세우면 서로 닮았음을 단박에 알 수 있다. 모두 잎이 머리카락처럼 길 고 얇으며 끝이 말려 있고 바람에 휘날리듯 한 방향으로 빗겨 있다.

이끼 가족의 '자기만의 방'

태국과 포틀랜드Portland, 오리건Oregon에서 위성 통화하는 자매들처럼 꼬리이끼들도 전 세계 숲에 흩어져 있다. 갈색고산꼬리이끼 *Dicranum fuscescens*는 최북단에 서식하고 디크라눔 알비둠*D. albidum*은 열대 지방에서도 발견된다. 아마도 떨어져 지내기 때문에 자매끼리 사이가 좋을지 모른다. 꼬리이끼속은 적응방산adaptive radiation, 어떠한 생물군이 바뀐 환경에 적응하는 과정에서 여러 가지 형태가 나타나는 현상을 수차례 겪었기 때문에 공통 조상에서 다양한 종이 새롭게 진화했다. 다윈이 발견한 핀치finch새들이든 꼬리이끼속이든 적응방산하는 생물체는 생태학적 틈새에 적응할 새로운 종을 만든다. 다윈이 본 핀치새들의 공통 조상은 바다에서 길을 잃어 황폐한 갈라파고스 군도Galapagos Islands로 떠내려 왔고 이후 새로운 종의 조류로 진화했다. 갈라파고스 군도의 섬마다 먹이 종류가 다른 고유종이 존재한다. 마찬가지로 최초의 꼬리이끼속 이끼는 다양한 종으로 분화했고 각 종은 생김새, 서식지, 삶의 방식이 조상과 달라졌다.

이처럼 새로운 종으로 분화하는 힘은 형제자매라면 피할 수 없는 경쟁과 관련된다. 오빠 물건을 아무 이유 없이 빼앗고 싶었던 적이 있지 않은가? 일요일 저녁 가족이 모여 밥을 먹을 때 닭 다리를 차지하지 못하면 실망이 이만저만이 아니다. 긴밀하게 연결된 두 종이 환경적 요건이 같다면 둘 다 생존에 필요한 물자를 충분하게 확보할 수 없다. 하지만 살코기나 으깬 감자를 좋아하면 닭 다리를 두고 경쟁하지 않아도 되므로 기호가 분화된 형제자매는 잘 지낼 수 있다. 이러한 분화가 꼬리이끼속에서도 나타난다. 수많은 종이 자매와 공유하지 않아도 되는 '자기만의 방'을 찾아 경쟁을 피함으로써 공존한다.

　꼬리이끼속 가족은 여느 대가족의 자매처럼 각자 맡은 역할이 있다. 누구나 쉽게 공감할 것이다. 자신을 내세우지 않는 꼬인꼬리이끼는 별 특징이 없고, 눈에 띄지 않으며, 짧은 곱슬머리는 언제나 헝클어져 있다. 일요일 저녁 만찬에서 아무도 좋아하지 않는 닭 날개처럼 다른 이끼가 차지하고 남은 노출된 나무뿌리나 맨바위를 서식지로 삼는다. 습하고 그늘진 바위는 길고 빛나는 잎을 한쪽으로 늘어트리며 시선을 끄는 우아한 비꼬리이끼*D. scoparium*의 터전이다. 비꼬리이끼를 보면 비단처럼 손으로 쓸어보고 싶고 푹신한 쿠션처럼 머리를 베고 싶어진다. 이 두 자매는 바위에 같이 살지만 나서기 좋아하는 비꼬리이끼는 습하고 해가 잘 들며 비옥한 가장 안락한 윗부분을 독차지하고 꼬인꼬리이끼는 틈새를 공략한다. 모두가 예상할 수 있듯이 비꼬리이끼는 자그마한 여동생을 가장자리로 밀어낸다.

　개성이 강한 다른 꼬리이끼들은 같은 공간을 두고 싸우지 않으며 충돌을 피한다. 군인의 짧은 머리처럼 잎이 깔끔하게 위로 곧은 잎눈꼬리이끼*D. flagellare*는 상당히 썩은 통나무에만 서식하며 남들과 거리를 둔다. 보수적이고 대부분 독신으로 지내는 잎눈꼬리이끼는 가족과 지내는 대신 복제를 통해 자아를 성취한다. 강렬한 녹색을 띠며 홀로 지내는 초록꼬리이끼D. viride는 물어뜯은 손톱처럼 잎 끝이 항상 뜯겨져 있고 위태로운 곳에 숨어 산다. 반면 포자체가 여럿 달린 파도꼬리이끼 D. polysetum는 가족 중에서 번식력이 가장 왕성하다. 잎이 긴 파도와 같은 디크라눔 운둘라툼은 작은 습지의 언덕 꼭대기를 뒤덮고, 갈색꼬리 이끼D. fulvum는 수십 종의 강인한 여자들로 이루어진 가족 중 말썽꾸러기이다.

아빠 꼬리이끼를 찾아서

두 번째 커피 잔을 채운 다음 이끼 표본들을 인내심 있게 분류하는 동안 자매들의 대화 주제는 남자로 바뀐다. 행복한 결혼 생활을 꾸린 자매도 있고, 지난 주말을 헌신적인 남편이면서 좋은 아빠가 될 천생연분을 만나기 위해 보낸 자매도 있다. 전 세계 많은 여성의 고민거리인 최고의 배우자를 찾는 일은 꼬리이끼들에게도 큰 숙제다. 앞 장에서도 말했듯이, 정자는 약하고 수명이 짧아 생식 능력이 제한되므로 유성생식은 이끼에게 불확실하다. 헤엄칠 물이 없으면 정자가 난자에 도달할 수 없으므로 적절한 때에 비가 내려야만 한다. 헤엄쳐 가더라도 불과 몇 센티미터만 남긴 곳에서 장애물을 만나 난자와 결합하지 못할 수 있다. 따라서 난자와 정자가 아주 가까이 있더라도 대부분의 경우 정자는 장란기 안까지 들어오지 못하고 난자는 계속 기다릴 뿐이다.

어떤 이끼들은 짝을 찾을 확률을 높일 방법을 진화시켰다. 암수한 그루가 된 것이다. 난자와 정자가 한 식물에서 생성되면 수정은 사실상 보장된다. 자식이 생기는 건 다행이지만 안타깝게도 모두 근친 교배다. 꼬리이끼속 중에는 어떠한 종도 암수한그루로 진화하지 않았으며 성별이 매우 분명하게 구분된다.

암그루와 수그루가 만나는 게 얼마나 어려운지 생각하면, 수많은 수정을 통해서만 겨우 생성되는 포자체가 꼬리이끼속 군락에 흔하다는 사실이 놀랍다. 내가 관찰하고 있는 비꼬리이끼 덩어리에는 50개의 포자체가 있으므로 아마도 포자는 5천만 개에 달할 것이다. 어떻게 이럴 수 있을까? 그 비결을 두고 성비가 편향되어 암컷 하나마다 수많은 수컷이 주변을 맴돌고 있는 것은 아닌지 생각해볼 수 있다. 그러나 여러 이끼가 그러한 전략을 쓰긴 하지만 꼬리이끼들은 그렇지 않다.

라디오에서 자매들이 첫 데이트에서 지켜야 할 규칙들을 비교하는 동안 나는 이끼 무리를 분해하며 수많은 자식을 탄생시킨 마초 남성을 찾는다. 처음 건진 지상부는 암그루다. 두 번째도 마찬가지다. 세 번째도 그렇다. 모든 지상부가 암그루지만 전부 수정된 상태다. 남성이 보이지도 않는데도 여성 모두 임신한 상태라니? 이끼의 동정녀 잉태가 언급된 기록은 없지만 의심이 갈 수밖에 없다.

암그루 하나를 현미경에 놓자 예상대로였다. 해부한 암그루의 부푼 수정란 안에 다음 세대가 들어 있다. 줄기를 감싼 긴 잎 다발은 꼬리이끼속임을 분명히 보여주듯 우아하게 한쪽으로 흘러내리고 있다. 구불거리는 잎 하나의 주맥主脈을 따라가면서 부드러운 세포들을 살펴본다. 그러다가 전에 딱 한 번 본 적 있는 좀 더 긴 수염을 발견했다. 현미경 배율을 높이자 긴 수염은 머리카락 같은 잎이 모인 작은 덩어리였다. 나뭇가지 위에 서식하는 양치식물 뭉치처럼, 거대한 꼬리이끼 잎에서 작은 식물이 자란 모습이다.

배율을 더 높이자 소시지 모양의 주머니가 보였는데 분명 정자로 채워져 부풀어 있는 장정기였다. 바로 그곳에 잃어버린 아빠가 있었다. 매우 작은 수그루가 미래의 짝이 될 암그루의 잎에 숨어 있었던 것이다. 은밀히 교감하려는 단 하나의 목적을 이루기 위해 수컷은 암컷의 영역에 침입했다. 수그루와 암그루가 밀착하면서 정자는 난자까지 쉽게 헤엄칠 수 있다.

꼬리이끼 암그루는 숫자, 크기, 에너지 등 삶의 모든 측면에서 우세하다. 수컷의 존재조차도 암컷의 힘에 좌우된다. 수정된 암그루가 생성한 포자는 성별이 없다. 포자는 어떤 곳에 안착하느냐에 따라 암컷이 될 수도 있고 수컷이 될 수도 있다. 포자가 다른 이끼가 없는 새로운 바위나 통나무에 정착하면 싹을 틔운 뒤 크기가 온전한 새로운 암그루가 된다. 하지만 같은 종의 꼬리이끼가 있는 곳에 떨어진 포자는 이미 자리 잡은 암그루의 잎 사이로 들어가 갇히고 암그루에 의해 운명이 정해진다. 암그루는 성별이 정해지지 않은 포자가 왜웅矮雄, 암컷에 기생하는 아주 작은 수컷이 되도록 호르몬을 분출하고 이렇게 포로가 된 수그루는 모계사회에서 다음 세대를 탄생시킬 아빠가 된다.

왜소한 남성이 유리한 이유

자매들은 맞벌이 가정에 대해 청취자와 인터뷰한다. 나는 전화를 걸어 그들이 꼬리이끼속 이끼의 가족 구조에 대해 어떻게 생각하는지 묻고 싶다. 다섯 자매마다 왜웅에 대한 생각이 모두 다를 것이다. 여성의 폭압을 보여주는 분명한 증거라든가, 강인한 여성에게 남성성이 굴복했다든가, 이러한 반전은 공평한 것이라는 등등…. 아니면 미심쩍긴 해도 90년대의 사려 깊은 남성들처럼 여성들에게 자신들의 자리를 내어준 것일 수도 있다. 어쨌든 그녀들은 크기가 중요하다고 생각할까?

지금 내가 사는 곳에서는 다행히 남성과 여성이 관계를 구축할 때 그들의 관계가 종의 생존에 어떤 가치가 있는지 고려하지 않아도 된다. 하늘은 인간이 이미 너무 많다는 사실을 안다. 우리가 가정에서의 권력의 균형과 화목을 추구한다고 해서 인구 추이에 영향을 끼칠 가능성은 거의 없다.

하지만 꼬리이끼속 이끼의 진화적 관점에서는 암그루와 수그루의 불균형이 매우 중요하다. 수그루의 왜소한 몸집은 수정 문제를 효과적으로 해결한다. 암그루와 수그루 모두 이러한 구조로 혜택을 입는다. 수그루의 크기가 크다면 잎과 가지 때문에 정자와 난자의 거리가 멀어지므로 유전자를 퍼트리는 데 방해가 된다. 왜웅은 큰 수그루보다 훨씬 많은 자손을 낳을 수 있다. 정자를 준 다음 물러나는 왜웅이야말로 자손 번식에 가장 크게 기여한다.

서로 어떻게든 다르게 보이고 싶어 하는 자매들처럼 꼬리이끼들의 여성과 남성은 분명하게 구분된다. 가족 안에서 경쟁이 일어나면 가족 구성원의 성공 가능성은 모두 낮아진다. 그러므로 진화를 통해 분화해 경쟁을 피해야 종의 생존 가능성이 높아진다. 몸집이 큰 암그루와 왜소한 수그루는 서로 경쟁하지 않는다. 수그루는 정자를 효율적으로 보내기 위해 작아야 한다. 암그루는 생성된 포자체를 잘 키워 자손을 퍼트리려면 크기가 커야 한다. 수그루와 경쟁할 필요가 없는 암그루는 자손을 위해 빛, 수분, 공간, 영양분이 충분한 좋은 서식지를 독차지한다.

자매들이 대화를 끝내기 전 레몬 무스 조리법을 소개한다. 맛있을 것 같다. 비는 그쳤고 이끼 관찰도 끝나 라디오를 끄며 미소 짓는다. 이제 집에 돌아가 왜소하지 않은 내 남자가 정성스럽게 준비한 점심을 먹을 시간이다.

· 변화를
· 받아들이는
· 법

뉴욕주 북부에 있는 우리 집 주변 언덕 꼭대기에 선 단풍나무는 겨우내 잎이 없고 가지가 회색이어서 하늘을 도화지 삼아 새로 깎은 연필로 그린 듯하다. 하지만 윌래밋계곡Willamette Valley에 있는 오리건백참나무Oregon oak는 진초록 크레용으로 그려야 한다. 겨울에도 계속 비가 내리기 때문에 잎이 활동하지 않더라도 몸통은 이끼로 덮여 풍성한 녹색이다. 이처럼 이끼로 된 스펀지는 끊임없이 물을 나무뿌리까지 끌어내려 땅을 흠뻑 적시고, 다가올 여름을 위해 물을 흙에 저장한다.

8월이 되어 겨우내 모은 빗물을 다 써버리면 땅은 다시 건조해진다. 백참나무 잎은 뜨거운 공기에 매달려 있고, 매미는 65일째 비가 내리지 않았다는 기상 예보를 요란하게 전한다. 가뭄을 견디기 위해 들꽃이 땅 밑으로 숨어 지면은 바싹 마른 갈색 풀뿐이다. 백참나무 껍질을 덮었던 이끼 카펫은 이제 말라비틀어져 쪼글쪼글해지고 철사 같은 골격만이 희미하게 보일 뿐이다. 여름 가뭄 동안 백참나무는 조용히 기다린다. 비가 내리지 않아 여름잠을 자며 모든 성장과 활동을 멈춘다.

린든Linden이 탄 비행기가 연착되는 바람에 시간을 때우려고 에어로자바AeroJava 커피숍으로 느긋하게 걸어가 줄을 섰다. 계산대에는 동전이 반쯤 담긴 유리병이 놓여 라벨에 "변화가 두렵다면 여기 두고 가세요영어에서 'change'는 변화와 잔돈 두 가지를 의미한다. 따라서 이 문장은 잔돈을 두고 가라는 의미의 말장난이다."라는 문구가 손글씨로 적혀 있다. 순간 나도 모르게 눈물이 솟았다. 앞치마 끈을 허리에 세 번이나 돌려 감은 어린 내 딸이 부엌 의자 위에 서서 밸런타인데이 쿠키를 자르고 그 위에 분홍색 설탕 가루를 뿌리던 때로 돌아가도록 내가 겪은 변화를 모두 떨쳐낼 수 있다면 주머니에 있는 동전을 몽땅 털어버리고 싶었다.

이끼는 기다리기 시작한다. 며칠 안에 이슬이 맺힐 수도 있고 몇 달 동안 계속 메마를 수도 있다. 받아들이는 것이 이끼가 존재하는 방식이다. 이끼는 비의 방식을 그대로 받아들임으로써 변화의 고통에서 자유로워진다.

나는 주변이 바뀔 때까지 숨을 참고 기다리면서 많은 날을 보냈다. 비 냄새가 나기만을 기다렸다. 아이가 통학 버스를 탈 만큼 자랄 때까지의, 마치 영원할 것처럼 길었던 기다림을 기억한다. 그 기다림이 끝났을 땐, 추위에 발을 동동 구르며 그 버스를 기다리게 되었다. 내 아기들이 태어나길 기분 좋게 기다린 아홉 달은 곧 아이들의 고등학교 농구팀 시합이 끝나길 기다리며 자동차에서 초조하게 핸들을 두드리는 시간으로 이어졌다. 그리고 지금은 대학에 다니는 린든이 비행기를 타고 돌아와 내 팔에 안기길 기다리고 있다. 린든이 도착하면 함께 할아버지의 침대맡에서 기다릴 것이다.

수분 변화를 받아들이는 이끼

뜨거운 날씨에 바싹 마른 백참나무에서 이끼는 어떠한 기다림의 기술을 사용할까? 이끼는 마치 백일몽을 꾸듯 몸을 안으로 말아 웅크린다. 이끼가 꿈을 꾼다면 비 내리는 꿈일 것이다.

광합성이란 연금술이 일어나려면 이끼는 수분으로 촉촉해야 한다. 이끼 잎 위의 얇은 수분막은 이산화탄소를 용해해, 빛과 공기를 당으로 변화시키는 잎으로 들일 관문이다. 물이 없어 말라버린 이끼는 성장할 수 없다. 뿌리가 없는 이끼는 흙에서 물을 공급받지 못하므로 생존이 비에 의해 좌우된다. 그러므로 이끼는 물안개가 이는 폭포 주변이나 샘

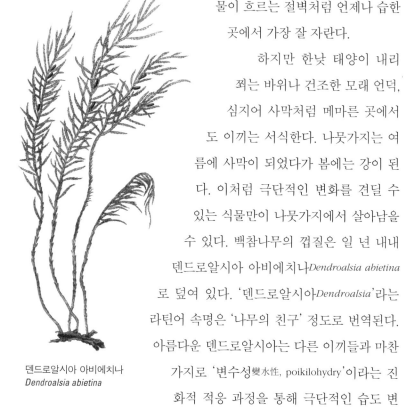

덴드로알시아 아비에치나
Dendroalsia abietina

물이 흐르는 절벽처럼 언제나 습한 곳에서 가장 잘 자란다.

하지만 한낮 태양이 내리쬐는 바위나 건조한 모래 언덕, 심지어 사막처럼 메마른 곳에서도 이끼는 서식한다. 나뭇가지는 여름에 사막이 되었다가 봄에는 강이 된다. 이처럼 극단적인 변화를 견딜 수 있는 식물만이 나뭇가지에서 살아남을 수 있다. 백참나무의 껍질은 일 년 내내 덴드로알시아 아비에치나*Dendroalsia abietina*로 덮여 있다. '덴드로알시아*Dendroalsia*'라는 라틴어 속명은 '나무의 친구' 정도로 번역된다. 아름다운 덴드로알시아는 다른 이끼들과 마찬가지로 '변수성變水性, poikilohydry'이라는 진화적 적응 과정을 통해 극단적인 습도 변화를 견딘다. 이끼의 삶은 수분의 변화와 연결된다. 변수성 식물은 놀랍게도 수분 함유량이 주변 습도에 따라 변한다. 습도가 높으면 이끼는 물을 빨아들여 쑥쑥 자란다. 하지만 공기가 건조해지면 이끼도 같이 건조해지다가 완전히 마른다.

극단적인 건조함은 일정하게 수분을 유지해야 하는 고등식물에게는 치명적이다. 고등식물은 뿌리, 관다발계, 수분 보존을 위한 정교한 메커니즘을 통해 건조한 날씨를 견디고 활동을 유지한다. 고등식물은 에너지 중 상당 부분을 수분을 잃지 않는 데 쓴다. 하지만 수분이 심각하게 부족해지면 수분 유지를 위한 기능마저 무력화되고, 휴가를 떠난 동안 창턱에 놓아 둔 허브처럼 시들다가 죽는다.

반면 대부분의 이끼는 건조하다고 해서 죽지 않는다. 이끼에게 건조함은 삶의 일시적인 중단일 뿐이다. 이끼는 몸속 수분 중 98퍼센트까지 잃더라도 다시 물이 공급되면 깨어날 수 있다. 퀴퀴한 표본 캐비닛에서 사십 년을 묵었던 이끼도 페트리 접시에 몸을 담그면 완전히 살아난다. 변화에 따르기로 약속한 이끼의 운명은 강우량과 연결된다. 이끼는 쪼그라들고 메마르는 동안 새롭게 태어날 기틀을 조심스럽게 마련한다. 이끼는 내게 신뢰를 준다.

비행기에서 내린 린든은 고향에 온 기쁨에 소녀 같은 미소를 짓지만 성인이 된 린든의 눈은 내 얼굴에서 근심의 징후가 있는지 살핀다. 나는 딸이 안심하도록 미소로 답하며 꼭 껴안았다. 딸과 나란히 걷는 동안 딸이 무언가 기다리는 데 시간을 허비하지 않았음을 바로 알았다. 린든은 변해가고 있다. 딸과 팔짱을 끼고 가면서 이 세상에 그 무엇도 이처럼 사랑스럽고 밝게 빛나는 젊은 여성, 내 팔 안에 잠든 이 아기와 바꿀 수 없음을 새삼 깨닫는다.

물이 부족해 고등식물이 살지 못하는 곳에서도 이끼는 변수성 덕분에 견딜 수 있다. 하지만 이러한 인내에는 큰 희생이 뒤따른다. 건조해지면 광합성을 못하므로 이끼는 습하고 해가 비치는 동안에만 자랄 수 있다. 이끼는 진화를 통해 이러한 잠깐의 기회를 연장하는 능력을 개발했다. 우아하고 단순한 방법으로 소중한 수분을 유지한다. 피할 수 없는 가뭄이 찾아오면 운명을 완전히 받아들이고 강한 인내심으로 다시 비가 올 때를 기다린다.

이끼가 물을 사랑하는 법

대기는 수분을 뺏기지 않으려고 한다. 구름은 아낌없이 비를 뿌리지만 하늘은 언제나 무자비한 증발을 통해 수분을 도로 가져온다. 그렇다고 이끼가 무방비 상태는 아니다. 나름대로 태양의 강력한 힘에 대항하여 수분을 끌어당긴다. 질투심이 많은 애인처럼 이끼는 갖가지 방법으로 수분을 조금이라도 오랫동안 곁에 두려고 한다. 이끼의 모든 요소는 물을 향한 애정으로 설계되었다. 이끼가 모여 있는 형상, 가지 위 잎 사이의 공간, 작은 잎의 미세한 표면에 이르기까지 모든 것이 물을 간직하기 위한 진화적 필요에 의한 것이다. 홀로 자라는 경우가 거의 없이 8월의 옥수수 밭처럼 빽빽하게 군생한다. 개체들이 서로 밀접해 있어 지상부와 잎이 맞닿으면 잎과 빈 공간이 구멍 뚫린 연결망이 형성되고 스펀지처럼 물을 간직한다. 지상부가 밀집할수록 물을 가두는 능력이 커진다. 가뭄에 강한 이끼는 1제곱센티미터당 50개 이상의 줄기가 들어설 수 있다. 이끼 하나를 군락에서 분리하면 곧바로 말라버린다.

딸과 있으면 나 자신이 확장되는 기분이 든다. 린든의 이야기에 웃다 보면 내 이야기도 깨어나면서 우리의 이야기는 얽힌다. 차 안에서 옆에 앉은 딸이 좋아하는 라디오 방송 주파수를 찾기 위해 다이얼을 돌리다가 린든의 부재로 인한 아픔은 단순히 린든이 없어서가 아니라 내 할아버지, 내 부모, 나 자신을 포함한 모든 걸 잃기 때문이라는 것을 문득 깨달았다. 어쩌면 이 사실을 전에 이미 알았을지도 모른다는 생각이 든다. 덴드로알시아가 고결하게 받아들이는 상실을 우리는 얼마나 두려워하며 맞서 싸우는가. 우리는 피할 수 없는 운명에 맞서며 어쩌면 젖은 빵이 마를 때까지 버틸 수 있다고 생각하고는 헛된 저항에 자신을 허비한다.

물은 이끼 무리에 틈틈이 있는 작은 공간들을 아주 좋아한다. 물은 표면을 끌어당기는 특성을 지녔기 때문에 잎에 쉽게 달라붙는다. 물 분자의 한쪽 끝은 양전하를 띠고 반대쪽은 음전하를 띤다. 따라서 물은 물체가 음전하이든 양전하이든 표면과 결합할 수 있는데 이끼 세포벽은 두 전하를 모두 띤다. 또한 물 분자는 이처럼 양전하와 음전하 모두 결합할 수 있기 때문에 한쪽은 다른 물 분자의 양전하와 연결되고 반대쪽은 또 다른 물 분자의 음전하와 연결되면서 응집한다. 이처럼 물 분자는 서로 강하게 결합하고 이끼에 응착하기 때문에 식물 표면들 사이에 투명한 다리를 형성한다. 다리의 인장 강도는 작은 공간을 연결하기에는 충분하지만 공간이 너무 넓으면 무너진다. 이끼는 잎이 섬세하고 크기가 작아 물의 모세관 작용에 의한 다리를 세우기에 간격이 적당하다. 이끼의 지상부, 가지, 잎은 물이 머무는 시간을 최대한 늘리고 모세관의 인력을 이용해 증발에 저항하는 구조다. 이끼가 이처럼 세심하게 설계되지 않았다면 곧장 말라버려 자연선택에서 도태됐을 것이다.

넓고 평평한 백참나무 잎에 떨어진 빗방울을 보자. 하늘을 비추는 작은 유리구슬처럼 뭉쳤다가 땅으로 굴러 떨어진다. 대부분의 나무에서 잎은 뿌리가 수분을 흡수하도록 물을 떨구는 구조로 되어 있다. 나뭇잎은 물이 통과하지 못하는 왁스가 얇게 칠해져 있어 물은 흡수되지 못하고 증발해 버린다. 하지만 두께가 세포 하나에 불과한 이끼 잎에는 이러한 장벽이 전혀 없다. 이끼 잎의 모든 세포는 대기와 직접 닿기 때문에 빗방울은 바로 세포로 흡수된다.

병원에 가며 우리는 딸의 증조할아버지에 대해서도 이야기했지만 순식간에 지나갈 대학 신입생 생활에 대해 주로 이야기했다. 린든은 학교생활, 내가 만나보지 못한 사람들, 배낭여행에 대해 말했다. 전에는 짐작도 못했던 열정과 미지의 세계를 향한 과감한 모험심이 딸에게 생겼음을 알아차릴 수 있다. 이야기를 듣는 동안 세상을 향해 열려 있는 린든이 조금 부러웠다. 린든의 세상에서 변화는 상상 속 가능성을 끌어 올릴 미끼일 뿐, 곧 다가올 상실의 요인이 아니다. 하지만 나는 상실을 막아주면서도 날 세상과 단절시키거나 고립시키지 않는 장벽은 결코 세울 수 없음을 안다.

나뭇잎은 내리쬐는 빛을 되도록 많이 가로채기 위해 모두 평평하고 그늘이 생기지 않도록 서로 적당한 거리를 유지한다. 하지만 이끼에게 빛은 물보다 중요하지 않다. 따라서 이끼 잎의 특성은 나무와 전혀 다르다. 모든 잎은 물이 머물 수 있는 형태다. 이끼는 뿌리뿐 아니라 물을 나를 내부 장치가 전혀 없기 때문에 표면 구조만으로 수분을 이동시킨다. 어떤 이끼 종은 '모엽毛葉, paraphyllium'이라고 불리는 가는 실로 줄기를 까슬까슬한 양모 담요처럼 감싸 양초의 심지가 파라핀을 끌어 올리듯 물이 이동하는 속도를 높인다. 또한 어떤 이끼는 잎이 뒤집어 놓은 그릇처럼 오목해 빗물을 모으고 가둔다. 잎이 길고 끝이 말려 작은 관을 만드는 이끼는 그 안을 물로 채워 잎 표면으로 물방울을 보낸다. 이끼 잎이 서로 가까이 있어 겹쳐지면 물이 오갈 수 있는 작은 오목한 주머니들이 생겨 수로가 형성된다.

잎의 미세한 표면 역시 얇은 수분막을 끌어당겨 가두도록 조각되어 있다. 잎은 작은 아코디언처럼 주름이 져 틈 사이에 물을 가둘 수 있다. 잎 표면은 굽이치는 언덕과 물이 가득한 계곡으로 이루어진 지형을 닮았다. 건조한 곳에 서식하는 종 중 상당수는 잎 세포에 '유두papilla'라고 불리는 작은 돌기들이 있어 손가락 사이로 비비면 거칠게 느껴진다.

호수 위로 솟은 작은 언덕 같은 유두 사이로 수분막이 늘어나 고정되기 때문에 햇빛이 강렬하더라도 잎은 물을 가둬 광합성 시간을 조금이나마 늘릴 수 있다.

내 사무실 책장 꼭대기에는 연구 프로젝트마다 참고한 마른 이끼 표본들을 담은 상자가 쌓여 있다. 표본을 꺼내 물에 적셔야만 해당 이끼의 특징을 보이는 미세한 구조가 나타난다. 페트리 접시에 몇 분 동안 푹 담그면 된다. 하지만 나는 몇 년이 지나도 현미경 밑에서 지상부가 부활하는 걸 보기 위해 물을 한 방울씩 떨어트리는 의식을 기꺼이 치른다. 이 행위는 이끼와 물의 훌륭한 결합에 작은 경의를 표하는 것이다. 이끼와 물은 자석처럼 서로 끌어당긴다. 메마른 지상부 끝에 물을 한 방울 떨어트리면 협곡을 따라 빠르게 흐르는 물줄기처럼 물방울이 이끼 잎 사이로 순식간에 이동한다. 물방울이 모든 통로를 돌아다니며 작은 공간을 전부 메우면 잎 아래가 부풀어 잎 끝이 바깥으로 고개를 숙이고 말라비틀어졌던 잎이 빛과 움직임으로 가득 차 활짝 핀다.

줄기에서 잎이 붙은 곳에 '익부 세포alar cell'라는 특별한 세포가 모여 있다. 맨눈으로 보면 잎 가장자리에서 반짝이는 초승달처럼 보인다. 현미경으로 본 익부 세포는 다른 잎 세포보다 훨씬 크고 대부분 얇은 벽이 있다. 익부 세포의 넓은 빈 공간은 물을 빠르게 흡수해 투명한 물풍선처럼 부풀어 오른다. 이처럼 익부 세포가 부풀면 잎은 바깥으로 휘어져 줄기와 멀어지기 때문에 빛을 더 잘 받는 위치로 갈 수 있다. 때문에 이끼는 신경이나 근육이 없더라도 성장에 필요한 물을 감지해 광합성에 적합한 각도로 잎을 조절할 수 있다.

이끼 잎 밑 부분이 물로 채워져 넘치면 남은 물은 잎 아래로 가기 때문에 겹쳐진 잎들 아래로 웅덩이들이 서로 연결된다. 몇 분 후 지상부가 흠뻑 젖어 부풀고 밝아지면 물은 다른 곳으로 간다. 그러면 끝이다. 물의 형상은 이끼에 의해 변하고 이끼의 형상은 물에 의해 변한다.

이끼와 물의 상호관계. 이것이 우리가 사랑하는 방식이고, 사랑을 통해 스스로 나래를 펴는 방식이 아닐까? 우리는 사랑하는 이를 향한 애정으로 형상화되고, 사랑의 존재로 확장되며, 사랑의 부재로 움츠러든다.

모든 동식물은 심장, 혈관, 땀샘, 신장처럼 수분의 균형을 맞추는 정교한 도구를 활용한다. 그러한 생물체는 물을 통제하는 데 많은 에너지를 쏟는다. 하지만 이끼는 표면에 이끌리는 물의 특성만으로 물의 움직임을 조절한다. 이끼의 구조는 물의 응착력adhesive force, 다른 종류의 물질이 맞닿아 엉겨 붙게 하는 힘과 응집력cohesive force, 동일한 종류의 분자간의 인력을 이용해 어떠한 에너지도 쓰지 않고 자유자재로 표면에서 물을 움직인다. 이처럼 자연의 기본적인 힘들을 이기려고 하기보다는 활용하는 섬세한 구조야말로 미니멀리즘의 정수다.

할아버지가 이끼의 우아한 구조를 보셨다면 분명 감탄하셨을 것이다. 할아버지는 목수셨다. 작업실에는 정밀선반, 핸드드릴, 오래된 대패, 조각

끌과 같은 공구로 가득했지만 모두 나름의 용도가 있었다. 어떠한 물건도 허투루 버려지지 않았다. 이유식 유리병에는 나사들이 종류별로 담겼고, 호두나무는 판자가 되었으며, 버려진 참나무 기둥은 할머니가 부엌에서 쓸 그릇으로 변신하기를 기다렸다. 할아버지가 만든 물건들은 나무의 잠재력에 부합하는 깔끔하고 단순한 구조였다.

재회를 담담히 기다리며

물을 가두는 이끼의 작전은 매우 뛰어나지만 증발을 막는 임시 조치일 뿐이다. 태양이 언제나 전투에서 승리하고 이끼는 마른다. 물이 다시 공기로 날아가면 이끼는 형태가 크게 변한다. 어떤 이끼는 잎을 접거나 안으로 만다. 그러면 잎의 노출 면적이 줄어들어 표면에 마지막까지 남은 물을 가둘 수 있다. 거의 모든 이끼는 마르면 모양과 색을 바꾸기 때문에 표본을 보고 식별하기 어렵다. 건조한 바람을 막을 장막을 치기 위해 잎에 주름을 만들거나, 잎을 나선형으로 휘게 해 줄기 주변에서 꼬이도록 한다. 덴드로알시아의 기둥은 색이 어두워지고 안으로 꼬여 박제된 쥐의 검은 꼬리처럼 된다. 잎이 부드럽고 길게 갈라진 이끼는 메말라 비틀어지면서 쉽게 부스러지는 시꺼먼 덩어리로 변한다.

할아버지는 큰 키에 작아 보이는 병원 침대에 누워 생명을 유지해 주는 수많은 장치에 둘러싸여 있다. 딱딱하고, 각이 지고, 확신에 찬 소리를 내는 전자 기기로 가득한 이곳에서 할아버지의 부드러움은 외계에서 온 것 같다. 팔에는 탈수를 막기 위한 혈관 튜브가 꽂혀 있다. 체내 수분이 87퍼센트로 유지되도록 설정되어 있고 나머지 13퍼센트는 항복의 행진을 시작한다.

촉촉했던 잎이 가뭄으로 말라가는 동안 이끼 세포의 생화학적 기능 역시 건조한 환경을 대비한다. 물이 없는 부두로 향하는 배처럼, 핵심적인 기능이 서서히 작동을 멈추고 대기 상태에 돌입한다. 쪼그라지고 작아져도 회복이 불가능할 만큼 손상을 입지 않도록 세포막이 변한다. 무엇보다도 세포 복구 효소가 합성되어 나중에 사용할 수 있도록 저장된다. 쪼그라진 막 안에 갇힌 이러한 효소는 마치 구명보트와 같아, 비가 다시 내리면 세포들의 원기를 완전히 회복시킨다. 그러면 세포의 내부 기능이 다시 작동해 그동안 메말라 손상된 부분을 재빨리 치료한다. 이끼는 약 20분 동안만 젖어도 탈수를 극복해 활력을 찾는다.

이제 우리는 죽음에 저항하기 위한 모든 장식품은 떼어낸 채 묘지에 모여 섰다. 내 손을 잡은 할머니의 마른 얼굴은 금방이라도 바스러질 것 같다. 엄마는 우리를 하나씩 보면서 가까이 모이도록 한다. 볼이 발그레한 내 아이는 어디로 갈지 몰라 발을 이리저리 움직인다. 엄마는 서로 손을 잡은 딸들에게 둘러싸였고 언젠가 그녀도 우리 사이를 떠나갈 것이다.

엄마의 손에서 장미가 떨어지자 우리는 손을 더 꽉 쥐었다.

이끼는 단체로 활동하기 때문에 햇빛이 물을 당기는 힘에 저항하고 비가 내릴 때 물을 가둘 수 있다. 혼자서는 할 수 없는 일이다. 한곳에 모여 지상부와 가지가 서로 얽혀야만 물을 보관할 장소를 마련할 수 있다.

뭉실한 가을 구름이 마침내 무덥던 여름 하늘을 뒤덮고 습한 바람이 백참나무의 마른 낙엽을 흩트린다. 공기가 에너지로 가득해지면 이끼는 바람에서 비 내음을 맡으며 준비 태세를 갖춘다. 가뭄의 포로였던 이끼의 모든 감각은 구조대원들로 향한다.

첫 빗방울이 떨어지더니 빗줄기가 굵어져 폭우가 내리자 감격스러운 재회가 이루어진다. 누구보다도 반갑게 맞아주는 오래된 길을 따라 빗물이 흐른다. 빗물은 작은 잎으로 이루어진 운하를 통과한 후 모세관으로 흘러 모든 세포로 깊숙이 흡수된다. 몇 초 후 간절히 기다리던 세포가 물로 가득 차고, 메말랐던 가지가 하늘을 향해 펴지며, 잎은 비와 만나기 위해 몸을 늘인다. 나는 이끼가 펼쳐지는 모습을 보기 위해 비가 내리면 언덕으로 달려간다. 나 역시 변화를 받아들이고 인정하기로 다짐하며 더 이상 저항하지 않고 나다워질 것이다.

비가 내려 정적에서 벗어나 활력을 얻은 덴드로알시아가 움직이기 시작하고 연약한 가지가 뻗어나가면서 겹친 잎이 다시 대칭을 이룬다. 말린 줄기가 펴지면서 부드러운 속을 드러내니 그곳에는 포자가 가득한 작은 포자낭이 줄 서 있다. 비가 내릴 때를 준비해 온 이끼들은 튀어오르는 물방울에 딸들을 태워 보낼 것이다. 백참나무는 다시 녹색으로 무성해지고 공기에서는 이끼가 내쉰 숨의 향기가 진하게 풍긴다.

생명을 부르는

생명—

솔이끼

　신나게 산에 올라 점심을 먹은 후, 바위 위의 개미 한 마리가 내 샌드위치 부스러기에서 떨어진 깨 한 톨을 이고 가는 광경을 나른하게 본다. 개미가 깨를 나르고 간 바위틈에는 얼마 안 되는 흙이 깔려 있고 거칠거칠한 솔이끼속 이끼가 그곳을 메우고 있다. 내년 여름에 등산객들이 바위틈에서 깻잎 싹을 발견할 것 같지는 않지만, 이끼 사이에 이미 씨가 있었던지 작은 싹이 나 있다. 개미, 씨, 이끼는 각자의 일에 열중하는 와중에 알게 모르게 협동해 황량한 바위 위에 숲을 일구고 있다. 시간이 흐르면서 어떠한 장소의 식물 군락이 변화하는 생태천이 ecological succession 과정은 한 생명이 또 다른 생명을 자석처럼 끌어들이는 선순환 고리와 같다.

캣산Cat Mountain 봉우리에서는 미시시피 동부에서 가장 큰 야생지역인 파이브폰즈 자연보호구역Five Ponds Wilderness이 발밑에서 펼쳐지고 푸른 언덕들이 수평선을 향해 굽이친다. 볕을 받아 따뜻해진 이곳 화강암은 지구에서 가장 오래된 바위 중 하나이지만 아래로 보이는 숲은 상대적으로 최근에 만들어졌다. 한 세기 전만 하더라도 말뚝가리가 날던 상승온난기류 아래에는 잿더미와 같은 산꼭대기, 벌목된 계곡, 듬성듬성 고립된 노령림뿐이었다. 애디론댁산맥은 '제2의 야생'으로 불린다. 이제는 곰과 독수리가 구불구불한 야생의 오스위개치강Oswegatchie River을 따라 물고기를 잡는다. 벌목으로 입은 상처들은 생태천이로 치유되어 2차림자연림이 홍수, 벌채 등의 이유로 훼손된 후 새롭게 생겨난 숲이 빈 곳 없이 펼쳐진다. 그렇게 다 채워졌어도 상처 한 곳은 아직 아물지 않았다. 북쪽 녹지대 사이에 마치 깊이 파인 자상刺傷처럼 나무가 없는 황무지가 15킬로미터 정도 떨어진 곳에서도 보인다.

쓰레기는 쓰레기를 부른다

애디론댁산맥 바위는 철이 풍부하다. 나침반 바늘이 마구 돌아가기 때문에 황혼지대twilight zone, 실제와 환상이 불분명한 지대에 들어온 건 아닌가 하는 착각이 든다. 이곳 물가에서는 자석을 대면 모래가 붙는다.

일찌감치 애디론댁산맥에서 철이 채굴되었고 광업 회사인 벤슨마인스 Benson Mines는 산을 깎아 평평하게 만들었다. 채굴된 광석은 전 세계로 보내졌고, 산은 파이프를 통해 채굴 부산물로 이루어진 진흙덩이가 되어 사라져갔으며, 폐기물은 약 10미터 높이로 쌓였다. 이후 광물 가격이 급락하면서 일자리가 사라져 광산은 문을 닫았고, 습하고 초록이 무성한 애디론댁산맥 가운데 수십 헥타르가 사하라 사막처럼 모래 폐기물로 덮였다.

현행법에 따라 채굴 지역을 복구해야 했지만 벤슨마인스는 법망을 뚫고 처벌받지 않았다. 재녹화를 위한 미적지근한 시도가 몇 번 이루어졌지만 모두 실패했다. 중서부 초원에 서식하는 풀을 옮겨 심어봤지만 비료를 뿌리고 물을 대지 않으면 오래 버티지 못했고 그나마도 광산 사업을 해외로 이전하면서 중단되었다. 나무를 심은 사람도 있지만 비실비실하고 누렇게 바랜 소나무 몇 그루만이 버틸 뿐이었다. 속죄하는 마음이나 책임감에서 풀과 나무를 심었는지 모르지만 그건 철거될 건물에 벽화를 그리는 것만큼 어리석은 행동이다. 식물을 심는 것만으로는 충분하지 않다. 식물을 지탱할 무언가가 있어야 하지만, 채굴 폐기물 더미를 두껍게 덮은 죽은 모래는 그 아래에 있는 부엽토와 성분이 전혀 다르다. 이제 이곳은 공식적으로 '고아 광산orphan mine'으로 분류된다. 공식적인 단어치고 이처럼 직접적이고 노골적인 표현은 드물다. 말 그대로 누구도 이 땅을 돌보지 않는다.

반짝이는 호수와 울창한 숲을 지나는 애디론댁 도로를 달리면 길가에 쓰레기가 거의 보이지 않는다. 사람들이 이 야생의 장소를 얼마나 좋아하고 아끼는지를 분명히 알 수 있다. 하지만 광산을 가르는 3번 도로에서는 오리나무 아래 비닐봉지가 버려져 있고 녹물이 가득한 웅덩이에는 맥주 캔이 떠다닌다. 무관심도 순환 고리다. 쓰레기는 쓰레기를 부른다.

나는 오래된 광산 사이에서 유일한 녹색지대인 공동묘지로 향한다. 회사는 산 사람에게 그러했듯 죽은 사람도 존중하지 않았다. 잘 관리된 묘비들을 지나면 바로 길이 끊기고 폐기물 더미가 나타난다. 반질반질한 화강암 비석들을 가로지르면 반쯤 묻힌 녹슨 톱날, 이름의 이니셜로 용접된 강철봉, 십자가 형태로 구부린 오래된 TV 안테나처럼 손수 만든 비범한 기념물들이 등장한다. 이곳에서 이야기들은 폐기물에 묻혀 있다. 철 지난 크리스마스 꽃 장식과 장례식에 쓰인 분홍색 플라스틱 조화가 담긴 하얀 플라스틱 바구니 등 묘지에서 나온 쓰레기 사이를 지나면 광산에 이른다.

폐기물 경사로 올라가니 해변의 모래 언덕을 걷는 것처럼 뒤로 미끄러진다. 신발에 모래가 들어가도 신경 쓰지 않는다. 여느 사막의 모래처럼 걷기 힘들 뿐 해롭지는 않다. 모래는 물을 머금을 수 없기 때문에 빗물이 빠르게 빠져나가 곧바로 다시 마른다. 식물이 없기 때문에 물을 흡수하거나 영양소를 순환시킬 유기물도 없다. 나무 그늘이 없어 지표면 온도는 극단적으로 치솟는다. 온도계로 재보니 섭씨 53도에 이르러 연약한 묘목이 말라죽고도 남는다. 폐기물 둔덕에는 권총 탄약통과 구멍 난 깡통이 흩어져 있다. 또한 미니 텐트처럼 천 쪼가리를 아이스크림 막대기로 펼친 기이한 물건도 여기저기서 발견된다. 모래 위에 깔린 낡은 카펫들은 의욕이 앞선 청소기 영업사원의 유별난 제품 시연회에서나 볼 법한 광경이다.

챙이 넓은 모자 아래로 붉은 곱슬머리가 삐져나온 에이미Aimee가 폐기물 언덕 위에서 클립보드를 손에 들고 무릎을 꿇고 있다. 처음에는 경계하며 고개를 들다가 이내 미소 짓는다. 오늘은 다행히 누군가가 같이 있어주고 도움을 준다는 생각에 안도한 것이다. 지난주에는 평온한 우리의 실험 지대로 괴한이 올라와 위협을 가했다. 쓰레기는 쓰레기를 부른다. 하지만 오늘 에이미가 들은 발소리는 내 발소리뿐이다.

에이미는 광산의 생태천이에서 이끼가 어떤 역할을 하는지에 관한 주제로 논문을 쓰기 위해 다양한 곳에서 실험을 하고 있다. 우리는 함께 폐기물 언덕을 가로질러 몇몇 실험 장소를 확인한다. 경사가 완만한 곳에 타이어 자국이 있다. 운반 탱크에 '시핀 수Sippin' Sue'나 '허니 왜건 Honey Wagon, 시핀 수와 마찬가지로 분뇨를 운반하는 트럭'이라고 쓰인 트럭들이 밤에 불법 폐기물을 버린 것이다. 탱크 내용물의 썩은 악취가 진동한다. 사람들은 화장실에서 물을 내려 '처리'했다고 생각했겠지만, 오물은 말라버린 하수 찌꺼기 더미에서 다시 한낮의 빛을 보고 있다. 물과 영양소를 가둬줄 흙이 있었다면 어느 정도 긍정적인 효과가 나타났을지도 모른다. 물과 영양소 모두 빠져나간 마른 회색 표면에는 담배꽁초와 사용한 분홍색 탐폰이 박혀 있다. 쓰레기는 쓰레기를 부른다.

생명은 생명을 부른다

둔덕 맞은편 땅은 하수 오물이나 생소한 풀의 도움 없이도 치유되고 있다. 화려한 조밥나물과 클로버가 군데군데 모여 있고 달맞이꽃이 폐기물 더미 여러 곳에 뿌리를 내렸다. 다른 곳이었다면 잡초였겠지만 이곳에서는 얼마든지 환영이다. 특히 나비는 다른 꽃은 없는 양, 주변으로 모여든다. 다른 꽃이 없긴 하다.

폐기물 언덕 경사 대부분을 덮은 솔이끼속*Polytrichum* 이끼 카펫은 내가 캣산 정상에서 본 것과 같은 종이다. 다른 식물이라면 하루만에 시들어버렸을 이곳에서 살아남은 솔이끼의 강인함이 경이롭다. 작년 야외 연구 동안 에이미는 아무것도 없는 폐기물 더미에서는 거의 뿌리 내리지 않는 야생화가 솔이끼가 있는 곳이라면 거의 어디든 꽃을 피운다는 사실을 발견했다. 올여름 우리는 그 이유를 파헤치고 있다. 꽃이 만든 작은 그늘 아래 이끼가 생기는 걸까, 아니면 잡초가 싹을 틔울 안전한 장소를 이끼가 만드는 걸까? 어떠한 상호작용으로 생태천이가 일어날까? 내가 경사를 오르면서 지났던 작은 텐트들 근처에서 에이미가 나를 부른다. 에이미는 그늘이 이끼의 성장을 촉진하는지 아니면 저해하는지 관찰하기 위해 그와 같은 그늘막들을 세웠다. 그늘이 이끼와 야생화의 관계를 설명하는 데 도움이 될지도 모른다. 우리는 무릎을 꿇고 그늘막 아래를 들여다본다. 그늘 아래 이끼는 부드러운 녹색인 반면 경사 다른 곳의 이끼 대부분은 검고 물기가 없다. 마른 이끼 위를 걸으면 부서지기 때문에 크래커를 밟는 소리가 난다.

텐트 밑에서 솔이끼 지상부 하나를 뽑아 확대경으로 본다. 잎이 길고 뾰족해 작은 소나무 한 그루처럼 보인다. 잎 중심을 따라 밝은 초록색 세포가 굴곡진 등성이를 이루는데, 이를 '라멜라lamella'라고 부른다. 이끼가 물을 머금으면 라멜라는 마치 태양열 패널처럼 해에 노출된다. 다른 이끼와 마찬가지로 솔이끼도 수분과 빛이 있을 때에만 광합성을 한다. 수분과 빛이 없는 대부분의 시간 동안에는 이끼는 성장을 멈추고 그저 기다린다. 이처럼 좁은 폐기물 더미를 덮는 데 사십 년이 걸렸어도 그리 놀라운 일은 아니다.

우리가 관찰한 하루 동안 솔이끼 언덕 경사는 색이 변했다. 아침 햇살에서는 청록색을 띤다. 전날 밤 생긴 이슬이 빳빳하고 뾰족한 잎 끝에 맺힌 후 아래로 흘렀다. 수분을 머금은 잎은

솔이끼
Polytrichum commune

활짝 열려 상쾌한 아침 해를 만끽한다. 하지만 수분이 날아가기 시작하면 솔이끼는 라멜라가 마르지 않도록 잎을 안으로 말고 적당한 시간이 올 때까지 성장을 멈춘다. 점심 즈음에는 잎이 모두 접힌 우산처럼 말려 녹색은 보이지 않는다. 아래에 있는 죽은 잎만 보이기 때문에 경사 전체가 검고 말라 보인다. 이끼 잎이 모두 접히면 폐기물 표면이 드

러난다. 잎이 말린 이끼를 보려면 가까이 다가가야 한다. 폐기물 더미 위에 무릎을 꿇으면 지면이 손을 대기도 힘들 정도로 뜨겁다. 몸을 움츠린 이끼 줄기 사이로 보이는 지면에 거무스레한 초록 점들이 박혀 있다. 이끼가 내려다보는 듯한 이 점들은 이끼보다도 작은 미생물 군락이다. 실타래처럼 얽힌 육상 조류terrestirial algae, 박테리아, 곰팡이는 이끼가 만드는 그늘을 이용한다. 조류는 질소를 고정하기 때문에 폐기물의 영양소 함량을 높인다.

우리는 타오르듯 뜨거워지는 정오 전까지 일을 마치기로 한다. 우리야 작업이 끝나면 스타레이크Star Lake에 있는 카페 그늘에 앉아 아이스티를 마실 수 있지만, 솔이끼는 한낮의 무더위에도 폐기물 위를 벗어나지 못한다. 엄청난 스트레스를 이길 수 있는 강인함 덕분에 그토록 척박한 환경을 견뎌 낸다. 다른 풀이나 야생화가 살 수 없는, 물이 전혀 없는 곳에서도 살아남는다. 땅에서 무기질을 얻는 고등식물이 건조한 땅에서 말라죽을 때 솔이끼는 필요한 무기질을 빗물에서 모두 얻기 때문이다.

솔이끼 카펫은 군데군데 작은 구덩이가 나 있고 바람에 휩쓸려 바닥이 드러났다. 이끼가 없는 폐기물 더미는 언제라도 침식될 수 있다. 폐기물을 손으로 퍼 올리면 손가락 사이를 물처럼 빠져나가고 가루가 바람에 흩날린다. 하지만 이끼 아래에 있는 폐기물 모래는 이끼의 헛뿌리로 얽혀 있어 단단히 뭉쳐 있다. 휴대용 스위스 군용 칼로 이끼 카펫 한 가운데를 2센티미터 이상의 깊이로 찌르면 이끼로 덮인 모래 기둥을 깔끔하게 뜰 수 있다. 이끼 아래의 모래는 색이 어둡다. 적은 양이지만 축적된 유기물이 물의 흐름을 늦추고 토양의 영양소 함량을 미세하게 증가시킨다. 솔이끼의 털 모양 헛뿌리는 폐기물 모래를 뭉쳐 지면을 안정시킨다. 우리는 이러한 안정성이 다른 식물들도 자랄 수 있는 중요한 요인이 될 수 있다고 추측했고 에이미는 이를 입증하기 위한 기발한 실험을 진행 중이다.

모래 알갱이 같은 씨들이 바람에 날려 어떤 운명을 맞는지 추적하기란 여간 어렵지 않다. 그래서 에이미는 비즈beads, 구멍 뚫린 작은 구슬 장식을 파는 가게에서 가장 화려한 색의 플라스틱 비즈 몇 병을 샀다. 과학은 때론 첨단 장비보다 창의력이 더 필요하다. 그녀는 광산에서 아무것도 없는 폐기물 위, 식물이 만든 그늘 아래, 이끼 카펫 위처럼 다양한 장소에 비즈를 격자 모양으로 놓았다. 그리고 매일 비즈 수를 세었다. 아무것도 없는 폐기물 위에 놓은 비즈들은 이틀 만에 날아가 버리거나 모래에 섞여 묻혔다. 야생화 아래에 있던 비즈들은 좀 더 오래 버텼지만 우승은 솔이끼가 차지했다. 솔이끼 지상부 사이에 자리 잡은 비즈들은 바람을 피했다.

에이미는 이끼가 그저 다른 식물이 안전하게 싹을 틔울 장소를 제공함으로써 생태천이에 기여했을 것이라고 추측했다. 며칠 후 자연이 선사해 준 실험에서 그녀의 가설이 확인되었다. 광산 가장자리에 있는 사시나무에서 떨어져 나온 솜뭉치 같은 씨앗들이 폐기물 더미 위에서는 그냥 날아가 버렸지만 이끼가 난 곳에서는 벨벳 소파 위 고양이 털처럼 붙어 있었다.

하지만 플라스틱 비즈는 씨가 아닐 뿐더러 씨가 갇혔다고 해서 반드시 싹을 틔워 온전한 식물로 자라는 것도 아니다. 이끼 밭은 씨에 도움이 되기도 하지만 물, 공간, 그리고 얼마 안 되는 영양소를 두고 경쟁해야 하기 때문에 방해가 되기도 한다. 이끼 밭은 씨를 땅에 닿지 못하도록 공중에 떠어 놓거나 씨에서 난 작은 뿌리의 진로를 방해할 수 있다. 그러므로 우리 연구의 다음 단계는 진짜 씨를 심는 것이었다. 에이미는 인내심과 핀셋으로 무장하고 몇 주 동안 수백 개 씨의 발아와 성장을 관찰하고 기록했다. 모든 실험에서 어떠한 식물의 씨든 이끼와 공존할 때 가장 잘 자라고 생존 가능성이 제일 높았다. 솔이끼는 어린 식물이 성공하도록 격려하는 듯했다. 생명은 생명을 부른다.

정말 그럴까? 우리는 정당한 과학적 회의주의를 바탕으로 정말로 씨에 필요한 것은 안전한 기반이 전부인지 반문했다. 어쩌면 반드시 살아 있는 이끼일 필요는 없을지도 모른다. 솔이끼는 그저 물리적인 피난처에 불과할 수 있다. 씨들이 이끼 자체가 아닌 보호막에 반응한 것은 아닌지 어떻게 알 수 있을까? 씨는 진짜 이끼와 이끼 같은 구조물을 구별할까? 우리는 이끼와 비슷하지만 무생물인 기반을 어떻게 만들지 고심했다.

우리는 언어에서 실험의 해법을 찾았다. 사람들은 이끼를 종종 '카펫'이라고 부른다. 이러한 은유는 매우 적절했기 때문에 우리는 카펫 가게로 향했다. 우리는 베르베르Berber 카펫과 직물들을 만지작거리며 가장 이끼 같은 촉감을 찾았다. 러그rug는 곧은 지상부가 빽빽하게 밀집한 이끼 군락 구조의 훌륭한 모조품이었다. 우리는 카펫들이 전시된 복도를 걸으며 카펫 디자인들을 가장 비슷한 이끼 이름으로 바꾸어 부르며 웃어댔다. 어반 소피스티케이트Urban Sophisticate 디자인은 지붕빨간이끼속Ceratodon이 되었고, 컨트리 트위드Country Tweed는 분명 양털이끼속Brachythecium을 따라 한 합성물이었다. 우리는 솔이끼와 가장 닮은 딥 엘레건스Deep Elegance 카펫을 골랐다. 양모로 되어 있기 때문에 물을 가둘 뿐 아니라 피신처도 제공했다. 우리는 요란한 풀색의 야외용 플라스틱 방수 카펫인 애스트로터프AstroTurf, 인공 잔디 상품명 조각들도 샀다. 우리는 품질보증서에는 전혀 적혀 있지 않은 방식으로 물건들을 험하게 다룰 계획이었다. 우선 물에 푹 담가 화학물질을 제거한 다음 물이 스며들도록 구멍을 가득 뚫었다.

우리는 작은 스테이크 크기로 자른 카펫 조각들을 폐기물 더미 위에 깔았다. 에이미는 다양한 종류의 씨를 카펫, 폐기물 더미, 그리고 살아 있는 카펫인 솔이끼에 심었다. 물과 피신처를 제공하는 카펫과 피신처는 제공하지만 물은 주지 않는 애스트로터프, 진짜 이끼 그리고 아무것도 없는 폐기물 중 씨앗은 무엇을 선택을 할까?

몇 주 후 오래된 광산의 머리벽을 울리는 천둥과 번개가 몰아치면서 여름의 뜨거운 기운이 누그러졌다. 빗물이 체를 통과하듯 모래를 빠져나가면서 폐기물 사막은 잠시 식었다. 피신처가 없는 씨앗은 웅덩이로 씻겨 내렸다. 솔이끼는 잎을 펴 강인한 녹색을 드러내기 시작했다.

애스트로터프는 폐기물 더미 위에서 생명을 얻지 못했고, 카펫은 흠뻑 젖어 진흙으로 얼룩졌다. 이끼에 뒤이어 땅의 상처를 봉합할 싹들이 살아 있는 이끼 카펫에 모여 있었다. 생명은 생명을 부른다.

인간 사회도 크게 다르지 않다. 생태천이처럼 한 단계가 지나면 다음 단계가 이어진다. 벤슨마인스가 있던 마을은 처음에는 끝이 안 보이는 숲이었지만 벌목꾼들이 모여 작은 군락을 이루었다. 폐기물 더미를 가장 먼저 개척한 이끼처럼, 처음에는 집 한 채뿐이었을 것이다. 이후 더 많은 가족이 이주하면서 아이들도 따라왔고 그러자 학교도 생기고 인구가 늘면서 상점과 도로가 들어섰으며 결국 광산이 건설되었다. 이끼 위에 자리 잡은 싹이 이끼에게 그러하듯이, 사람들은 점점 진화하는 미래에 대해 책임감을 느끼지 않는 듯하다. 광업 회사는 광산에 흔적을 남겼다. 생명은 불모지로 내몰렸고, 그 시신은 광산 폐기물 더미에 묻혔다.

무더운 오후 에이미와 내가 쉬던 작은 사시나무 숲은 모두가 쓰레기로 덮으려 했던 그 황폐한 땅에 자리를 잡았다. 이제 우리는 사시나무들이 이끼에 갇힌 씨에서 자랐고, 그곳에서 그늘의 섬이 점차 커졌다는 것을 안다. 나무는 새를 불렀고 새는 우리 주위에 만발한 라즈베리, 딸기, 블루베리를 불렀다. 숲 가운데는 그늘이 져 시원했고 사시나무에서 떨어진 낙엽은 폐기물 위에서 얇은 부엽토 층을 형성하기 시작했다. 주변 숲에서 이주해 온 단풍나무 묘목 몇 그루가 광산의 척박한 환경으로부터 숲의 보호를 받으며 뿌리내리고 있었다. 우리가 낙엽을 헤치자 이곳을 처음으로 치유하고 다른 식물들을 불러들인 솔이끼의 잔해가 나타났다. 짙은 그늘에서 솔이끼는 임무를 마치면 곧 물러날 것이다. 이 나무 섬은 폐기물 더미를 개척한 이끼의 유산이다.

물곰의

숲에서

"당신이 앉아 있는 자리에서 바로 손 닿는 곳에 신비롭고 알려진 바 없는 생물들이 산다. 극히 작은 곳에 장관이 기다리고 있다." *에드워드 O. 윌슨*

우림은 식물학자의 메카다. 여러 해 동안 나는 식물 문명의 요람이자 초록 성배로 떠나기를 꿈꿨다. 순례의 시간이 다가오자 내 머릿속은 기이한 존재들과 상상도 못할 초록을 볼 수 있다는 기대로 꽉 찼다. 아마존의 부름에 응답해 비행기를 탔고, 공항에서 기다리던 지프를 탔으며, 흙탕물이 흐르는 강에서 카누를 타고, 마지막으로 걸어서 물이 뚝뚝 떨어지는 숲에 발을 들였다.

우림 안은 숨 막히게 복잡하다. 빈 곳이라고는 한 군데도 없다. 나뭇가지에는 이끼 커튼이 쳐 있고 그 사이로 난초 줄기가 달랑거린다. 조류로 덮인 나무 몸통은 군데군데 거대한 양치식물이 나 있고 덩굴식물로 감겨 있다. 개미가 떼를 지어 땅 위와 나무 표면을 건너고, 숲 바닥을 기는 반질반질한 딱정벌레가 숲 사이로 들어오는 직사광선에 빛난다. 숲은 촉감이 다양하다. 줄기는 온갖 돌기가 나 있고 잎은 가시, 주름, 비늘, 술로 장식되어 있다. 컴컴한 숲우듬지를 뚫고 들어온 긴 햇살은 무지갯빛 나비 날개를 비춘 후 아래에 있는 식물들로 흩어진다.

정글은 그야말로 이국적이었지만 그곳을 어디선가 전부 보았다는 생각을 떨칠 수 없었다. 잎이 무성하고 습하며 녹음이 우거진 정글의 빛은 어딘지 모르게 익숙했다. 온통 드리워진 그림자와 시야 주변에서 감지되는 움직임이 불러일으키는 가능성의 감각, 그리고 관목을 가르며 걷고 싶은 충동은 왠지 익숙했다. 마치 이끼 속을 걷는 것과 같았다.

이끼 소우주와 우림

성능 좋은 입체 현미경이 있다면 정글 속을 헤치고 걷는 것처럼 살아 있는 이끼 숲을 자유롭게 거닐 수 있다. 날이 넓고 무거운 마체테 machete 칼을 휘두르며 길을 내거나 지팡이로 야자나무 잎을 헤치듯이, 나는 몇 시간 동안 손에 작은 바늘을 들고 줄기 사이를 요리조리 빠져나가고 가지 아래에서는 허리를 숙여 잎을 들추며 아래에 무엇이 있는지 본다. 입체 현미경은 이끼 숲으로 들어가는 3차원 길을 만들어준다. 자세히 보고 싶으면 배율을 높이고 전경을 보고 싶으면 낮춘다.

나는 이끼 소우주와 우림이 서로 꼭 닮았음에 놀라움을 금치 못했다. 시각적으로만 비슷한 게 아니었다. 이끼 매트의 높이는 우림의 약 3000분의 1이지만 구조와 기능은 같다. 우림에서처럼 이끼 숲에서도 초식동물, 육식동물, 포식자가 복잡한 먹이사슬을 이룬다. 이끼 숲에도 에너지 흐름, 영양소 순환, 경쟁, 공생과 같은 생태계 규칙이 적용된다. 규칙의 패턴은 분명 크기를 초월한다.

북반구의 안락한 숲에 익숙한 나는 정글의 초목을 지나기 전 우선 뭐가 있는지 살펴야 한다는 걸 반복해서 상기해야 했다. 가지를 함부로 잡았다가는 총알개미conga ant에 물려 24시간 동안 꼼짝없이 누워 있어야 할지도 모른다. 무심코 밟은 통나무에 큰삼각머리독사fer de lance snake가 있다면 영원히 일어나지 못한다. 케추아Quechua족 가이드들이 우리에게 숲에서 무사하려면 세 가지를 반드시 챙겨야 한다고 알려줬다. 바로 눈, 귀 그리고 마체테 칼이다. 대부분의 식물은 매우 단단히 무장했다. 이빨 모양의 잎, 가시 돋은 줄기, 까슬까슬한 껍질은 예사기 때문에 손이 계속 긁히고 찢겨 나는 한 걸음 뗄 때마다 주변을 살폈다. 거대한 녹음 앞에서 작아진 난 이끼 매트에 사는 작은 생명체가 된 듯했다. 물컹한 애벌레가 몸을 구부렸다 펴 빽빽한 이끼 줄기 사이를 지나면서 끝은 뾰족하고 가장자리는 이빨 모양인 잎을 스치는 기분이 어떠할지 상상할 수 있었다.

에콰도르 출신의 동료들은 생태 보존 지역에 있는 숲우듬지 관측대로 우리를 안내했다. 숲우듬지를 뚫고 하늘에 구멍을 낼 만큼 거대한 세이바나무Ceiba 둘레에 지어진 좁은 계단을 우리는 한 걸음씩 떼며 올라갔다. 평상시에는 새와 박쥐만 다니는 숲우듬지 위로 운 좋은 과학자들이 찾아갔다. 우리가 세이바나무 주위를 한 계단씩 돌아 올라갈 때마다 숲을 이루는 복잡한 층들이 하나씩 지나갔다.

우림 지붕에서는 나무의 몸통과 가지에서 서식하는 다양한 착생식물이 우림 지붕의 보호를 받으며 비에서 수분을 얻고 공기에서 영양소를 얻어 번성했다. 양치식물과 난초가 나뭇가지를 덮고 덩굴식물이 몸통을 감쌌다. 잎이 꽃처럼 붉고 매끈한 브로멜리아드bromeliad 정원은 눈앞에서 손 닿을 거리에 있었다. 겹쳐진 잎이 주머니를 만들기 때문에 주로 오후 2시쯤마다 내리는 비를 담을 수 있었다. 브로멜리아드가 만든 수조는 숲 바닥보다 한참 높은 곳에 있는데도 불구하고 모기와 심지어 개구리까지 그곳에서 한평생을 보낸다. 땅 위가 아닌 나뭇가지에 서식하는 이러한 대부분의 착생식물을 위해 이끼는 푹신한 쿠션이 되어 기반을 마련해 준다.

이끼는 스스로 다른 식물에 서식하는 착생식물이면서도 다른 착생식물을 지탱해 주기도 한다. 어떤 이끼 숲은 조류가 밀집해 있어 이끼로 덮인 초소형 우림처럼 보인다. 금색 원반 형태인 단세포 조류가 이끼 잎 사이에서 휴식을 취한다. 작은 태류苔類, 선태식물 중의 한 무리로 우산이끼, 리본이끼, 바늘이끼 등이 있다 실들이 나무줄기를 감은 덩굴처럼 나무줄기를 나선형으로 감싸고, 이끼들은 서로 경쟁하다가 스트랭글러피그 strangler fig, 야생 무화과나무의 일종으로 다른 나무를 감고 올라가 말려 죽인다처럼 줄기를 집어삼키기도 한다. 이끼 헛뿌리에 붙은 화려한 포자와 꽃가루는 파스텔 색의 난초를 연상시킨다. 이끼 숲에도 브로멜리아드가 만든 것과 같은 수조가 있다. 무척추동물인 담륜충 중 어떤 종들은 이끼 잎에 난 작은 웅덩이를 떠나지 않고 평생 집으로 여긴다.

열대우림의 가장 큰 특징은 숲우듬지부터 지표면에 이르는 확연한 계층화다. 햇빛은 숲우듬지에서는 강렬하지만 밑으로 갈수록 수풀을 통과하면서 분산되기 때문에 숲 바닥은 그늘지고 어둡다. 따라서 동식물들은 서식지의 햇빛 강도에 따라 적응한다. 과일박쥐fruit-eating bat는 숲우듬지 꼭대기까지 날고, 새를 먹는 타란툴라tarantula는 빛이 희미한 판자 모양의 뿌리 사이로 숨는다. 이끼 숲도 비슷한 방식으로 계층화되어 있다. 어떤 곤충은 이끼 숲의 건조한 꼭대기에서 주로 생활하고, 톡토기와 같은 곤충들은 이끼의 축축한 헛뿌리 속 깊이 굴을 파며 바닥에 서식한다.

우림을 걷다 보면 숲우듬지에서 빗방울뿐 아니라 여러 잔해가 끊임없이 후두두 떨어진다. 오래된 잎, 벌레, 줄기에서 떨어져 나간 꽃잎 등이 아래로 계속 떨어지면서 토양을 풍요롭게 하고, 숲 꼭대기에 서식하는 생물에서 생성된 영양소는 비료로 순환된다. 우리는 앵무새가 반쯤 먹다 남긴 과일이 아래로 떨어질 때마다 깜짝 놀랐다. 머리에 아무것도 쓰지 않았다면 높은 곳에서 떨어지는 과일이나 씨앗에 크게 다칠 수 있다. 가이드가 머리에 난 달걀 모양의 멍을 보여줬다. 이끼 숲우듬지 아래를 걷는다면 마찬가지로 잎 사이로 온갖 것이 떨어질 것이다.

이끼 숲은 바람에 날린 흙, 잎 조각, 죽은 벌레, 포자를 붙잡아 바닥에 모아, 그 결과 아무것도 없던 곳에 흙이 점차 쌓인다. 유기물이 부패하면 톡토기가 게걸스럽게 먹을 균류의 가는 실이 모인다. 우림에서 난초나 양치식물이 이끼 낀 바위 위에 자라듯, 부패한 잔해물 더미는 식물이 뿌리를 내릴 수 있게 해준다.

이끼 숲의 동물들

베를레제 깔때기Berlese funnel는 이끼 더미 같은 미시 생태계에 살며 눈에 거의 보이지 않는 동물군을 연구할 때 주로 사용하는 실험도구다. 통로 중간에 체가 있는 큰 알루미늄 깔때기에 흙이나 썩은 나무 또는 이끼 덩어리를 넣는다. 그리고 조도가 강한 조명을 알루미늄 깔때기 위에 며칠 동안 켜 놓는다. 그러면 열로 인해 이끼를 비롯한 물질들이 서서히 마른다. 빛이 들지 않고 수분이 남아 있는 깔때기 아래로 이동하다가 죽은 무척추동물은 깔때기 밑으로 떨어져 포름알데히드가 담긴 병에 모인다.

베를레제 깔때기로 모인 사체들을 분석한 결과에 따르면, 숲 바닥에서 채취한 이끼 덩어리 1그램은 크기가 대략 머핀 한 개 정도에 불과하지만 일반적으로 원생동물 15만 마리, 완보동물 13만 2천 마리, 톡토기 3천 마리, 담륜충 800마리, 선충 500마리, 진드기 400마리, 파리 유충 200마리가 서식한다. 이러한 수치를 통해 우리는 한 줌의 이끼에 엄청난 수의 생명이 살고 있음을 알 수 있다.

하지만 수치만을 고려하다 보면 핵심을 놓친다. 이러한 숫자들은 내가 워싱턴 기념비에 갔던 기억을 떠올리게 한다. 나는 기념비 꼭대기에서 본 광경은 어떨지, 기념비를 만든 석공들이 어떠한 농담을 주고받았는지 알고 싶었지만, 여행 가이드는 꼭대기까지 이어지는 계단의 숫자나 건축에 쓰인 화강암 벽돌의 숫자처럼 의미 없는 사실만 나열했다. 베를레제 깔때기로 생물군을 훌륭하게 기록할 수 있어도 나라면 병에 담긴 사체를 세기보다는 이끼 숲을 거닐며 수천 마리의 살아 있는 생물체를 눈으로 직접 볼 것이다.

무척추동물이 이끼 숲에 끌리는 이유는 다양한 야생 생물이 우림에 사는 이유와 같다. 이끼 숲이 형성하는 미시 기후는 안락하고, 머물 곳과 먹이와 영양소가 풍부하며, 내부 구조가 복잡하기 때문에 매우 다양한 서식지가 생성된다. 또한 우림과 마찬가지로 진화가 활발하게 일어난다. 아무것도 없던 땅을 처음으로 개척하는 이끼는 다른 생물들이 서식하도록 기반을 닦는다. 많은 곤충학자는 곤충 진화의 초기 단계는 이끼 숲에서 일어났을 거라고 추측한다. 이끼 덕분에 수분이 보존되면서 고대 수중생물이 더 진화한 육생 생물체로 변천할 수 있는 환경이 조성되었을 것이다. 현재에도 진화된 여러 곤충이 여전히 이끼 숲에서 알을 낳고 유충을 키운다. 각다귀는 이끼 낀 절벽 주위를 날아다니며 알을 보관할 젖은 잎을 찾는다. 어미 각다귀는 새끼를 키울 장소를 상당히 깐깐하게 고른다. 이끼 잎이 날카롭거나 줄기가 빽빽해 유충이 기어 다니기 힘든 곳은 피한다.

정글에서 매일 아침 수풀 사이에서 웅크린 채 짖어 날 깨운 앵무새는 유치원에서 쓰는 그림물감만큼 색이 선명했다. 깃털이 꽁지 뒤로 길게 늘어진 스칼렛금강앵무scarlet macaw들의 붉은 빛깔은 초록 잎과 대조를 이뤘다. 이끼 숲에서도 요란한 점들이 가지 사이를 움직인다. 이끼 숲에서 붉은 색의 주인공은 날개응애oribatid mite다. 둥글고 반짝이는 모습이 마치 다리가 여덟 개 달린 볼링공이 잎사귀 위를 굴러가는 것 같다. 내가 가까이 다가가 진로를 방해하자 그저 방향을 바꾼다. 나는 포자, 조류, 원생동물을 찾아다니는 응애 무리를 계속 쫓는다. 다른 무척추동물을 먹는 응애도 있고 이끼 잎을 먹는 응애도 있다.

아마존에서는 해가 적도 아래로 지면 황혼이 깃들지 않고 바로 어두워지기 때문에 밤이 빨리 찾아온다. 어두컴컴해지면 우리는 대나무 판자로 된 캠프로 걸음을 돌렸다. 오두막은 기둥 위에 세워져 지면과 떨어져 있었고 우리는 통나무에 홈을 파서 만든 사다리를 타고 올라갔다. 잠을 자려고 초를 끄기 전에 불청객들이 올라오지 않도록 사다리를 안으로 들였다. 열대의 더위 속에서 며칠 동안 산행하느라 지쳐 있었지만 쉬이 잠이 들지 않았다. 소리로 가득한 밤은 깨어 있었다. 개구리는 고래고래 소리를 지르고, 두꺼비는 울어대며, 벌레가 앵앵거렸고, 어떤 날은 검은 표범이 울부짖었다.

이끼 숲에도 포식자들이 숨어 있다. 의갈pseudoscorpion은 죽은 잎 사이에 숨어 있다가 먹이가 나타나면 활처럼 구부러진 다리로 찌른다. 껍데기가 딱딱하고 반질반질한 딱정벌레는 거대한 집게발로 이끼 숲을 순찰하며 눈에 들어오는 작은 무척추동물을 잡는다. 포식 유충은 가지 사이에서 뱀처럼 몸을 숨긴다.

포식 행위가 일상적인 우림에서는 많은 생물체가 변색과 모방을 통해 적응한다. 나방은 낙엽과 색이 비슷하고, 뱀은 나뭇가지를 따라 하며, 어떤 애벌레들은 새똥으로 위장한다. 이끼 숲에서도 생물체들은 선태식물로 변장한다. 뉴기니에 서식하는 이끼바구미moss weevil는 등딱지에 난 독특한 구멍들에 이끼를 키워 작은 이끼 정원을 등에 이고 다닌다. 어떤 각다귀 종들의 유충은 몸이 이끼와 같은 초록색에 검은 줄무늬로 되어 있어 잎 사이로 숨을 수 있다. 이끼 매트 속을 느릿느릿 다니는 유충은 움직임이 거의 없기 때문에 더욱 눈에 안 띈다. 정글에 사는 나무늘보 역시 같은 방법으로 포식자를 피한다. 털 위에 조류를 묻히고 느리게 움직이면 숲우듬지에서 거의 보이지 않는다.

수풀이 무성할수록 눈에 띄지 않기 때문에 포식자와 피식자 모두에게 유리하다. 하지만 이처럼 몸을 숨길 수 있도록 숲이 울창하다면 교미에는 문제가 될 수 있다. 이미 수많은 생명체로 가득한 정글에서 생존하려면 딱 맞는 짝을 찾아 번식해야 한다. 새들은 이러한 딜레마를 해결하기 위해 화려한 깃털과 큰 울음소리로 자신의 존재를 드러낸다. 식물도 마찬가지로 눈에 띄기 위해 치열하게 경쟁하며 꽃가루를 옮겨 줄 동물을 유혹한다. 수많은 식물의 운명은 나비, 벌, 박쥐, 벌새와 같은 꽃가루 매개자와의 복잡한 상호작용에 좌우된다. 숲우듬지에 가득한 벌새는 햇빛에 반사되어 무지갯빛을 낸다. 마치 잠자리처럼 빠르게 날갯짓하며 이 꽃 저 꽃으로 옮겨 다니기 때문에 맨눈으로 관찰하기는 힘들다. 내가 벌새를 가장 가까이 본 것은 보석 같은 벌새 한 마리가 같이 산행한 동료의 빨간 야구 모자 주위를 날아다녔을 때다. 벌새가 자신의 영역에서는 처음 본 낯선 레드삭스Red Sox, 보스턴 레드삭스 야구팀 꽃 주위를 조심스럽게 살피자 동료는 새의 흥얼거림을 들었고 날개에서 이는 바람을 느꼈다. 우리 모두는 숨을 죽이고 그에게 절대 움직이지 말라고 간청했다.

이끼도 타화수정cross-fertilization을 해야 하는 압박을 느끼지만 꽃처럼 시선을 사로잡는 기관이 없어 수정을 도울 곤충을 유혹하기가 쉽지 않다. 이끼는 물의 움직임에 의존해 정자를 나르지만 그러할 경우 이동거리가 몇 센티미터에 불과하기 때문에 비효율적이다. 하지만 이끼에 서식하는 무척추동물 군집이 정자를 조금 더 멀리 옮겨준다. 진드기, 톡토기와 같은 절지동물이 이끼 사이에서 수그루를 지나면 이끼 정자가 든 점액이 몸에 묻는다. 그러면 정자는 무척추동물 몸을 타고 이동한 후 다른 이끼에서 물방울에 씻겨 나가 그곳에서 자신을 기다리던 암그루에게 헤엄쳐 다가간다. 부지불식간에 이마에 꽃가루를 묻히고 다니는 벌새처럼 무척추동물은 자신도 모르는 사이에 이끼 숲의 존속에 중요한 파트너가 된다.

열대지방에서는 과일 역시 꽃처럼 색이 화려하다. 숲우듬지에서 가장 흔한 과일 색이 빨간색인 이유는 씨를 퍼트리는 데 제일 중요한 새와 원숭이 눈에 가장 잘 띄기 때문이다. 이끼는 주로 바람에 의해 확산되지만, 스플락눔*Splachnum* 이끼의 포자체는 포자를 날라줄 똥파리를 유혹하기 위해 색이 화려하고 강한 냄새를 풍기도록 진화했다. 새, 포유류 그리고 특히 개미는 단백질이 풍부한 포자체를 먹이로 삼는다. 나는 참새가 솔이끼속의 포자체를 체계적으로 수확한 후 부리로 포자낭을 정갈하게 벗겨 포자 구름을 퍼트리고 가는 걸 본 적이 있다. 이끼를 확산하는 훌륭한 매개체인 개미는 터진 포자낭을 집까지 이고 가면서 포자를 길에 흩뿌린다.

이끼와 물곰의 신비

　우림이 개발되고 인구가 증가하면서 야생생물 개체수가 급격히 감소했다. 그렇기 때문에 가이드들은 진흙 위에서 어미 맥tapir과 새끼들의 발자국을 발견하자 매우 흥분했다. 우리는 맥 가족을 보기 위해 다음 날 아침 해가 뜨기 전에 일어나 강을 따라 난 발자국을 따라갔다. 이른 아침 고요한 안개 속에서 우리는 귀를 쫑긋 세우고 강기슭에 있는 숲을 이리저리 다녔다. 맥은 보이지 않았지만 숲에서 조심스럽게 걷다 보면 실망하는 법이 없다. 고함원숭이howler monkey 떼가 잠에서 깨 일어나는 소리가 들려 위를 쳐다보니 나무 꼭대기 생활에 완벽하게 적응한 원숭이들이 가지 사이로 우리를 지켜보고 있었다.

이끼 숲에서 조용히 걸으며 가지 사이를 살피다 얼핏 보이는 움직임을 추적하다 보면 완보동물이 나타난다. 이끼의 삶과 가장 긴밀한 동물 하나를 고르라고 한다면 나는 완보동물, 즉 물곰water bear을 선택할 것이다. 대나무 숲에만 의지해서 사는 판다처럼 물곰의 삶은 물곰이 서식하는 이끼와 떼려야 뗄 수 없다. 뭉툭한 여덟 개의 다리를 구르면서 잎사귀 사이를 쿵쿵거리는 물곰은 영락없이 작은 북극곰을 닮았다. 머리가 둥글고 몸이 반투명한 진주색인 물곰은 길고 까만 발톱을 이끼 줄기에 고정하여 자세를 낮춘다. 이빨이 없는 대신 입이 빨대와 같다. 주사 바늘과 같은 침을 이끼 세포에 꽂은 다음 세포 내용물을 빨아 먹는다. 다른 종류의 완보동물은 조류와 박테리아처럼 이끼 잎에 사는 착생식물을 먹는다. 다른 무척추동물에 침을 꽂아 세포를 빨아 먹는 포식성 완보동물도 있다.

이름에서 알 수 있듯이 물곰은 이끼 더미에 가득한 수분에 의지한다. 이끼 사이에 난 금방이라도 끊어질 듯한 수분 다리를 오가며 모세관 공간을 확장한다. 나는 주로 잎이 아주 오목한 이끼에서 물곰을 찾는다. 숟가락 같은 잎에 생긴 작은 못은 곰돌이 젤리처럼 통통하고 말랑말랑한 물곰이 쉴 수 있는 최적의 장소다. 이끼 매트의 수분은 물곰에게만큼이나 이끼에게도 중요하다. 하지만 이끼는 관다발이 없기 때문에 주변에 있는 물의 양에 따라 수분 함량이 변한다. 물이 증발하면 이끼 잎은 쪼글쪼글해지고 뒤틀려 바싹 마른다. 물곰 역시 주변이 건조해지면 몸 크기가 8분의 1까지 줄어들어 맥주나 와인을 담는 커다란 오크통 모양의 튠tun 상태가 된다. 튠 상태에서는 신진대사가 거의 완전히 중단되더라도 몇 년을 버틸 수 있다. 튠이 된 물곰은 먼지가 날리듯 건조한 바람에 날려, 짧은 다리로 갈 수 있는 거리보다 훨씬 멀리 있는 새로운 이끼 무리에 안착할 수 있다.

이끼와 물곰 모두 수분이 마르더라도 손상되지 않는다. 온도가 너무 낮거나 너무 높은 곳을 비롯해 여러 척박한 환경에서 이끼와 물곰은 활동을 중단하며 스트레스를 견딘다. 이슬이 맺히거나 반가운 소나기가 내려 신선한 물이 다시 생기고 나서야 물곰과 이끼는 물을 흡수해 원래의 크기와 모양으로 부풀어 오른다. 20분 안에 이끼와 물곰은 동시에 정상적으로 활동을 재개한다.

처음에는 '윤형동물'로 불렸던 담륜충 역시 메마름을 견디는 놀라운 능력을 지녔다. 습한 곳에서 담륜충은 작은 어항에서 떼를 지어 사는 구피guppy처럼 이끼에서 물이 고인 공간에 서식한다. 고인 물에서 담륜충이 입에 달린 '바퀴'를 돌려 물결을 일으키면 물결 안에 있는 먹이 입자가 턱에서 회전하는 솜털 속으로 들어간다.

이끼 소우주에서 생명체들은 불가피한 습도 변화에 적응하도록 진화했다. 새의 진화가 서식하는 나무의 진화 방식과 연계되듯이, 물곰과 담륜충의 삶은 이끼가 어떻게 적응하느냐에 따라 결정되었다.

이끼, 물곰, 담륜충 모두 부활과 생명의 본질에 대한 19세기 담론에서 자주 거론되었다. 이 세 가지 생명체의 행동은 삶과 죽음의 경계를 흐린다. 물이 없는 곳에서는 삶의 징표인 운동, 기체 교환, 신진대사 모두 소멸한다. 셋 모두 생명력이 없는 가사동결anabiosis 상태가 된다. 하지만 수분이 다시 생기면 곧바로 되살아난다. 소생하기 전의 죽음과 같은 그 상태는 생명이 멈추었다가 다시 살아날 수 있음을 암시했다. 물곰은 인내의 한계를 시험하는 극단적인 실험의 대상이었다. 세상에 알려진 어떠한 생물체도 살아남지 못할 건조한 환경, 팔팔 끓는 액체, 절대영도에 가까운 영하 273.142도의 진공상태에 놓였다. 하지만 이 같은 고문을 모두 이겨내고 물 한 방울로 다시 살아났다. 물과 만나면 생명의 화학작용이 재개되는 메커니즘은 이끼와 물곰에게 일상이지만 그 실체는 여전히 대부분 밝혀지지 않았다.

350년 동안의 열띤 토론과 실험 끝에 많은 사람이 내린 결론은 가사동결 상태에서 생물체는 생명이 중단된 것이 아니라 거의 인식할 수 없는 속도로 계속된다는 것이다. 생명을 무한정 멈출 수 있는 무한히 느린 신진대사를 측정하기 위해서는 첨단 기술이 필요하다. 이러한 생명체들이 삶과 죽음의 경계를 오가는 과정은 우리 발밑 이끼 숲에서 계속 진행되는 여전히 크나큰 미스터리다.

우림의 심장으로 오기 위해 나는 비행기를 타며 적도를 건넌 다음 위험한 안데스산맥을 넘고 사흘 동안 쪽배에 몸을 실어 강을 내려왔다. 하지만 집에서 그리 멀리 가지 않아도, 전에 보지 못했던 이국적인 생명체가 가득한 그늘진 숲을 찾을 수 있다. 정원을 따라 5분 정도 걸어 이끼 한 줌을 캔 다음 다시 5분 동안 돌아와 현미경 렌즈 아래에 놓

으면 울창한 이끼 숲으로 들어갈 수 있다. 생명이 가득하고, 생물학적
으로 풍요로우며, 생생하고 정교한 그곳은 경외말고는 달리 표현할 방
법이 없다. 잎마다 미스터리들이 있다. 지구상에서 다른 어떤 곳에서
도 발견되지 않은 생명체들이 존재하며 억겁의 세월 동안 정교한 상호
관계가 진화했다. 당신은 이제 그 소우주들을 밟지 않도록 조심히 걷게
될 것이다.

재난이

빛는

공존

결국 나는 카누 바닥을 손보려고 소매를 걷어붙였다. 강력테이프는 너덜너덜해져 있었다. 아, 강력테이프야말로 게으름뱅이의 훌륭한 조력자였다. 오스위개치강에서 바위에 부딪혔을 때 그리고 뉴강New River에서 카누 선미가 튀어나온 돌에 세게 충돌했을 때 붙였던 테이프를 한 겹씩 떼어낸다. 각양각색의 균열과 흠집을 확인하다 보니 멋진 카누 여행들을 기록한 일지를 읽는 것 같다. 플램보강Flambeau River 급류를 무사히 건넌 훈장이 있고 저기에는 라케트강Raquette River 자갈 바닥의 기록이 새겨 있다. 하늘색 유리섬유로 된 뱃전을 따라 15센티미터가량의 빨간 페인트 자국도 있다. 무슨 자국인가 한동안 생각하다가 여름 내내 키카푸Kickapoo강에 몸을 담갔던 때가 떠올랐다.

키카푸강은 위스콘신주 남서쪽에 있는 무표석점토 지역Driftless Area, 한때 대륙 빙하로 둘러싸인 적은 있지만 덮이지는 않은 광대한 지역을 가른다. 미국 중서부 위쪽 지역을 덮은 빙하들이 위스콘신의 작은 모서리를 지나가면서 가파른 절벽과 사암 계곡으로 이루어진 절경을 남겼다. 나는 희귀 지의류 서식지를 조사하던 동료 대학원생과 함께 키카푸강을 발견했다. 우리는 강을 따라 노를 저어 절벽과 노두암석이나 지층에서 토양으로 덮이지 않고 드러난 곳에 배를 세운 후 지의류를 관찰했다. 강을 따라 가면서 보이는 절벽의 독특한 패턴은 감탄스러웠다. 절벽 상부에는 지의류가 드문드문 있었지만 깎아지른 듯한 절벽 아래에서는 다양한 음영의 녹색 이끼들이 수면 위에서 수평으로 띠를 이루었다. 절벽은 논문 주제를 찾고 있던 날 사로잡았다. 무엇이 절벽에 계층화를 일으켜 줄무늬를 새겼을까?

물론 여러 짐작이 가능했다. 나는 수많은 산을 올라가봤기 때문에 고도에 따라 식물 군락이 어떻게 달라지는지 알고 있었다. 고도에 따라서 띠 형태로 식물 분포가 달라지는 이유는 보통 산의 정상으로 갈수록 추워져 온도가 변하기 때문이다. 나는 수면에서 멀어질수록 절벽에 어떠한 환경적 변화가 일어나서 이끼의 식생에 일정한 패턴이 나타난 것이라고 추측했다.

봉황이끼와 패랭이우산이끼

한 주 뒤 줄무늬 절벽을 더 자세히 살펴보기 위해 키카푸강을 혼자 다시 찾았다. 다리에서 카누를 강 위에 띄워 올라탄 후 상류로 노를 저었다. 물살은 보기보다 세서 노를 힘껏 저어야 했다. 절벽 옆에 겨우 다가갔지만 카누를 세울 만한 곳은 없었다. 이끼를 보려고 노를 멈출 때마다 하류로 떠내려갔다. 절벽 틈에 손가락을 끼워 잠시나마 멈춰 이끼 덩어리를 낚아채고 나면 다시 떠내려갔다. 체계적으로 연구하려면 분명 다른 접근 방식을 써야 했다.

나는 반대편 강둑에 카누를 댄 다음 절벽까지 물속으로 걸어 가보려고 했다. 바닥이 모래인 강은 무릎까지밖에 오지 않았다. 무더운 날에 찬물이 종아리 주위로 소용돌이치니 상쾌했다. 이곳이 완벽한 연구 장소로 여겨지기 시작했다. 손이 닿을 만큼 절벽과 가까워졌다. 그런데 갑자기 바닥이 밑으로 꺼졌다. 물살에 절벽 아래가 깎여 있어 나는 가슴까지 물에 잠긴 채 바위에 매달렸다. 하지만 바로 눈앞에서 이끼의 장관이 펼쳐졌다.

수면 바로 위부터 불과 약 30센티미터 떨어진 곳까지 봉황이끼속 *Fissidens*인 참꼬마봉황이끼*Fissidens osmundoides*가 검은 띠를 이루고 있었다. 참꼬마봉황이끼는 작은 이끼다. 지상부는 8밀리미터에 불과하지만 질기고 뻣뻣하다. 형태는 매우 독특하다. 전체적으로 평평해 위로 솟은 깃털 같다. 매끈하고 얇은 칼날 같은 잎 끝에 또 다른 잎이 덮여 있어

편평한 주머니가 달린 셔츠 같다. 이처럼 봉투 같은
잎의 형태는 물을 가두기 위한 것으로 추측된다. 지
상부가 모여 있으면 표면이 거친 잔디 같다. 봉황이끼
속의 발달된 헛뿌리는 가는 실 모양의 뿌리 형태이기
때문에 자갈이 섞인 사암에 단단히 붙어 있을 수 있
다. 참꼬마봉황이끼는 수면 근처에서 사실상 단일
군락을 형성하고 있었다. 소중한 목숨을 부지
하려고 매달려 있는 달팽이 한두 마리 빼고는
다른 생물체는 보이지 않았다.

    수면에서 약 30센티미터 떨어진 곳부
터는 봉황이끼속이 사라지고 다른 여러 이끼
가 나타났다. 비단 같은 석회이끼*Gymnostomum
aeruginosum* 밭, 철사이끼속*Bryum* 언덕, 반짝이는
초롱이끼속 매트가 음영이 다양한 초록색 조각보
처럼 깔려 있고 군데군데 비어 있는 곳에는 사암
의 황갈색 표면이 자주 보였다.

참꼬마봉황이끼
Fissidens osmundoides

    수면에서 손이 닿는 제일 높은 곳부터는 줄기와 잎이 뚜렷하게 분
화되지 않은 패랭이우산이끼*Conocephalum conicum*가 빼곡했다. 우산이
끼는 원시적인 이끼 종이다. 우산이끼의 그다지 매력적이지 않은 영어
이름인 'liverwort'는 중세 시대 식물학에서 유래했다. 'wort'는 '식물'
을 뜻하는 고대 영어 단어다. 중세 시대의 '특징설Doctrine of Signatures'에

따르면 모든 식물은 인간에게 나름의 용도가 있으며 그 용도를 알 수 있는 특징을 지닌다. 다시 말해 인간의 장기와 닮은 식물은 약으로 쓸 수 있다. 일반적으로 세 갈래의 잎으로 이루어진 우산이끼는 인간의 간 liver과 비슷하다. 우산이끼의 효능은 증명되진 않았지만 '간풀'을 뜻하는 'liverwort'라는 이름은 7세기 동안 유지되었다.

초록색 살모사의 비늘을 닮은 패랭이우산이끼는 '뱀풀snakewort'라는 이름이 더 어울릴 듯하다. 잎과 줄기가 뚜렷이 구별되지 않는 패랭이우산이끼는 그 자체가 구불구불하고 얇은 엽상체thallus, 관다발은 없지만 잎과 비슷한 모양과 기능을 하는 기관인데 그 형태가 뭉툭한 삼각형이어서 독사의 세모난 머리를 연상시킨다. 표면은 작은 다이아몬드 모양의 다각형으로 나뉘어져 있어 한층 더 파충류처럼 보인다. 듬성듬성한 헛뿌리로 바닥에 헐겁게 붙는 패랭이우산이끼는 바위나 흙 위에 납작 엎드려 점차 영역을 확장한다. 절벽 높은 곳을 덮은 패랭이우산이끼의 이국적인 밝은 초록색은 아래에 있는 칙칙한 이끼들과 대비됐다.

절벽 위 이끼들과 이끼들이 이룬 분포층은 나를 사로잡았다. 연구 현장까지 노를 저어 갈 수 있다는 사실에 이곳을 논문 주제로 삼기로 결심했다. 유일한 문제는 관찰 방법이었다. 강에 몸을 가슴까지 담근 상태에서 어떻게 정밀하게 측정을 할 수 있을까? 이후 몇 주 동안 다양한 시도를 했다. 정박한 카누 위에서 절벽을 향해 몸을 기울여봤다. 배가 뒤집힐 듯 흔들리면서 연필과 자를 계속 놓쳐 짜증이 치밀었다. 작은 스티로폼 조각을 모든 장비에 붙여봤지만 미처 건지기도 전에 신나게 물살에 떠내려갔다. 그래서 카누 옆구리에 모든 장비를 줄로 묶었더니 주렁주렁 매달린 카메라 줄, 기록장부, 노출계가 모두 엉켰다.

결국 배를 포기하고 강바닥에 발을 담갔다. 카누를 일종의 수상 실험실로 만들어 절벽 옆에 정박시키고, 강에서 바위와 카누 양쪽 모두에 닿을 수 있는 자리에 섰다. 하지만 기록일지를 들고 있을 수 없었다. 계속 떨어뜨릴 뿐이었다. 그래서 테이프레코더로 측정 수치를 기록했다. 강력테이프로 기계를 카누 안에 단단히 고정하고 마이크는 목에 걸었다. 자유로워진 양손으로 표본을 채취할 격자 위치를 정해 이끼를 채집할 수 있을 뿐 아니라, 카누가 떠내려가려고 하면 한 쪽 다리로 카누 줄을 끌어당길 수 있었다. 나는 키카푸에서 원맨쇼 공연을 열었다. 홀로 물에 잠겨 "패랭이우산이끼속 35. 봉황이끼속 24. 석회이끼속 *Gymnostomum* 6."처럼 이끼의 위치와 수를 외치는 모습은 분명 볼만했을 것이다. 그 당시 구획을 표시할 때 쓴 빨간 페인트가 여전히 내 카누를 장식하고 있다.

저녁에는 내 장광설이 녹음된 테이프를 틀고 받아 적어 데이터를 만들었다. 그저 재미를 위해서라도 테이프 몇 개는 남겨 놓고 싶었다. 몇 시간 동안 단조롭게 숫자를 읊다가 카누가 떠내려가면 마이크 줄에 목이 졸려 욕이 터져 나왔다. 종아리를 무언가가 물었을 때 지른 비명과 미친 듯이 발을 구른 소리 역시 녹음되었다. 카누를 타고 지나가다가 내게 차가운 라이넨쿠겔Leinenkugel 에일 맥주를 준 사람들과 나눈 대화가 처음부터 끝까지 녹음된 테이프도 있었다.

종 다양성과 재난: 중간교란가설

절벽 아래에는 봉황이끼속, 꼭대기에는 패랭이우산이끼속, 중간에는 각종 이끼가 섞여 있어 계층화가 분명했다. 하지만 이러한 패턴의 원인에 관한 내 가설을 뒷받침할 증거는 없었다. 절벽 표면의 빛, 온도, 습도, 암석 종류에는 큰 차이가 없었다. 분명 다른 무언가가 패턴의 원인이었다. 매일같이 강 속에 서 있다 보니 나 자신도 계층화되었다. 아래에 있는 발은 쪼글쪼글해졌고 위에 있는 코는 햇볕에 까맣게 탔으며 그 중간은 진흙투성이였다.

종끼리 세력권을 방어하거나, 어떤 나무가 다른 종의 나무에 그늘을 드리우는 것처럼 식물끼리 상호작용을 하다 보면 자연에 예상치 못한 패턴이 종종 일어난다. 내가 관찰한 패턴은 패랭이우산이끼와 봉황이끼가 '경계선'을 두고 경쟁한 결과일지도 몰랐다. 나는 두 이끼를 온실에 나란히 심어 둘 사이가 어떤 관계인지 해명할 기회를 줬다. 봉황이끼는 따로 떨어져 있으면 잘 지냈다. 패랭이우산이끼도 마찬가지였다. 하지만 나란히 놓으면 권력 싸움의 증거가 분명히 나타났고 항상 봉황이끼가 패했다. 매번 패랭이우산이끼의 뱀과 같은 엽상체가 왜소한 봉황이끼 위로 점점 기어오르더니 결국 완전히 삼켜버렸다. 절벽 위에서 두 이끼가 떨어져 지낸 이유가 명백해졌다. 봉황이끼는 생존을 위해 패랭이우산이끼로부터 도망가야 했다. 하지만 경쟁이 그렇게 중요했다면 패랭이우산이끼는 왜 다른 종들을 물리쳐 수면 위 모든 영역을 차지하지 않았을까?

늦여름 어느 날 나는 머리 위에 있는 강의 최고수위선 부근에서 나뭇가지에 걸린 풀 뭉치를 발견했다. 강의 수위가 내가 걸어 다닐 정도로 항상 일정한 건 아니었다. 아마 계층화는 각 이끼 종이 물속에서 얼마나 견디는지에 따라 발생했을지도 몰랐다. 물을 채운 얕은 접시에 이끼를 종별로 담은 후 12시간, 24시간, 48시간 후 확인했다. 봉황이끼는 사흘이 지나도 쌩쌩했고 석회이끼속도 마찬가지였다. 반면 패랭이우산이끼는 24시간밖에 지나지 않았는데도 검고 끈적끈적해졌다. 패턴의 조각이 발견됐다. 물속을 견디지 못하는 패랭이우산이끼는 절벽 높은 곳에만 머물러야 한다.

나는 내가 재현한 범람이 얼마나 자주 일어나는지 궁금해졌다. 과연 패랭이우산이끼의 정복욕을 잠재울 만큼 자주 일어날까? 마침 다행스럽게도 미 육군 공병 역시 이유가 다르지만 같은 문제를 궁금해했다. 그들은 강에 홍수 대비용 댐을 세울 계획이었고 그래서 내가 연구하던 절벽 밑 다리에 측정소를 만들어두었다. 그들은 5년 동안 키카푸강의 수위를 매일 측정했다. 나는 육군 공병의 데이터 덕분에 절벽의 특정 지점이 얼마나 자주 잠겼는지 계산할 수 있었다. 또한 자동 응답으로 현재 다리 수위를 알려주는 전화서비스도 활용할 수 있었다. 군대는 강을 더럽힐 때가 많아 그다지 좋아하지는 않지만 그때 얻은 정보는 정말 유용했다.

나는 겨우내 데이터를 분석해 절벽의 이끼 분포와 비교했다. 예상대로 측정소의 데이터는 이끼 층에 꼭 맞아떨어졌다. 대부분의 기간 동안 수위는 봉황이끼가 장악한 절벽 아래에 위치했다. 봉황이끼는 물이 범람하더라도 살 수 있고 유선형 줄기가 뻣뻣하기 때문에 물의 흐름을 견딜 수 있었다. 물이 범람하는 빈도는 절벽 위로 갈수록 줄어들었다. 절벽에 느슨하게 붙은 패랭이우산이끼가 장악한 곳은 물이 거의 닿지 않았다. 패랭이우산이끼는 수면보다 훨씬 높은 곳에서 안전하게 펴져, 녹색 담요처럼 바위를 뱀 모양 엽상체로 빼곡하게 덮었다. 봉황이끼는 물이 자주 닿는 곳에서 우세했다. 반면 패랭이우산이끼는 거의 방해받지 않은 곳에서 우세했다. 그렇다면 중간은 어떨까? 절벽 중간에는 '광고 구함'이라고 쓰인 빈 광고판처럼 군데군데 드러난 맨바위 사이로 엄청나게 다양한 종이 서식하고 있었다. 범람 빈도가 평균적인 곳에서는 어떠한 종도 서식지를 독점하지 않기 때문에 다양성이 높았다. 무려 열 개의 종이 두 종의 막강한 이끼 사이에 끼어 있었다.

내가 키카푸강을 누비는 동안 또 다른 과학자 로버트 페인Robert Paine은 워싱턴 해안가의 암석으로 이루어진 밀물과 썰물의 중간 지대에서 파도의 형태를 관찰하며 생명체 교란disturbance, 군집을 파괴하고 자원과 환경조건을 변화시키는 것. 태풍 등 자연적 교란과 벌목 등 인위적 교란으로 나눌 수 있다 주기의 차이를 연구하고 있었다. 그가 관찰한 조류, 홍합, 따개비는 이끼와 그다지 공통점이 없어 보인다. 하지만 모두 이끼처럼 돌에 붙어사는 고착생물이고 공간을 차지하려고 서로 경쟁한다는 점에서 이끼와 비슷하다. 그는 흥미로운 패턴을 발견했다. 파도가 꾸준히 치는 곳에 서식하는 종은 많지 않았고, 사실상 파도가 닿지 않는 바위에 사는 종은 더 적었다. 하지만 교란의 빈도가 평균적인 두 곳 사이에서는 종 다양성이 아주 높았다.

암석 해안과 키카푸 절벽의 종 다양성은 교란이 자주 일어나는 곳과 거의 일어나지 않는 곳 사이의 중간 지대에서 가장 높다는 '중간교란가설Intermediate Disturbance Hypothesis'을 확립하는 데 기여했다. 생태학자들은 교란이 전혀 없을 경우 패랭이우산이끼와 같은 막강한 경쟁자가 경쟁적 우위를 통해 서서히 다른 종들을 침범하다가 완전히 몰아낸다는 사실을 입증했다. 교란이 너무 자주 일어난다면 환경에 강인한 종만이 혼돈에서 살아남을 수 있다. 하지만 교란 빈도가 평균적인 중간지대에서는 매우 다양한 종이 균형을 이루어 번성한다. 어느 한 종이 독점하지 않도록 주기적으로 교란이 일어나면서 안정적인 기간도 충분하기 때문에 여러 종이 연달아 자리 잡을 수 있다. 군락마다 연령이 다양할수록 다양성은 극대화된다.

중간교란가설은 초원, 강, 산호초, 숲을 포함한 다양한 생태계에서 입증되었다. 중간교란가설에 의한 패턴은 미국 산림청이 펼치는 화재 예방 정책의 핵심이다. 스모키베어Smokey Bear, 미국 산림청의 곰 마스코트 산불 예방 캠페인을 실시했을 때 교란 주기가 지나치게 낮아져 숲이 단일군락으로 변해 불이 번질 가능성이 더욱 높아졌다. 반면 산불 빈도가 지나치게 높을 때에는 키 작은 초목만 조금 남았다. 하지만 〈골디락스와 곰 세 마리Goldilocks and the Three Bears, 곰 세 마리가 골디락스라는 소녀에게 뜨거운 스프, 차가운 스프, 미지근한 스프를 끓여줬는데 미지근한 스프를 제일 좋아했다는 영국 동화)에서처럼(그중 한 마리는 분명 스모키베어일 것이다), 다양성이 극대화되는 '적당한' 산불 주기가 있다. 산불을 무조건 억제할 때와 달리 적당한 주기로 산불이 일어나 빈 공간이 모자이크처럼 생긴다면 야생 동물 서식지가 조성돼 숲은 건강을 유지한다.

이듬해 봄이 되어 키카푸강에 얼음이 녹아 떠내려갔을 때 관측소에 전화를 걸어보니 강이 범람했다는 소식이 전자 음성으로 흘러나왔다. 나는 이끼가 어떤 모습일지 확인하기 위해 곧장 차에 올라탔다. 강은 농지가 물에 풀려 초콜릿색이었다. 급류에 쓸린 통나무와 오래된 울타리 기둥들이 절벽에 부딪혔다. 내가 빨간 페인트로 표시한 구획 자국은 어디에도 보이지 않았다.

다음 날 아침, 물은 차오를 때만큼이나 빠르게 빠졌고 그 여파가 여실히 드러났다. 봉황이끼는 상처 하나 없이 다시 나타났다. 절벽 중간에 있던 이끼들은 진흙으로 더러워지고 나뭇조각과 물살에 너덜너덜해졌다. 빈 공간도 조금 더 늘어났다. 패랭이우산이끼는 익사할 정도로 오랫동안 잠기진 않았지만 상당히 넓은 부분이 떨어져나가 찢어진 벽지처럼 절벽에 매달려 있었다. 패랭이우산이끼는 납작하고 바닥에 느슨하게 붙어 있기 때문에 물살을 이기기 힘들었지만 봉황이끼는 무사했다. 패랭이우산이끼가 사라져 생긴 빈 공간들은 새로운 이끼들이 차지하겠지만 패랭이우산이끼가 기운을 차리면 이내 자리를 내주어야 한다. 잠시나마 그곳에 머무는 이끼들은 패랭이우산이끼의 적수가 되지 못할뿐더러 잦은 범람도 견디지 못한다. 경쟁과 물살의 동시 공격을 감내해야 하는 도망자 신세다.

　이러한 패턴에 나타나는 합리적인 일관성을 종종 생각한다. 동일한 원리가 이끼, 홍합, 숲, 초원에 적용되는 것처럼 보인다. 교란은 얼핏 파괴 작용 같지만 균형만 유지된다면 사실상 재생 작용이다. 키카푸강의 이끼들은 이러한 이야기를 들려주는 퍼즐의 한 조각이었다. 한 손에 사포를 들고 오래된 파란색 카누에 묻은 빨간 페인트 얼룩을 쳐다보다가 그냥 두기로 했다.

· 선택하는

· 삶

이웃에 사는 폴리Paulie와 나는 대화할 때 거의 항상 소리를 지른다. 밖에서 내가 차의 짐을 꺼내면 폴리는 길 건너 축사에서 머리를 내밀고 소리친다. "잘 다녀왔어? 없는 동안 비가 많이 와서 마당에 있던 호박이 엉망이 됐어. 실컷 먹어야 할 것 같다." 내가 대답하기도 전에 머리를 도로 넣는다. 내가 여기저기 돌아다니는 걸 마뜩잖아 하지만 내가 없는 동안 집을 잘 돌봐준다. 땔감을 쌓아올리거나 콩을 심다가 길 건너에서 폴리의 강렬한 주황색 모자가 보이면 나는 못 근처에 갔더니 울타리가 물에 잠겼다는 소식을 큰 소리로 알려준다. 우리의 외침은 짧지만 서로에 대한 애정이 담겼다. 여러 해 동안 우리 집과 길 건너 그녀

집 사이를 오간 외침은 아이들이 잘 자라고 있다는 이야기, 부모님이 많이 늙으셨다는 이야기, 퇴비 살포기가 고장 났다는 이야기, 목초지에 킬디어killdeer새가 둥지를 틀었다는 이야기를 전하는 전보였다. 9·11 사태가 발생하던 날, 나는 텔레비전 앞에서 곧장 폴리의 축사까지 달려갔고 우리는 서로 부둥켜안고 울다가 얼마 지나지 않아 사료 트럭이 도착하자 서둘러 송아지들에게 먹이를 먹였다.

뉴욕의 작은 마을인 파비우스Fabius에 있는 오래된 우리 집과 폴리의 오래된 축사는 모두 1823년에 지어진 농장에 속해 있었다. 두 곳 모두 거대한 단풍나무 그늘을 공유하고 같은 샘에서 물을 얻는다. 무너져가는 집과 헛간을 되살린 우리 역시 서로 친구가 될 수밖에 없다. 날씨가 좋을 때면 길 한복판에서 팔짱을 끼고 수다를 떨다가 축사에 출몰하는 고양이들이 길에 기웃거리면 손을 내저어 몰아낸다. 수다에 정신이 팔려 건초를 실은 트랙터나 우유 배달 트럭이 가는 길을 막기도 한다. 햇볕을 쬐며 이야기를 나누는 동안 폴리는 더러운 목장갑을 벗었다가 헤어질 때는 다시 낀다. 우린 가끔 전화로 이야기할 때도 있는데 폴리는 자기가 축사에서 소리치고 있는 게 아니란 걸 잊기 때문에 나는 수화기에서 귀를 30센티미터 떨어뜨려야 한다.

오지랖이 넓은 사람끼리 이웃이다 보니 서로 속속들이 안다. 내가 이끼의 번식 선택을 본격적으로 조사하기 위해 야외 연구를 간다고 하면 고개를 저으며 웃는다. 그동안 폴리와 폴리의 남편 에드Ed는 소 86마리에서 우유를 짜고, 옥수수를 재배하고, 양털을 깎고, 암송아지가 살 외양간을 짓는다. 바로 오늘 아침 우리 집 우편함 앞에서 만났을 때 폴리는 'AI'를 기다리고 있다고 말했다. "인공지능Artificial Intelligence?" 나는 눈살을 찌푸리며 물었다. 폴리는 박장대소하며 교수인 이웃을 또 한 번 무시했다. 한쪽에 황소가 그려진 하얀 트럭이 웅덩이에 고인 물을 튀기며 축사에 도착했다. 우리가 길 양쪽에 있는 각자의 세계로 돌아갈 때 폴리는 어깨 너머로 소리쳤다. "인공수정Artificial Insemination!" "네 이끼들은 번식 방법을 선택할 수 있을지 몰라도 내 소들은 절대 그럴 수 없어!"

실제로 이끼는 철저한 금욕주의형부터 호색형에 이르기까지 번식 양상이 광범위하다. 한 번에 수백만 개의 자손을 낳아 성적으로 활발한 종도 있는 반면 유성생식이 한 번도 관찰된 적 없는 순결한 종도 있다. 성전환을 통해 상당히 자유롭게 성별을 바꾸는 종도 있다.

다산형 이끼와 금욕형 이끼

식물생태학자들은 '번식노력reproductive effort'이라는 지수를 통해 식물이 유성생식에 얼마나 열의가 있는지 측정한다. 이러한 지수는 단순히 식물의 총 무게에서 유성생식에 전념하는 부분의 비율을 계산한 것이다. 예를 들어 단풍나무는 미풍을 타고 돌다가 땅으로 떨어질 헬리콥터 날개 모양의 씨나 작은 꽃보다는 몸통을 만드는 데 훨씬 많은 에너지를 쓴다. 반면 초원에 핀 서양민들레는 노란 꽃이 가장 많은 질량을 차지하고 그 다음으로 솜털 같은 씨앗의 질량이 크기 때문에 번식노력 지수가 매우 높다.

번식에 할당된 에너지는 다양한 방식으로 쓰인다. 같은 양의 열량이라도 어떤 부모는 몸집이 큰 몇 안 되는 자손에 투자한다. 한편 다산을 하는 부모는 영양분을 충분히 주지 못해 크기가 작더라도 자식 수를 늘리는 데 에너지를 쏟는다. 폴리는 자식을 잘 돌보지 않는 부모에게 매우 비판적이다. 축사를 드나드는 고양이 한 마리 중 털이 길고 아름다운 블루Blue는 새끼들을 일용품처럼 여긴다. 계속 새끼를 낳지만 돌볼 생각은 안 하고 알아서 살도록 내버려둔다. 지붕빨간이끼속 이끼도 같은 태도를 취한다. 소들이 축사까지 걷는 길 옆 울퉁불퉁한 구석에서 지붕빨간이끼Ceratodon purpureus의 잎은 한 해 내내 만드는 포자체로 두껍게 덮여 있어 거의 보이지 않는다. 하지만 포자는 블루가 낳은 새끼들처럼 너무 작고 영양이 부실해 생존 가능성이 아주 낮다. 다행히도 축사 고양이 중 오스카Oscar는 모성애가 매우 강하다. 나이 많은 오스카는 건초 더미에 살며 새끼를 단 한 마리만 낳았지만 블루가 버린 새끼들을 기꺼이 입양했다. 그 때문에 오스카는 먹이 시간에 우유 그릇과 가장 가까운 자리를 차지할 수 있다.

축사 뒤 그늘진 바위벽에 자라는 명주실이끼속Anomodon 이끼라면 폴리에게 인정받을 수 있을 것이다. 명주실이끼속은 포자 생성을 삶의 후반부로 미루어 무분별한 번식보다는 성장과 생존에 자원을 집중하는 편이다.

번식노력 지수가 높은 전략을 취할지 아니면 낮은 전략을 취할지는 주로 환경에 의해 결정된다. 불안정하고 척박한 서식지에서는 멀리 확산될 수 있는 작은 자손을 여럿 낳는 종이 진화의 혜택을 입는다. 소가 다니는 길 근처에 있는 지붕빨간이끼 군락처럼 서식지 환경이 예측하기 힘든 곳이라면 이끼 성체가 죽을 가능성이 매우 높으므로 되도록 빨리 번식해 더 푸르른 초원으로 자손을 보내는 것이 유리하다. 이처럼 바람에 날린 포자의 운명은 알 수 없지만 부모가 살던 길가와는 크게 다를 것이다. 또한 유성생식은 부모의 유전자를 새롭게 조합함으로써 유전적 우위를 전달한다.

각 포자는 복권과 같다. 어떤 조합은 훌륭하고 어떤 조합은 허접할 수 있지만 수백만의 자손이 마구잡이로 흩어지다 보면 당첨 확률이 높아진다. 그중 하나는 분명 신성한 유전 조합을 성공으로 이끌 곳에 안착할 것이다. 유성생식으로 인한 다양성은 미래를 예측할 수 없는 상황에서는 분명한 강점이다. 하지만 희생도 뒤따른다. 난자와 정자를 만드는 과정에서 부모의 성공한 유전자들이 반씩만 자손에게 전달되고 또한 이러한 유전자들이 유성생식 동안 마구 섞인다.

흙투성이 장화를 신고 비료가 튄 외투를 걸친 폴리의 모습은 흰 가운을 입은 유전공학자의 이미지와 동떨어져 보이지만 사실 유전공학의 선두에 있다. 코넬대학교 출신의 폴리가 교배한 홀스타인계 품종 소들은 상을 받은 적 있는 유전적으로 완벽한 종이다. 그녀는 최고의 소를 어느 나이 많은 수소와 교미시켜 어렵게 얻은 유전적 우위를 잃기보다는, 인공수정을 통해 동일한 배아를 대리모 무리에게 이식한다. 이 방식은 대리모 무리 사이의 변이성이 낮아지기 때문에 일반 유성생식에 의해 망가질 수 있는 우세한 유전자형이 보존된다. 이러한 복제 기술은 낙농업에 최근 도입됐지만 이끼들은 데본기부터 활용해 왔다.

변종을 제한해 부모의 우수한 유전 조합을 보존하는 방법은 이끼가 흔히 취하는 번식 전략이다. 축사 뒤에 있는 바위벽은 179년 전 처음 농장주들이 지은 이후로 어떠한 방해도 받지 않았다. 이처럼 일정하고 예측 가능한 서식지에서는 일정하고 예측 가능한 방식으로 살아야 생존에 성공할 확률이 가장 높다. 그곳에 사는 명주실이끼속 이끼는 자신들의 유전 구성이 그곳에 적합함을 거의 두 세기 동안 증명해 왔다. 유전형이 부적합한 포자를 생성하면 그저 바람에 날아가 사라질 것이므로 빈번한 유성생식에 에너지를 쏟는 건 분명 낭비다. 안전하고 안락한 환경에서는 혈통 있는 소들처럼 에너지를 성장에 쏟고, 오랫동안 살아온 기존 이끼의 유전자를 확산해 검증된 유전형을 보존하는 것이 바람직하다.

자연선택은 군집을 구성하는 개체들에게 지속적으로 작용하므로 가장 적합한 개체만 살아남는다. 길 건너는 법을 배우지 못해 결국 땅에 묻힌 축사 고양이와 사산된 송아지를 보면 자연선택의 작용을 분명하게 알 수 있다. 그렇게 동물이 죽을 때면 폴리는 미리 생각해 놓은 듯한 말을 내뱉는다. "산 동물을 키우다 보면 죽은 동물도 생기기 마련이야." 말은 퉁명스럽게 해도 폴리의 동물을 보면 그녀의 진심은 그렇지 않다는 것을 알 수 있다. 그녀가 키우는 가축이 모두 우수한 건 아니다. 축사 한 칸은 수년 동안 앞을 보지 못하는 늙은 암소의 집이다. 암소의 이름은 헬렌Helen이다. 온순한 헬렌은 오랫동안 코끝과 꼬리로 방향 감각을 발달시켜왔기 때문에 다른 소들과 여전히 풀을 뜯으러 나간다. 또한 코넬리Cornellie라는 이름의 양이 새끼 때 고아가 되자 폴리는 집으로 들여 기저귀를 채우고 밖에서 혼자 살 수 있을 때까지 장작 난로 옆에서 재웠다. 하지만 자연에서 부적응 개체는 자연선택의 칼날로부터 구해줄 폴리 같은 구원자를 찾기 힘들다. 그래서 나는 자연선택의 관점에서 이끼가 어떠한 번식 선택을 하는지 관찰해 왔다. 어떤 선택이 생존으로 이어지고 어떤 선택이 멸종으로 가는 단계일까?

나와 폴리가 이곳 언덕 위 농장으로 온 건 모두 기회가 찾아왔고 나름의 이유로 우리가 선택했기 때문이다. 바람을 막아주는 언덕에 집이 있어서일 수도 있고, 목초지 위로 아침 햇살이 따스하게 내리쬐기 때문일 수도 있다. 폴리는 보스턴에 사는 가족의 기대를 저버리고 동물 생리학자의 지위 대신 농장을 꾸리고자 하는 강한 열망을 선택했다. 이혼 후 슬픔에 잠겨 있던 나는 나만의 방식으로 다시 시작하고 싶은 절박한 마음에 전서구傳書鳩처럼 이곳으로 날아왔다. 우리의 꿈은 이곳에서 집을 찾았다. 폴리는 자급자족하는 생활에 매일 즐거워하며 동물들과 행복한 나날을 보낸다. 그리고 내 책상에는 현미경과 블랙베리 파이가 나란히 놓여 있다.

네삭치이끼의 분산형 투자

우리가 공유하는 목초지 꼭대기에 있는 솔송나무hemlock 늪지에는 소들이 풀을 뜯지 못하도록 숲에 울타리가 쳐져 있다. 폴리는 옆에 있는 들에서 덜컹거리는 트랙터로 건초를 모으고 있다. 나는 폴리에게 손을 흔들고 철조망 아래로 몸을 수그려 숲으로 들어간다. 숲으로 몇 걸음 들어가자 녹음을 통과한 빛과 함께 고요함이 내려앉는다. 우리 집과 폴리의 축사를 짓는 데 쓰인 솔송나무 목재는 수세대 전 이곳에서 베어졌다. 오래된 통나무와 썩어가는 나무밑동은 내가 제일 좋아하는 이끼 중 하나인 네삭치이끼*Tetraphis pellucida*로 덮여 있다. 내가 아는 한 네삭치이끼는 가장 생기 넘치는 이끼다. 어린잎은 이슬방울처럼 빛나고 물을 머금어 통통하다. 네삭치이끼의 학명에서 종을 나타내는 '펠루치다*pellucida*'는 물처럼 투명하다는 의미다. 작지만 힘찬 지상부는 군더더기 없이 단순하며 희망에 찬 듯 곧게 솟았다. 1센티미터에 못 미치는 줄기를 숟가락 같은 잎 십여 개가 나선형 계단처럼 둘러싼다.

한 가지 삶의 방식으로 평생을 보내는 대부분의 이끼와 달리 네삭치이끼는 매우 유연하게 번식 방법을 선택함으로써 유성생식 외에도 여러 방식으로 자유롭게 번식한다. 네삭치이끼는 독특하게도 유성생식과 무성생식에 특화된 기관을 모두 지니고 있어 번식 선택의 갈림길 중간에 선다.

대부분의 이끼는 잎을 비롯해 떨어져 나간 몸체 일부에서 복제될 수 있다. 이렇게 분리된 부분이 부모와 유전적으로 동일한 성체로 자라날 수 있고 이러한 방식은 안정적인 환경에서 유리하다. 복제된 유전자는 새로운 영역을 개척할 능력이 부족해 부모 곁에 머문다. 몸체 일부가 분리되어 이루어진 복제는 효과적일지 모르나 유전자의 미래를 보장하기에는 분명 허술하고 임의적인 방식이다.

하지만 스스로 복제할 수 있는 정교한 구조를 갖춘 네삭치이끼는 무성생식의 정수를 보여준다. 무릎을 꿇고 해묵은 나무밑동 위에 있는 네삭치이끼 한 무리를 가까이 보니 군락 표면에 작은 초록색 컵 같은 것이 흩어져 있다. 위로 솟은 지상부 맨 끝에서 생성되는 이러한 무성아기無性芽器, gemma cup는 에메랄드 알을 품은 작은 둥지처럼 보인다. 둥지와 같은 무성아기는 잎이 겹쳐진 둥근 그릇 모양이며 그 안에 알처럼 생긴 무성아들이 담겨 있다. 무성아는 불과 10~12개의 세포로 이루어진 둥근 덩어리로, 빛을 받으면 희미하게 반짝인다. 이미 수분을 흡수하고 광합성을 시작한 무성아는 부모로부터 복제된 새로운 식물이 될 준비를 한다. 그러면서 둥지 안에 머물며 기다린다. 부모에게 벗어나 스스로 성장하고 가정을 꾸릴 수 있는 곳으로 날아갈 기회를 기다리는 것이다.

하늘이 어두워지고 천둥이 치면 때가 된 것이다. 굵은 빗줄기가 숲 바닥으로 퍼붓고 빗방울에 짓눌리지 않은 개미와 각다귀가 이끼로 모여 몸을 피한다. 하지만 빗방울의 힘을 활용하도록 설계된 단단하고 작은 네삭치이끼는 이날을 고대했다. 빗방울이 무성아기로 정확히 떨어

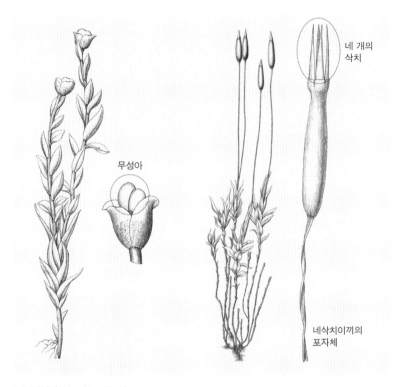

네 개의
삭치

무성아

네삭치이끼의
포자체

네삭치이끼 *Tetraphis pellucida*

지면 무성아가 떨어져나가 바깥으로 날아가고 둥지는 비어버린다. 무성아는 15센티미터까지 튕겨나갈 수 있는데, 이는 키가 1센티미터에 불과한 식물치곤 나쁘지 않은 거리다. 적절한 환경에 안착한다면 여름 한 계절 동안 완전한 새 식물로 재생될 수 있다. 포자는 변덕스러운 바람이 이끄는 대로 바위나 지붕 또는 호수 한복판처럼 예측할 수 없는 곳으로 갈 수밖에 없는 반면 무성아는 부모와 같은 장소로 갈 확률이 높다. 몸체에서 영양번식한 번식체와 마찬가지로, 무성아는 그 나무밑동에서의 생존이 입증된 유전자 조합을 보전한다.

한편 유성생식을 통해 부모 유전자가 섞여 생성되는 가루 형태의 포자는 유전자 조합이 엄청나게 다양하며, 나무밑동을 벗어나 미지의 세계에서 운명을 개척할 잠재력을 지닌다. 같은 나무밑동 위에 있는 또 다른 네삭치이끼 무리는 나이가 많은 세쿼이아와 비슷한 계피색이다. 녹색 지상부 위로 빽빽하게 난 포자체 때문에 녹슨 깡통 색을 띤다. 뚜껑이 없는 단지 모양의 포자낭은 포자체 끝에 달려 있다. 단지 입구 테두리에 네 개의 누런 이가 박혀 있어 '네 개의 이'라는 뜻인 '테트라피스*Tetraphis*'가 학명에 쓰인 것이다. 포자낭이 성숙하면 수백만 개의 포자가 터져 나와 바람에 날아간다.

유성생식의 산물인 포자는 유전자가 마구 섞이기 때문에 부모의 유전자 조합과 상당히 다르다. 이러한 포자들은 다양성이 높고 멀리 날아갈 수 있다는 점에서 유리하지만 생존 확률은 극도로 낮다. 작은 포자들을 또 다른 솔송나무 밑동 같은 적절한 곳에 조심스럽게 심더라도 80만개 중 단 한 개만 이끼로 자란다. 분명 크기와 성공률은 비례한다. 무성아는 포자보다 수백 배 크고 수백 배 효과적으로 새로운 이끼를 탄생시킨다. 포자보다 큰 무성아는 신진대사가 활발하기 때문에 성공 확률이 높다. 내가 했던 실험들에서는 무성아 열 개 중 한 개가 새로운 이끼로 자랐다.

집초기 시동이 꺼지는 소리가 들리고 폴리는 내가 뭘 하나 궁금했
는지 숲으로 들어와 여름 해를 피하며 한숨 돌린다. 내가 물통을 건네
자 벌컥벌컥 마신 뒤 손등으로 입을 닦고 무릎을 굽혀 다른 솔송나무
밑동에 앉는다. 폴리에게 두 가지 네삭치이끼, 즉 안전하게 '집에 정착
한' 무성아로 이루어진 무성 군락과 모험심이 강한 자손을 바람에 날
려 보내는 유성 군락을 보여줬다. 폴리는 고개를 끄덕이더니 웃는다.
그녀에게 익숙한 이야기다. 자기와 꼭 닮은 폴리의 딸은 대학교를 졸업
한 뒤 부모와 함께 땅을 일구며 살기로 결심했다. 하지만 큰아들은 동
트기 전 우유를 짜며 하루가 시작돼 소들이 축사로 돌아온 후에도 한참
뒤에야 모든 일이 끝나는 생활에 전혀 흥미가 없어, 둥지를 떠나 뉴욕
주 반대편으로 날아가 교사가 되었다.

성별을 오가는 선택

네삭치이끼로 덮인 통나무와 나무밑동을 보면 놀라운 패턴을 발견
할 수 있다. 무성아 형태와 포자 형태가 서로 섞이지 않도록 떨어져 무
리를 이룬다. 이끼가 무성생식과 유성생식 중 어떤 전략을 택하는지는
주로 환경과 종에 따라 달라진다는 사실을 고려하면 어떠한 원인에 의
해 이러한 패턴이 일어나는지 궁금해진다. 같은 종이지만 왜 같은 나무
밑동에서 어떤 무리는 무성생식을 선택하고 다른 무리는 유성생식을

선택할까? 왜 자연선택은 동일한 종이 정반대되는 행동을 하도록 허용할까? 이러한 의문에 이끌려 나는 오랫동안 네삭치이끼와 긴밀한 관계를 맺었다. 과학을 한다는 것이 어떤 의미를 지니는지 알려준 네삭치이끼에 매료되었고 경외심을 품게 되었다.

처음에는 번식 방식에 따라 구획이 나뉜 이유가 물리적 환경에 있다고 추측했다. 썩어가고 있는 나무에서 습도나 영양소가 달라 번식 형태가 달라진 거라고 생각했다. 그래서 무성생식과 유성생식 패턴과의 연관성을 찾기 위해 환경적 요인을 꼼꼼하게 측정해 보았다. pH 측정기, 노출계, 건습계를 들고 다니며 주변 환경을 측정하고 부패하고 있는 통나무 표본을 실험실로 가져와 수분 함량과 영양소를 분석했다. 몇 달 동안 데이터를 분석했지만 어떠한 상관관계도 발견되지 않았다. 네삭치이끼의 번식 선택에는 어떠한 규칙이나 이유도 없는 듯했다. 하지만 내가 숲에서 배운 교훈 중 한 가지를 꼽는다면 모든 패턴에는 의미가 있다는 것이다. 패턴의 의미를 찾기 위해서는 인간이 아닌 이끼처럼 보고 행동해야 했다.

전통적인 원주민 공동체에서 배움의 방식은 미국 공립 교육 체계의 방식과 전혀 다르다. 아이들은 보고 듣고 경험하면서 학습한다. 공동체 안에서는 인간뿐 아니라 인간이 아닌 생명체에게도 배움을 얻어야 한다. 직접적인 질문은 종종 무례한 행동으로 여겨진다. 지식은 쟁취하는 것이 아니라 선물받는 것이다. 스승은 받아들일 준비가 된 학생에게만 지식을 전해줄 수 있다. 끈기 있게 관찰해 규칙을 발견하고 경험을 통해 그 의미를 이해하면서 많은 걸 배운다. 진실에는 여러 종류가 있으며 이야기하는 사람의 현실이 모두 진실일 수 있다고 여겨진다. 지식의 원천이 지닌 관점을 이해하는 것이 중요하다. 내가 학교에서 배운 과학은 지식이 스스로 드러나도록 기다리지 않고 직접 질문을 던져 지식을 요구하는 무례한 방식이었다. 나는 네삭치이끼에게서 다른 방식으로 배우는 법을 이해하기 시작했고, 정보를 달라고 떼를 쓰기보다는 이끼가 스스로 이야기하도록 기다렸다.

이끼는 우리의 언어로 이야기하지 않고 우리의 방식으로 세상을 경험하지 않는다. 따라서 나는 이끼에게 배움을 얻기 위해 이제까지와 다른 속도로 나아가기로 하고 여러 달이 아닌 여러 해 동안 경험하기로 결심했다. 내게 좋은 실험이란 좋은 대화와 같다. 대화를 듣는 사람은 말하는 사람의 이야기가 전달될 통로를 만든다. 네삭치이끼가 어떻게 번식을 선택하는지 이해하려면 네삭치이끼의 이야기를 들어야 했다.

그전까지 나는 인간의 관점에서 여러 번식 단위로 구분해 네삭치이끼 군락을 이해하려고 했다. 그러한 방식으로는 많은 걸 배울 수 없었다. 이끼 무리를 개개의 독립체로 보지 않고 내가 편의대로 정한 임의적인 단위로 간주했지만 이끼에게 이러한 단위는 별 의미가 없었다. 이끼 줄기 하나하나가 각자 세상을 경험하므로 이끼의 삶을 이해하기 위해서는 이끼 하나의 관점으로 관찰해야 했다.

그래서 네삭치이끼 군락에 있는 수백 개의 지상부를 일일이 기록하기 시작했다. 표본으로 채취한 모든 네삭치이끼 무리를 개체별로 관찰하는 일은 고된 작업이었다. 줄기를 하나씩 세고 모든 지상부를 성별과 발달 단계에 따라 분류하며 번식 방식이 무성아인지 포자인지 확인했다. 얼마나 많은 지상부를 셌는지 모르지만 아마도 수백만은 될 것이다. 빽빽한 네삭치이끼 군락에는 1제곱센티미터당 약 300개의 지상부가 있었다. 지상부를 센 후엔 군락마다 표시했다. 마티니martini에 들어가는 올리브를 꽂을 때 쓰는 검 모양 플라스틱 막대가 가장 유용했다. 플라스틱이어서 썩지도 않을뿐더러 눈에 확 띄는 분홍색이기 때문에 일 년이 지나도 쉽게 찾을 수 있다. 뿐만 아니라 칵테일 스틱으로 장식된 이끼 통나무를 우연히 본 등산객들이 어떤 대화를 나눌지 상상하는 것도 즐거웠다.

이듬해에는 그곳을 다시 찾아 표시한 군락들을 확인하고 다시 수를 세었다. 여러 권의 공책에 이끼들의 삶에 일어난 변화를 기록했다. 또 한 해가 지난 뒤 같은 작업을 반복했다. 썩은 낙엽 더미 위에 무릎을 꿇고 나무밑동에 코를 박고 있다 보니 서서히 이끼처럼 생각하기 시작했다.

폴리는 나보다 먼저 이를 이해했을 것이다. 수천 제곱미터에 달하는 언덕에서 소를 키우며 생계를 잇기란 쉽지 않다. 그녀가 성공할 수 있었던 건 소들을 무리가 아닌 각각의 개체로 인식하기 때문이다. 쇠귀에는 번호가 적힌 태그가 없다. 모든 소의 이름을 기억하기 때문이다. 폴리는 매지Madge가 언덕을 내려오는 모습만 봐도 새끼를 낳을 때가 됐는지 안다. 많은 시간을 들여 소의 서식지와 필요를 파악했기 때문에 기업형 낙농업자보다 경쟁력을 갖출 수 있었다.

나는 이끼 무리가 어떠한 운명을 맞는지 알기 위해 이끼 공동체의 개체군 밀도가 어떻게 변하는지 기록했다. 직접적으로 질문을 던지기보다는 인내심을 갖고 매해 지켜보다 보니 네삭치이끼가 자신의 이야기를 들려주기 시작했다. 아무것도 없는 나무 위에 처음 군락이 형성되면 지상부가 드문드문 흩어져 있어 여유 공간이 많다. 1제곱센티미터 표본당 50개의 이끼 줄기가 있어 개체 밀도가 낮은 곳에서는 거의 모든 지상부 끝에 무성아기가 있다. 땅으로 떨어진 무성아들은 어린 지상부가 되어 무럭무럭 자라, 다음 해 내가 다시 돌아올 때면 이끼 줄기들이 빽빽하게 들어찼다.

군락별로는 신기한 패턴이 나타났다. 개체군 밀도가 높아지면 무성아는 사라진다. 무성아를 만들다가 갑자기 암그루 지상부를 만들기 시작한다. 개체군 밀도가 유성생식을 일으키는 것처럼 보였다. 흩어져 있는 수그루 사이로 암그루가 빽빽이 들어서면 얼마 지나지 않아 포자체가 등장한다. 무성아가 돋아 싱싱한 초록색을 띠던 지상부는 포자를 생성하며 녹슨 색으로 변한다. 내가 다음 해 다시 찾았을 때 군락은 개체군 밀도가 더욱 높아져 1제곱센티미터당 줄기가 거의 300개에 달했다. 개체군 밀도가 번식 양상에 급진적인 변화를 일으킨 것으로 보였다. 생성된 지상부는 이제 모두 수그루고, 암그루나 무성아 지상부가 눈에 보이지 않았다. 개체군 밀도가 높아지면 암그루에서 수그루로 변하는 네삭치이끼는 후천적 암수한그루라는 사실을 알 수 있다. 이처럼 개체군 밀도에 따라 성별이 변하는 현상은 일부 어류에서 발견되지만 이끼에서 관찰된 적은 없었다.

네삭치이끼 이야기의 조각을 맞추기 위해 실제로 어떤 일이 벌어지는지 제대로 알고 싶어졌다. 정말 개체군 밀도가 유성생식을 할지 아니면 무성아를 생성할지를 판가름하는 요소인지 확인해야 했다. 만약 그렇다면 내가 개체군 밀도를 바꾸면 이끼의 행동도 바꿀 수 있어야 했다. 내가 간접적으로 묻는다면 이끼가 답해줬을지도 모른다. 나는 폴리의 숲에서 이끼의 언어로 질문하는 요령을 배웠다.

죽음을 감수하는 선택

몇 년 전 폴리는 새로 태어난 암송아지가 지낼 집을 짓는 데 드는 비용을 마련하기 위해 자신이 소유한 숲에서 나무 몇 그루를 베기로 결정했다. 수소문 끝에 벌목의 영향을 최소화하며 숲을 배려 하는 벌목 업체를 찾았다. 그들은 겨울에 작업했고, 벌목 장소를 여러 군데로 분산시켰으며, 어떠한 흔적도 남기지 않았다. 봄이 되자 나무 사이의 간격이 넓어진 숲우듬지 아래에는 눈처럼 하얀 연영초와 노랑꽃얼레지 카펫이 깔렸다. 개체군 밀도가 낮아지면서 더 많은 빛이 통과해 노령림은 활력을 찾았다.

나 역시 벌목꾼이 되어 정밀 핀셋을 들고, 오래되어 빽빽하게 밀집된 네삭치이끼 무리를 내려다보았다. 개체군 밀도가 반으로 줄 때까지 줄기를 하나씩 뽑았다. 그리곤 그대로 놔둔 뒤 일 년 후 이끼들이 내 질문에 답을 해줄지 알아보기 위해 다시 왔다. 개체군 밀도를 그대로 두었던 곳은 여전히 수그루로 이루어져 있었고 갈색으로 변해 있었다. 하지만 줄기들을 뽑아 이끼 숲우듬지를 열어놓은 곳은 싱싱한 녹색이었다. 내가 네삭치이끼 밭에 만든 빈 공간에는 끝부분에 무성아기가 달린 어린 지상부가 가득 자라고 있었다. 이끼는 자신만의 방식으로 답을 줬다. 무성아 번식의 시기는 개체군 밀도가 낮을 때이고 포자 번식의 시기는 개체군 밀도가 높을 때다.

　수그루화 과정은 여러 부작용을 낳는 것처럼 보인다. 수그루가 밀집한 곳은 건조해지고 갈색으로 변하면서 잎이 떨어지는 현상을 여러 번 목격했다. 번식을 하느라 지쳐버린 수컷 군락은 통나무 위에 사는 다른 이끼에게 쉽게 공격당했다. 칵테일 스틱으로 표시해 두었던 오래된 수컷 네삭치이끼 군락에 다른 이끼 카펫이 밀고 들어온 적도 있었다. 왜 네삭치이끼는 결국 군락이 종말을 맞는 유성번식을 택할까?

　나무밑동에 조심스럽게 표시해둔 네삭치이끼 구획을 다시 찾았을 때 구획이 사라진 경험을 여러 차례 한 적이 있다. 나무 밑동은 아무것도 없이 맨표면을 새로 드러내고 있었다. 무릎을 꿇고 주위를 훑어 보니 나무가 썩어 작은 산사태가 일어난 나무밑동 아래로 떨어져 나간 네삭치이끼 덩어리가 여전히 칵테일 스틱이 꽂힌 채로 있었다. 이러한 나무밑동과 통나무는 움직임을 멈추지 않았다. 부패 현상과 동물의 활동 때문에 나무는 조금씩 분해되고 있었다. 아래로 구른 바위가 쌓여 경사를 이루는 애추사면talus slope처럼, 이끼 숲으로 덮인 나무 밑동도 아래에 나무 조각이 쌓여 작은 산처럼 보였다. 네삭치이끼로 덮인 표면도 오래된 나뭇조각과 함께 떨어져 나가면서 내가 본 것처럼 맨표면이 드러났다.

그렇다면 이처럼 노출된 공간, 즉 나무 표면이 뚫린 곳은 어떻게 되었을까? 가까이 보니 작은 녹색 알이 흩어져 있었다. 원래 그곳에 있던 네삭치이끼 덮개 틈 사이로 튕겨 들어간 무성아였다. 한 차례 교란이 일어난 후 다음 네삭치이끼 세대가 탄생할 씨가 심어진 것이다.

내가 신선한 갈색 계란 한 판을 사려고 축사에 들렀을 때 폴리는 회의를 마치고 막 돌아온 참이었다. 우리는 햇빛 아래에 서서 오래된 창고 벽을 타고 올라오는 나팔꽃을 보며 감탄했다. 폴리는 옆 동네에 카지노가 문을 연다는 소식을 내게 알려 주었고 우리는 사람들이 아무렇지도 않게 운에 돈을 건다고 말하며 웃는다. "젠장, 우리는 도박하러 굳이 카지노에 가지 않아도 되잖아. 해마다 가축을 기르는 게 블랙잭blackjack이야."라고 그녀는 말한다. 우유 가격은 변덕스럽기로 악명 높고 사료값은 한 해만에 세 배까지 뛰기도 한다. 농가의 수입은 태양을 지나는 구름처럼 항상 변하지만 대학등록금은 오를 줄밖에 모른다.

이곳에서는 크리스마스트리에 쓰일 나무와 옥수수 사료를 생산하고 양도 사육한다. 에드와 폴리는 불안정성에 대비하기 위해 농장을 다각화했다. 소 사육이 가장 주된 일이지만 몇 년 동안 우유 가격이 하락하면 양이나 크리스마스트리 목재로 아이들 등록금을 벌어야 한다. 가족 단위의 농장이 사라지는 시대에 부부가 살아남은 비결은 유연한 자세와 회복력을 통해 다양성을 추구해 안정을 이룬 것이다.

썩은 부분이 무너져 내리면 수 년 동안의 성장이 물거품이 되는 예측 불가능한 곳에서는, 네삭치이끼 역시 판돈을 분산한다. 불안정한 서식지에서도 번식 전략을 자유자재로 바꿈으로써 안정을 얻는다. 개체군 밀도가 낮아 여유 공간이 많다면 무성생식에 판돈을 건다. 무성아는 비어 있는 나무 표면을 포자보다 빨리 차지해 다른 이끼 종과의 경쟁에서 우위를 점할 수 있다. 하지만 개체군 밀도가 높아지면 살아남을 수 있는 자손은 포자뿐이다. 그러면 유성생식을 시작해 유전 구성이 다양한 포자가 부모가 사는 비좁은 서식지를 떠나 바람에 멀리 날리도록 한다. 포자가 적절한 통나무를 찾아 새 군락을 꾸릴 수 있을지는 도박이다. 하지만 군락에 교란이 일어나지 않아 이끼들이 한 곳에만 머문다면 군락은 분명 절멸한다.

번식 방식이 그다지 기발하지 않은 다른 이끼들은 조금씩 다가와 작은 네삭치이끼를 몰아내려고 한다. 하지만 네삭치이끼는 교란을 일으킬 부패 현상을 십분 활용할 수 있는 통나무를 서식지로 삼는다. 기진맥진한 네삭치이끼 군락이 경쟁자들에게 거의 장악될 즈음 썩은 나무 표면이 벗겨지면서 속살이 새로 드러나고 경쟁자들과 네삭치이끼가 있던 자리 역시 떨어져 나간다. 이처럼 노출된 공간을 차지하기 위해 네삭치이끼가 포자에만 의존했다면 경쟁자들이 더 많은 승리를 차지했을 것이다. 하지만 불과 몇 센티미터 떨어진 곳에서 네삭치이끼 무리가 무성생식을 하고 있다. 다음에 비가 와 무성아들이 빈 공간으로 떨어지면 푸르른 지상부가 빠르게 무리를 형성할 것이다. 부패 현상은 빈 공간을 새롭게 만들고 그에 따라 네삭치이끼도 새롭게 변한다. 네삭치이끼는 단기적 이익을 위해서는 무성아를 생성하고 장기적 우위를 위해서는 포자를 생성하는 두 가지 전략으로 도박을 한다. 이처럼 변화무쌍한 서식지에서 자연선택은 하나의 번식 선택에 집중하는 개체보다는 유연성을 발휘하는 개체를 선호한다. 역설적이게도, 고유한 생활 방식에 적응한 종들은 어느새 사라지지만 네삭치이끼는 주어진 가능성에 마음을 열고 선택의 자유를 유지함으로써 살아남는다.

거의 두 세기 동안 살아남은 우리의 오랜 농장도 마찬가지일 것이다. 우리보다 앞선 세대에 태어난 여성들은 길에서 축사 고양이들을 손으로 내저어 쫓고, 라일락을 심고, 단풍나무 아래에서 아이들을 키웠다. 나이 많은 수소의 역할은 이제 인공수정 전문가가 하고 우물은 물탱크로 바뀌었다. 하지만 세상은 여전히 예측 불가능하고, 우리는 여전히 기회의 은총과 선택의 힘으로 살아남는다.

·틈새로

내리는
·

빛
·

아직 동이 트지 않아 하늘이 어스름한 은빛일 때 잠이 깬 건 숲지 빠귀wood thrush가 한창 울어야 할 시간인데도 평소와 다르게 고요했기 때문일 것이다. 비몽사몽한 채 몸을 일으킨 후 얼마쯤 지나자 정말 새소리가 나지 않는다는 사실을 깨달았다. 평상시 애디론댁산맥은 민무늬지빠귀veery와 미국지빠귀robin의 지저귐으로 아침을 열지만 그날은 아니었다. 몸을 뒹굴어 시계를 보았다. 4시 15분. 은빛이던 바깥이 갑자기 강철빛으로 변하고 멀리서 천둥이 울렸다. 사시나무는 새들이 남기고 간 정적을 깨고 뻣뻣한 잎을 떨며 비 예보를 했다. 비가 올 걸 알고 마음의 준비를 하고 있던 게 분명했다. 나무들은 "7시 전에 비가 내리고 11시에 그칠 것"이라고 말했다. 나는 비가 멈추면 카누를 타러 나가야겠다고 생각했다. 다시 이불 속으로 들어가 기다렸다. 그때 기압파 pressure wave가 도끼로 나무를 찍듯 통나무집을 강타했다.

침대에서 뛰쳐나와 바람에 활짝 열린 문을 닫았다. 창밖을 보니 컴컴한 녹색으로 변한 하늘 아래에서 호수가 바다처럼 거품을 일으키며 소용돌이쳤다. 번개가 칠 때마다 호수를 가로지르는 전기 장막의 하얀 빛과 함께, 물가의 백자작나무paper birch들이 거의 수평으로 휘어지며 마구 흔들리는 모습이 보였다. 대문 앞에 있는 키 큰 소나무가 흐느끼기 시작했고, 창문이 불안하게 안으로 휘는 듯했다. 나는 어린 딸들을 데리고 창문과 먼, 집안 깊숙한 곳으로 갔다. 폭풍 앞에서 작아진 우리는 창문이 깨지고 소나무가 두 동강 날지도 모른다는 생각에 겁에 질려 어떠한 말도 할 수 없었다.

천둥은 긴 화물 열차가 포효하며 지나가듯 계속해서 울리다가, 그 뒤로 정적을 남겼다. 잔잔하고 파란 호수 위로 해가 떴다. 하지만 여전히 새는 없었다. 이후에도 여름내 새는 오지 않았다.

위기에 싹트는 기회: 숲틈 동태

1996년 7월 15일 애디론댁산맥을 강타한 폭풍은 미시시피 동쪽에서 관측이 처음 시작된 이래 가장 강력한 폭풍이었다. 토네이도는 아니고, 오대호의 기압파를 탄 대류뇌우가 일으킨 순간돌풍이었다. 나무가 모두 꺾이거나 뿌리가 뽑힌 채 쓰러졌다. 나무들이 약 10미터 높이로 쌓이면서 길이 사라졌기 때문에 캠핑을 하던 사람들은 텐트 안에 갇혔고 등산객들은 산간에 발이 묶였다. 그들을 안전한 곳으로 대피시키기 위해 헬리콥터가 동원되었다. 광대하고 울창하던 숲이 단 한 시간 만에 부러진 나무와 뒤엎어진 흙으로 범벅이 되어 따가운 여름 햇살 아래 모습을 드러냈다.

이처럼 땅이 순식간에 황폐해지는 일은 드물지만, 숲은 재난 후에도 놀라운 회복력을 발휘한다. 내가 어디선가 들은 바에 따르면 중국어로 위기危机는 기회를 뜻하는 한자机를 포함한다. 강풍은 위기인 동시에 여러 생물 종에게 기회였다. 예를 들어 주기적인 교란을 활용하도록 완벽하게 적응한 사시나무가 있다. 성장이 빠르고 수명이 짧은 사시나무의 가벼운 씨는 바람에 날릴 수 있도록 솜털로 된 낙하산에 매달려 있다. 되도록 빠르고 멀리 이동하기 위해 짐을 최소한으로 줄인다. 싹을 틔우지 못하면 단 며칠 안에 죽는다. 교란이 일어나지 않는 숲 바닥에 안착한 사시나무 씨는 성공의 기회를 얻지 못한다. 두툼한 낙엽 더미 때문에 자생에 꼭 필요한 작은 뿌리를 내리지 못하며 짙은 나무 그늘 때문에 햇빛을 받지 못한다. 하지만 폭풍이 오고 나면 나무들이 엎어지고 나무뿌리가 뽑히면서 숲 바닥의 흙이 뒤집어진다. 그늘이 사라진 무기질 토양 위로 해가 완전히 내리쬐면 폐허가 된 땅을 사시나무 묘목이 맨 먼저 차지한다.

그토록 강한 폭풍은 한 세기에 한 번 올까 말까이지만, 바람은 거의 매일 불어서 숲우듬지를 이루는 나무를 흔들어 땅을 붙잡고 있는 부분을 약화시킨다. 북쪽 지방의 낙엽수림에서 나무가 죽는 가장 큰 원인은 바람에 쓰러지는 것이다. 결국 중력이 승리하기 마련이다. 나무가 폭풍을 맞거나 겨울에 나뭇가지에 언 얼음의 무게를 견디지 못해 쓰러지는 주기는 생태계 시계의 진자처럼 매우 일정하다. 날씨가 평온한 날에도 나무가 쉭 하는 소리를 내며 땅을 향해 기울어지는 소리를 들을 수 있다. 나무 한 그루가 쓰러지면 숲우듬지에 구멍이 생기고 그곳으로 빛줄기가 들어와 숲 바닥에 닿는다.

그렇게 난 작은 구멍은 사시나무 싹이 틀 만큼 충분하진 않지만, 누군가의 죽음을 기회로 삼는 종들도 있다. 예를 들어 황자작나무yellow birch는 다른 나무 한 그루가 쓰러지면서 생긴 작은 흙더미 위에서 빛줄기를 따라 빠르게 자라 단풍나무와 함께 숲우듬지를 이룬다. 마지막엔 흙더미가 점점 침식되고, 황자작나무는 죽마처럼 생긴 뿌리 위에 버티고 서 있게 된다. 너도밤나무, 단풍나무와 함께 숲을 지배하는 3대 강자인 황자작나무는 최후까지 생존하는 극상종climax species, 식물간 경쟁에서 이겨 안정된 군집을 형성하는 종으로 알려져 있으나, 교란 없이는 존재할 수 없다. 다른 나무가 무너지지 않는다면 황자작나무는 사라지고 3강 구도는 깨질 것이다. 역설적이게도 교란은 숲의 안정에 꼭 필요하다.

숲이 교란에서 회복될 수 있는 건 다양성 덕분이다. 숲에 난 틈의 종류마다 적응하는 종이 다르다. 블랙체리black cherry는 흙이 노출된 중간 크기의 틈에 서식하고, 히코리나무hickory는 자갈밭 위 작은 틈을 선호하며, 소나무는 산불이 난 뒤 잘 자라고, 줄무늬단풍나무striped maple는 병충해가 휩쓸고 난 뒤 무성해진다. 숲의 광경은 다양한 채도의 녹색으로 이루어진 미완성 퍼즐과 같고 빈틈마다 맞는 조각은 하나뿐이다. '숲틈 동태gap dynamics'로 알려진 이러한 패턴은 아마존부터 애디론댁산맥에 이르기까지 전 세계 숲에서 발견된다.

이처럼 질서와 조화로 이루어진 패턴에서 우리는 일종의 위안을 얻는다. 하지만 높이가 1센티미터밖에 안 되는 '나무'로 이루어진 숲은 어떠할까? 미세한 척도에서도 숲틈 동태가 작용하고 그에 따라 군락이 형성될까? 숲 풍경의 퍼즐 규칙이 이끼에도 적용될까? 이끼를 연구하면서 느끼는 매력 중 하나는 거대한 세계의 생태학적 규칙들이 크기의 경계를 뛰어넘어 가장 작은 존재의 행동도 규명하는지 탐색할 수 있다는 것이다. 세상을 하나로 묶는 연결망을 발견하고 싶은 희망을 실현하기 위해 나는 그 질서를 찾는다.

바닥으로 쓰러진 나무는 곧 이끼로 덮인다. 나무숲과 마찬가지로 이끼 숲 역시 다양한 종의 조각으로 이루어진다. 무릎을 꿇고 코를 땅에 박아 자세히 보면 이끼 카펫은 녹색만이 아니다. 폭풍으로 흙이 드러난 숲 바닥처럼 작은 틈 사이로 나무 표면이 보인다. 극상종의 세력이 일시적으로 약화된 곳은 약삭빠른 종들의 서식지가 된다.

한 지붕 두 이끼의 수수께끼

생태학의 선구자인 에벌린 허친슨G. Evelyn Hutchinson은 세상을 "생태계 극장에서 공연되는 진화 연극"이라고 유려하게 표현했다. 나무 위 빈 공간에서는 썩은 나무를 점령한 생명체들의 드라마가 펼쳐진다.

그 무대 위에 숲의 교란과 떼려야 뗄 수 없는 네삭치이끼가 있다. 사시나무처럼 네삭치이끼도 경쟁으로부터 자유로운 공간 없이는 살아남을 수 없다. 교란으로 새로운 틈이 생기면 무성아로 재빨리 차지한다. 틈이 혼잡해지면 네삭치이끼는 유성생식으로 전환해 포자를 생성하고 어느 정도 거리가 떨어진 또 다른 통나무 위 빈 공간으로 날려 보낸다. 네삭치이끼가 포자를 생성하는 기간은 다른 이끼들에게 덮여 죽기 직전 찰나 동안이다. 잠깐이나마 틈을 차지하는 일은 매우 중요하다. 교란이 일어나지 않는다면 네삭치이끼는 생존할 수 없다.

무대에 네삭치이끼만 있는 것은 아니다. 진화 연극의 또 다른 주인공은 잎눈꼬리이끼Dicranum flagellare다. 잎눈꼬리이끼는 네삭치이끼와 공통된 부분이 많다. 잎눈꼬리이끼도 썩은 통나무에 서식한다. 네삭치이끼처럼 작고 수명이 짧으며, 다른 몸집 큰 이끼와 대적하지 못한다. 네삭치이끼와 마찬가지로 교란에 노출된 공간에서 자란다. 네삭치이끼가 그러하듯 번식 전략을 다양하게 구사하기도 한다. 그러므로 두 종은 서로 친척은 아니지만 삶의 방식이 상당히 비슷하다. 같은 숲에서 같은 나무에 같은 시기 동안 서식한다.

생태학 이론에 따르면 두 종이 매우 비슷해 서로 필요가 같을 경우 경쟁에서 하나는 쫓겨나야 한다. 승자와 패자만 있을 뿐 공동 우승은 불가능하다. 그렇다면 두 종이 어떻게 나무 위 공간을 공유할 수 있을까? 비슷한 두 종이 어떻게 공존할 수 있을까? 또 다른 이론에 따르면 두 종이 어떠한 경로로 인해 하나의 종에서 나뉜 거라면 공존이 가능하다. 나는 두 개척자가 어떻게 서식지에 경계를 긋는지 궁금했다. 빛의 세기나 온도 또는 화학적 조성에 따라 공간을 나눌 것이라고 추측했다. 빈 공간을 개척해야만 생존에 성공할 수 있으므로, 우선 두 이끼가 어떻게 틈을 발견해 새로운 삶을 시작하는지 알고 싶었다.

잎눈꼬리이끼의 잎은 네삭치이끼의 둥그스름하고 반짝이는 잎과 확연히 다르다. 잎눈꼬리이끼의 잎은 작은 솔잎처럼 길고 뻣뻣하며 끝이 뾰족하다. 잎눈꼬리이끼는 유성생식 포자뿐 아니라 영양번식체도 생성하는 번식 전략을 쓴다. 통나무 주위로 사랑스러운 무성아를 흩뿌리는 네삭치이끼와 달리, 잎눈꼬리이끼는 지상부 끝에 달린 짧고 뻣뻣한 털 다발을 이용해 스스로 복제한다. 이론적으로는 이러한 털 다발이 분리되어 길이가 1밀리미터 정도인 얇고 긴 녹색 원통형의 '부화 가지brood branch'로 퍼진다. 부화 가지 하

포자체

부화
가지

잎눈꼬리이끼
Dicranum flagellare

나마다 이끼 한 개가 복제될 수 있다. 하지만 이러한 가능성이 항상 실현되진 않는다. 부화 가지가 제 역할을 하려면 부모를 떠나 나무 위 새로운 빈 공간으로 가야 한다.

나는 이러한 과정의 실현 조건을 밝히려고 했지만 알 수 없었다. 네삭치이끼의 무성아처럼 부화 가지가 비에 튕겨나갈 거라고 생각해 물을 뿌려봤다. 아무 변화도 없었다. 바람인가? 이끼 주변에 끈끈이를 깔아 부모에게서 떨어져 날아간 부화 가지가 있는지 살펴보았다. 전혀 없었다. 부화 가지가 잘 날아가도록 선풍기로 센 바람을 일으켜보았다. 여전히 변화가 없었다. 잎눈꼬리이끼는 영양번식체를 생성하지만 그 것을 어떻게 활용하는지 모르는 듯했다. 생물체의 특정 기관이 어떠한 기능도 하지 않는 건 그리 이상한 일이 아니다. 많은 생물이 인간의 맹장처럼 기능을 상실한 흔적 기관을 지닌다. 나는 부화 가지 역시 쓸모없는 기관일 거라고 추측했었다.

준비된 자의 제자리

두 해 여름을 내가 지도하는 학생 중 한 명인 크레이그 영Craig Young과 땅에 엎드려 보냈다. 죽은 나무와 이끼 군락이 우리의 세상이 되었다. 이끼로 덮인 통나무의 모든 빈 공간을 빼놓지 않고 기록했다. 습도, 빛의 세기, pH, 면적, 위치, 위에 있는 나무 종류, 빈 공간 가장자리에 있는 이끼 종류를 비롯해 모든 것을 수첩에 적었다. 일반적인 통념과 달리 과학의 시대가 왔다고 해서 피의 제물이 사라진 건 아니었다. 통나무 옆에서 몇 시간 동안 꼼짝하지 않고 퍼즐을 맞추는 우리를 두고 오월에는 먹파리, 6월에는 모기, 7월에는 사슴파리deerfly가 물어뜯었다. 크레이그는 몸에 피를 가득 싣고 날아오르는 그 고문자를 허공에서 낚아채는 경지에 이르렀다. 그의 수첩은 짓눌린 파리들과 우리의 피로 얼룩졌다.

우리는 놀라우리만큼 규칙적인 패턴을 발견했다. 네삭치이끼와 잎눈꼬리이끼 모두 죽은 나무 위의 빈 공간을 차지하지만 둘 사이의 경계는 매우 뚜렷했다. '가장자리에 '네삭치이끼 외 출입금지'라는 표지가 있지 않을까' 하는 생각이 들 정도였다. 네삭치이끼는 26제곱센티미터보다 넓은 공간에 가장 많이 서식했다. 공간이 넓을수록 네삭치이끼가 많았으며 잎눈꼬리이끼는 4분의 1 정도 되는 작은 공간에만 서식했다. 빈 공간은 모양과 크기가 다양하기 때문에 우리는 두 이끼는 서로 다른 환경에 특화되어 공존했을 거라고 추측했다. 네삭치이끼가 큰 틈을 차지하고 잎눈꼬리이끼는 작은 틈을 공략하면 경쟁을 피할 수 있다.

이러한 패턴은 나무숲의 숲틈 동태와 같았다. 사시나무에서 교훈을 얻은 듯한 네삭치이끼는 큰 공간을 차지해 빠르게 퍼지는 번식체를 엄청난 양으로 내보낸 다음 스스로를 복제해 재빨리 공간을 채웠다. 잎눈꼬리이끼는 황자작나무처럼 가장 작은 틈을 파고들어 생존했다. 통나무 위 카펫을 이루는 다른 이끼들은 극상종인 너도밤나무와 단풍나무의 역할을 맡아 서서히 두 이끼를 침범했다.

하지만 네삭치이끼와 잎눈꼬리이끼의 이야기는 나무의 패턴보다도 복잡했다. 네삭치이끼가 서식하는 큰 틈과 잎눈꼬리이끼가 서식하는 작은 틈은 전혀 다른 장소에서 발견되었다. 네삭치이끼에게 주어진 큰 틈은 거의 항상 통나무 옆구리에 있었다. 잎눈꼬리이끼는 어김없이 나무 윗부분에만 있었다. 우리는 서식하는 틈의 크기가 달라진 나름의 이유가 있다고 확신했지만, 과연 그 이유란 무엇일까?

사시나무는 끔찍한 폭풍에서 기회를 얻지만 네삭치이끼에게 훌륭한 서식지를 만들어주는 건 균류와 어디나 존재하는 중력이다. 특히 입방갈색부후균cubical brown rot fungi이라고 불리는 균들이 나무를 썩게 해 틈을 만든다. 입방갈색부후균은 나무 섬유를 갉아먹는 백색부후균white rot fungi과 달리 세포벽 사이에 있는 접착 물질을 녹이는 독특한 방식으로 나무를 조각으로 분해한다. 통나무의 경사가 급한 면에서 부패해 물러진 부분은 중력에 이끌리거나 지나가던 사슴의 발굽에 치여 조각나 밑으로 구른다. 이처럼 산사태가 일어나 조각이 떨어지면 네삭치이끼나 경쟁자들로 이루어진 이끼 카펫이 같이 벗겨져 큰 틈이 생긴다.

그렇다면 잎눈꼬리이끼가 사는 작은 틈은 어떨까? 소극적인 부화 가지가 어떠한 메커니즘으로 분리되어 틈으로 들어가는지 알 수 없었기에 잎눈꼬리이끼의 서식지가 어떻게 형성되는지는 여전히 미스터리였다. 중요한 퍼즐 조각이 없었기 때문에 우리는 몸을 숙여 샅샅이 찾아야 했다.

물기를 머금은 통나무는 민달팽이가 살기에 최적의 장소다. 매일 아침 민달팽이는 통나무 이끼 위에서 이리저리 움직이며 비밀 잉크로 쓴 메시지처럼 반짝이는 점액을 남겼고 우리는 그 비밀을 해독하는 실험을 했다. 우리는 민달팽이가 잎눈꼬리이끼의 부화 가지를 이동시킬 가능성을 연구했다. 심지어 번식체가 민달팽이 점액 때문에 나무에 붙었을 거라고 상상했다. 그래서 크레이그와 함께 안개 낀 아침마다 민달팽이를 잡았다. 민달팽이가 눈에 띄면 살짝 집은 다음 잉크가 묻은 엄지로 지문을 찍듯이 민달팽이 배를 깨끗한 현미경 유리 슬라이드와 접촉시켰다. 그런 다음 발견되었던 장소로 놓아주면 놀란 민달팽이는 잠시 죽은 척하다가 다시 이끼 위로 느릿느릿 갔다. 우리는 용의자 지문을 채취하는 형사처럼 조심스럽게 민달팽이 지문을 실험실로 가져와, 점액질에 이끼 번식체가 있는지 현미경으로 관찰했다. 예상대로 끈적끈적한 막에 녹색 조각들이 보였다. 우린 굉장한 걸 발견할 것 같았다.

민달팽이가 이끼 조각을 집을 수 있더라도 과연 부화 가지를 틈 사이까지 옮길 수 있을까? 이끼를 퍼트리는 민달팽이의 잠재력을 측정하기 위해 우리는 연체동물을 위한 작은 장애물 트랙을 만들었다. 쉽게 미끄러져 나갈 수 있는 판판하고 긴 유리판으로 된 무난한 코스였다. 부화 가지가 잔뜩 달린 잎눈꼬리이끼 밭에 유리판을 올린 다음 유리 바로 앞에 막 잡은 민달팽이들을 풀어놓았다. 민달팽이들이 유리 위를 지나면 부화 가지를 이동시킨 거리를 측정할 계획이었다. 크레이그는 경주마의 본고장이자 미국 최대 경마장 중 하나인 처칠다운스

Churchill Downs가 있는 켄터키주 출신이다. 경주를 볼 생각에 흥분한 우리는 어떤 민달팽이가 이길지 내기했고 실험을 준비하는 동안 〈시골경마Camptown Races〉를 흥얼거렸다. 두–다 두–다. 단 하나 문제가 있다면 민달팽이들이 이끼 위에서 움직일 생각을 하지 않는 것이었다. 더듬이를 움직이며 조금 꿈틀거리다가 다시 돌아와서는 해변에서 일광욕하는 바다코끼리처럼 우리 실험은 아랑곳하지 않은 채 꼼짝도 하지 않았다. 유리 위로 유인할 미끼가 필요했다. 어떻게 민달팽이를 자극할 수 있을까? 조경 카탈로그 애독자인 나는 맥주를 찰랑찰랑하게 담은 접시를 양배추 밭에 덫으로 놓으면 밤새 민달팽이가 접시로 모인다는 것을 어디선가 읽은 기억이 났다. 우리는 인류의 문명만큼이나 역사가 긴 음료를 트랙 끝에 미끼로 놓았다. 효과가 있었다. 맥아 향을 향해 더듬이를 뻗더니 더 이상 게으름을 피우지 않고 점액 길을 만들며 미끼를 향해 돌진했다.

선수들은 아주 느렸기 때문에 출발 총성이 울리고 난 뒤 우리가 점심을 먹고 와도 경기는 끝나지 않았다. 민달팽이는 실제로 잎눈꼬리이끼의 부화 가지를 점액에 묻혀 이동시켰다. 하지만 이끼 밭에서 몇 센티미터 가지도 못하고 거의 모두 떨어져 나갔다. 부화 가지 중 단 한 개도 민달팽이와 함께 맥주까지 도달하지 못했다. 민달팽이들을 숲으로 돌려보내고 실망이 이만저만이 아니었지만 이끼를 옮기는 데 민달팽이의 역할은 그다지 크지 않다고 결론 내릴 수밖에 없었다. 부화 가지의 이동은 여전히 오리무중이었다.

며칠 후 후덥지근한 어느 날 우리는 통나무 옆에 앉아 손뼉으로 벌레를 잡아가며 점심을 먹었고, 민달팽이를 유혹하는 데 썼던 그 미끼를 싸오지 않은 걸 후회했다. 크레이그가 땅콩버터와 딸기잼을 바른 샌드위치를 나무 위에 올려놓았더니 잼이 옆으로 흘렀다. 우리의 연구 현장에 겁 없이 출몰하는 얼룩다람쥐chipmunk들은 땅콩버터 맛에 익숙하다. 땅콩버터를 간식으로 얻기 위해 생포용 덫에 달린 문에 노크를 한 다음 연구생들이 자신을 실험 대상으로 삼아 성가시게 하도록 허락한다. 꼬리를 하늘로 쳐들고 귀를 쫑긋 세운 얼룩다람쥐 한 마리가 우리 옆에 있는 통나무로 내려와 샌드위치로 달려들었다. 불현듯 머릿속에서 전구가 켜진 우리는 서로 마주보고 씩 웃었다.

다음 날 잎눈꼬리이끼 경주 트랙을 다시 만들었다. 이번에는 자원한 얼룩다람쥐를 한쪽에 놓고 그 앞에 끈적끈적한 하얀색 종이를 몇 미터 깔았다. 우리 상자 문을 열자마자 다람쥐는 총알처럼 튀어나가 이끼를 밟은 다음 종이 위로 올라가 반대편에 있는 우리 상자로 달려들었다. 몸을 꼬며 비트는 얼룩다람쥐를 꺼내 살펴보니 배에 있는 털과 젖어 있는 분홍색 발에 녹색 조각들이 붙어 있었다. 끈끈한 종이 위로 부화 가지가 다람쥐 발바닥 모양으로 수 미터에 걸쳐 흩어져 있었다. 유레카! 부화 가지를 퍼트린 건 물도 아니고 바람도 아니고 민달팽이도 아닌 얼룩다람쥐였다. 꺼칠꺼칠한 부화 가지가 다람쥐 발에 짓밟혀 분리되었고 부드러운 털에 붙은 작은 잎들이 여기저기 흩어졌다. 우리는 얼룩다람쥐에게 마음 깊이 감사하며 땅콩을 준 후 숲으로 돌려보냈다.

당신은 날쌘 얼룩다람쥐가 땅 위로 달리는 일은 거의 없다는 사실을 눈치챘을지 모른다. 우리가 어렸을 때 했던 '땅 밟지 않기' 놀이처럼, 얼룩다람쥐는 바위, 나무밑동, 통나무 위로 요리조리 다닌다. 얼룩다람쥐에게 통나무는 숲의 고속도로다. 우리는 며칠 동안 조용히 앉아 얼룩다람쥐들이 잎눈꼬리이끼로 덮인 통나무 위를 지나가는 모습을 관찰했다. 얼룩다람쥐는 먹이가 있는 곳과 안전한 굴을 오가며 하루에도 몇 번씩 나무 위를 건넜다. 뛰다가 멈추면서는 눈을 반짝이고 포식자가 있나 살펴본 후 다시 뛰었다. 얼룩다람쥐가 멈추면 자동차가 급제동할 때 작은 돌이 튀듯이 이끼 조각이 튀어 올랐다. 얼룩다람쥐가 분주하게 움직이는 동안 이끼 밭에는 도로의 움푹 파인 곳 같은 작은 틈이 만들어졌다. 또한 이리저리 움직일 때마다 발끝에 묻은 잎눈꼬리이끼 가루를 퍼트렸다. 우린 맞추지 못한 퍼즐 조각을 찾았다. 잎눈꼬리이끼가 통나무 윗부분에만 있는 이유가 밝혀졌다. 작은 이끼는 얼룩다람쥐가 오가는 곳에서만 생존 기회를 얻는다. 가장 작은 존재들 사이에서 우연처럼 일어나는 일에도 질서가 있다니 얼마나 멋진 세상인가.

폭풍에 쓰러진 나무는 이끼로 덮이고 그 통나무 위에 짜인 이끼 태피스트리는 나무숲이 형성된 역학을 투영한다. 나무를 넘어뜨리는 강한 바람에 날아간 사시나무 씨는 새로운 숲을 만든다. 네삭치이끼 포자는 통나무 옆면의 무너진 공간을 녹색으로 메운다. 황자작나무는 다른 나무가 쓰러져 생긴 틈을 재빨리 차지하고, 잎눈꼬리이끼는 통나무 윗면에 난 틈을 메운다. 모든 것에는 각자의 자리가 있고, 전체를 이루는 퍼즐 조각은 모두 제자리를 찾아간다. 이끼와 균류 그리고 얼룩다람쥐의 발자국이 서로 엮인 미시 세계에서도 교란과 재생을 주기적으로 반복하는 회복의 이야기가 펼쳐진다.

도시 사람,

도시 이끼

도시에 살더라도 이끼를 보려고 굳이 휴가를 내서 다른 곳에 가지 않아도 된다. 물론 산 정상이나 당신이 좋아하는 송어가 다니는 계곡 폭포에 훨씬 많겠지만 이끼는 언제나 우리 일상에 있다. 도시 이끼는 많은 면에서 도시 사람과 비슷하다. 개체가 다양하고, 적응력이 뛰어나며, 스트레스와 공해를 잘 견디고, 밀집된 환경에서 번성한다. 또한 여행을 자주 다닌다.

도시에는 자연에서는 일반적이지 않은 이끼 서식지가 다양하게 존재한다. 일부 이끼 종은 야생보다 인공적인 환경에서 훨씬 번성한다. 고깔바위이끼속*Grimmia*은 화이트산맥White Mountains에 있는 화강암 바위와 보스턴코먼Boston Common 공원에 있는 화강암 첨탑을 가리지 않는다. 석회암 절벽은 자연에서는 흔하지 않지만 시카고Chicago에서는 거리 모퉁이마다 하나씩 있어 이끼들은 건물 기둥과 처마 돌림띠에서 안락하게 지낸다. 동상에 있는 다양한 틈에는 물이 고여 이끼가 번성할 수 있다. 다음에 공원에 가면 받침돌 위에 선 장군의 길게 늘어진 외투의 주름을 살펴보고, 법원을 지나게 되면 판사의 대리석 곱슬머리를 살펴보라. 이끼는 분수 가장자리에서 목욕을 하고 비석에 새겨진 글씨들을 채운다.

오랜 동거인: 도시절벽가설

생태학자 더그 라슨Doug Larson, 제러미 런드홀름Jeremy Lundholm과 동료들은 우리와 도시에 같이 살며 스트레스를 견디는 잡초는 처음부터 우리와 함께했을 것이라고 추측한다. 그들이 제시한 '도시절벽가설 urban cliff hypothesis'에 따르면 자연에 있는 절벽 생태계와 도시 건물 벽에 서식하는 동식물은 공통점이 아주 많다. 수많은 잡초, 쥐, 비둘기, 참새, 바퀴벌레 모두 절벽과 경사로 이루어진 생태계에서 서식하므로 우리와 함께 기꺼이 도시에서 산다고 해서 그리 놀랄 일이 아니다. 도시에 사는 이끼 대부분 역시 자연에 있는 것이든 인공적으로 만든 것이든 암석이라면 모두 가리지 않는다. 우리는 도시 식물이 도시가 생기면서 뒤늦게 나타났다고 여기며 비실비실한 낙오자 집단으로 낮게 평가하곤 한다. 하지만 도시절벽가설에 따르면 인간과 도시 식물의 관계는 우리와 식물이 동굴과 절벽에 숨어 살기 시작한 네안데르탈인 시절 이전으로 거슬러 올라간다. 우리는 절벽 서식지의 요소를 반영해 도시를 설계했고 우리의 동거인이 따라왔다.

분명 도시 이끼는 숲 이끼처럼 부드럽고 풍성하지 않다. 도시의 험난한 환경 때문에 군락은 자리한 곳이 척박할수록 크기가 작고 빽빽하다. 인도와 창틀은 건조해서 이끼가 순식간에 메마른다. 건조한 환경과 맞서기 위해 이끼의 지상부들은 가까이 모여 얼마 안 되는 수분을 나누며 최대한 아낀다. 지붕빨간이끼가 형성하는 조밀한 군락은 건조할 때는 빨간 벽돌 같고 젖어 있을 때는 녹색 벨벳과 같다. 지붕빨간이끼는 주차장 가장자리나 지붕 위처럼 자갈이 많은 곳에서 가장 흔하게 발견된다. 심지어 오래된 쉐보레 자동차와 버려진 열차 차량의 녹슨 부분에서 자라는 것도 봤다. 매년 지붕빨간이끼는 눈길을 사로잡는 자줏빛 포자체를 가득 생성해 근처 빈 공간으로 포자를 날려 보낸다.

도시뿐 아니라 어디서든 가장 흔한 이끼는 은이끼*Bryum argenteum*다. 내가 이제까지 간 여행지 중 은이끼가 없었던 곳은 없다. 뉴욕시에서는 포장된 도로에서 보았고, 다음 날 아침 에콰도르 수도 키토Quito에서 눈을 떠 창문을 열었을 때는 타일 지붕 위에서 보았다. 지구 모든 곳을 돌아다니는 대기 플랑크톤, 포자 구름, 꽃가루 안에 항상 은이끼 포자가 있다.

당신은 밖에서 걸을 때마다 보도블록 틈에 서식하는 수백만 개의 은이끼를 전혀 깨닫지 못하고 밟았을 것이다. 비가 내리거나 환경미화원이 호스로 물을 뿌리고 나면 길 위에 갈라진 틈은 작은 협곡이 되어 물이 고인다. 행인들이 남긴 부유물이 제공하는 영양소가 섞이면 인도 위 틈은 은이끼가 살기에 최적인 장소가 된다. '은이끼'라는 이름은 마른 식물체의 윤이 나는 은빛에서 유래했다. 길이가 1밀리미터도 안 되는 작고 둥근 잎을 확대경으로 보면 가장자리에 부드럽고 하얀 털이 나 있다. 햇빛을 반사하는 털은 이끼가 건조해지는 것을 방지한다.

주변 여건이 제대로 갖춰진 상태라면 은이끼는 포자를 대기 플랑크톤과 결합시킬 포자체를 수없이 형성해 뉴욕에서 홍콩까지 별 어려움 없이 갈 수 있다. 하지만 훨씬 더 일반적인 확산 경로는 행인의 발이다. 은이끼 지상부의 끝은 다른 부분보다

은이끼
Bryum argenteum

약해 분리되기 쉽다. 분리된 끝 부분을 사람들이 뒤꿈치로 끌고 가면 다른 인도에 도달하게 되고 그 결과 은이끼는 도시 전체에 확산된다.

은이끼가 원래 살던 독특한 서식지는 여러 측면에서 도시 환경과 비슷하다. 때문에 은이끼는 분명 과거 농경 시대보다 도시 형성 이후에 훨씬 크게 번창했다. 가령 은이끼의 야생 서식지 중 하나는 바닷새

번식지인데 새의 배설물이 누적되어 생성된 구아노guano에 산다. 도시에서 이와 비슷한 환경은 비둘기 분변으로 더러워진 창틀이라 창틀에 있는 배설물 위로 은빛 방석이 깔린다. 같은 이유로 미국 중서부에서는 프레리도그prairie dog가 사는 굴 앞에, 북극에서는 레밍lemming이 사는 굴 앞에 은이끼로 된 도어매트가 깔려 있다. 동물들은 영역을 표시하기 위해 서식지 입구에 소변을 보고 은이끼는 질소가 풍부한 그곳에서 번성한다. 도시에 있는 소화전 아래도 마찬가지로 탐나는 서식지다.

잔디 또한 이끼를 관찰하기 좋은 장소다. 단, 농약을 뿌리지 않은 곳이어야 한다. 잔디 아래에는 양털이끼속, 부리이끼속*Eurhynchium*을 비롯한 다양한 종이 얽혀 있다.

이끼를 내쫓는 도시인

대학에서 일하는 동안 누리는 즐거움 중 하나는 지역 주민에게 생물학과 관련한 질문을 받는 것이다. 식물을 보내 종류나 용도를 묻는 사람들도 있다. 하지만 안타깝게도 우리에게 요청하는 대부분의 정보는 무언가를 어떻게 죽이는지에 관한 것이다. 토양생태학을 연구하는 동료는 한 여성과의 통화를 내게 이야기해 주었다. 그 여성은 동료가 작성한 소책자대로 낙엽과 샐러드 찌꺼기로 만든 퇴비를 뒷마당에 뿌렸는데 몇 주 후 퇴비 더미에서 징그러운 벌레가 가득했다며 당혹해했다. 또한 벌레들을 어떻게 죽여야 하는지 알고 싶어 했다.

　한번은 도시에 거주하는 어떤 사람이 내게 전화를 걸어 잔디에 난 이끼를 어떻게 죽일 수 있는지 알려달라고 했다. 그는 정성스럽게 가꾼 잔디를 이끼가 죽인다고 확신했고 이끼에게 복수하고 싶어 했다. 그에게 몇 가지 질문을 해보니 단풍나무 그늘이 짙게 드리운 집에서 잔디를 심은 곳은 북쪽 방향이었다. 그가 보기에 잔디는 언제나 시들했고 잔디가 있기 전부터 그 자리에 있던 이끼가 잔디의 빈 공간을 차지하려는 것 같았다.

　그러나 이끼는 풀을 죽이지 못한다. 전혀 적수가 될 수 없다. 이끼가 잔디밭에 등장하는 까닭은 주변 환경이 잔디보다는 이끼가 자라기에 더 적합하기 때문이다. 그늘이 짙거나, 물을 너무 많이 뿌렸거나, pH가 너무 낮거나, 흙이 너무 압착되어 있어 공기가 통하지 않으면 잔디는 잘 자라지 않고 대신 이끼가 나타난다. 이끼를 죽인다고 해서 시들한 잔디가 살아나진 않는다. 햇빛을 더 잘 받도록 하거나, 아니면 더 바람직하게는, 남아 있는 잔디를 뽑아 자연이 선사하는 훌륭한 이끼 정원을 가꾸면 된다.

　도시에 이끼가 번성하는 가장 큰 이유 중 하나는 강우량이다. 내가 알기로 시애틀Seattle과 포틀랜드는 이끼가 가장 많은 도시다. 단지 나무와 건물이 많아서가 아니라 긴 겨울 내내 비가 많이 내리기 때문에 어디라도 이끼가 자랄 수 있기 때문이다. 나는 오리건주립대학교 남학생 클럽 건물 앞을 지날 때마다 높은 나뭇가지에 운동화가 치렁치렁 매달린 나무를 감상하곤 했다. 시간이 흘러 신발 끈이 썩고 운동화가 떨어지면 이끼가 운동화를 집어삼킬 것이다.

한편 오리건 사람들과 이끼는 아마도 애증의 관계다. 한편으로는 자신들을 '모스백mossback, 이끼가 등에 자랄 정도로 햇빛을 쐬지 않는 사람. 이슬비가 잦고 구름이 많이 끼는 태평양 북서부 날씨를 즐김을 뜻한다'이라고 자랑스럽게 칭하며 물에 사는 동물오리건주립대학교 미식축구팀의 마스코트인 비버와 오리건대학교 미식축구팀의 마스코트인 오리를 가리킨다이 마스코트인 스포츠 팀을 응원한다. 다른 한편으로는 오리건에서 이끼 박멸은 큰 산업이다. 철물점에 가면 '이끼 아웃', '이끼 박멸', '이끼 X' 같은 라벨이 붙은 화학제품이 선반에 쌓여 있다. 포틀랜드 거리에 있는 한 광고판에는 "작은 녹색 솜털? 없앨 수 있습니다!"라는 문구가 적혀 있다. 이 같은 화학제품은 결국 하천으로 흘러 들어가 연어의 먹이사슬을 위협한다. 게다가 이끼는 어김없이 다시 나타난다.

지붕 수리 기술자들은 집주인에게 지붕에 이끼가 끼면 지붕널이 얇아져 비가 샌다고 말한다. 그들은 매년 비용을 받고 기꺼이 이끼를 제거한다. 들리는 바로는 이끼의 헛뿌리가 지붕널에 있는 작은 틈을 파고들어 지붕을 망가뜨린단다. 하지만 이러한 주장을 뒷받침하거나 반박할 과학적 증거는 없다. 미세한 헛뿌리가 견고하게 지은 지붕에 심각한 위협을 가할 가능성은 낮아 보인다. 한 지붕 회사의 기술 대표는 이끼로 인한 지붕 손상을 한 번도 본 적이 없다고 인정했다. 왜 이끼를 그냥 놔두지들 않을까?

지붕이 이끼에게 유토피아와 같은 기후를 제공한다면 이끼를 끈질기게 쫓아내기보다는 차라리 살아 있는 지붕으로 만드는 것이 이상적인 대안일 것이다. 지붕을 뒤덮은 이끼는 지붕널이 강한 햇빛에 노출되지 않도록 해 지붕의 균열과 휘어짐을 방지한다. 이끼 층은 여름에 기온을 낮추고 비가 많이 내리면 빗물의 흐름을 늦춘다. 이끼 지붕이 선사하는 아름다움은 덤이다. 금빛 감긴털이끼속*Dicranoweisia* 쿠션과 두툼한 서리이끼속*Racomitrium* 매트가 삭막한 아스팔트 지붕널보다 훨씬 매력적이다.

하지만 우리는 엄청난 돈과 시간을 들여 이끼를 없앤다. 멀끔한 교외 지역의 주민은 이끼 지붕은 지붕널이 썩고 있다는 증후일 뿐 아니라 집주인의 낮은 도덕성을 보여주는 증거라고 암묵적으로 동의한 듯하다. 이는 왜곡된 윤리 의식이다. 지붕에 이끼가 낀 집의 주인은 집을 관리할 책임을 방기했다고 여겨진다.

생명을 내쫓기보다는 자연적인 방식으로 공생할 방법을 강구하는 사람들이야말로 도덕적으로 높게 평가되어야 하지 않을까? 이끼 지붕이 집주인의 생태계 보존 노력을 상징하는 새로운 미적 가치관이 정립되어야 한다. 녹색이 짙을수록 더 높이 평가되도록 말이다. 지붕에서 다정한 이끼를 모두 긁어낸 집주인은 이웃의 눈총을 받아야 할 것이다.

이끼와 함께하는 도시인

　도시에서 이끼를 없애려는 사람도 있는 반면 키우는 사람들도 있다. 이제까지 본 도시 이끼 중 가장 멋있는 것은 맨해튼Manhattan의 높은 건물에서 본 이끼다. 보통 좋아하는 이끼를 보기 위해 산에 오르거나 카누를 타지만, 그때는 지하철로 이동한 다음 엘리베이터를 타고 5층까지 올라가 뉴욕시가 한 눈에 보이는 재키 브루크너Jackie Brookner의 집으로 갔다. 재키는 조용하고 체구가 아담하지만 자갈 해변에 있는 풍성한 빛깔의 조약돌처럼 군중 속에서도 돋보일 광채를 지녔다. 내가 그녀를 방문한 건 그해 여름 우리 모두 바위를 연구했기 때문이다.

　내가 연구한 바위는 1만 2천 년 전 빙하에 의해 우쉬연못Whoosh Pond 물가로 굴러온 애디론댁 사장암이었다. 재키의 바위는 처음에는 유리섬유 천으로 덮인 알루미늄 보강재였다. 그녀는 모래와 자갈을 반죽해 시멘트를 만들어 천 위에 바르고 손으로 마루와 계곡을 만들었다. 그런 다음 아직 축축한 표면에 흙을 올려 압착했다. 내 바위는 단풍나무 숲 우듬지를 뚫고 들어온 햇빛에 반짝였고 민물송어가 그늘에서 꼼짝하지 않는 개울의 물안개와 밤새 내린 비로 젖어 있었다. 재키의 바위는 건물의 높은 천장에 줄지어 매달린 조경 전등으로 빛났고 타이머로 작동되는 분무 장치에서 물을 얻었다. 바위가 놓인 파란 플라스틱의 얕은 수조에는 금붕어가 수련 잎 아래에 숨었다. 내 바위 이름은 #11N이었다. 재키의 바위 이름은 프리마Prima였다. 모국어를 뜻하는 라틴어

'프리마 링구아Prima Lingua'에서 따온 것이다.

재키는 환경 예술가다. 건물 꼭대기 층에 있는 재키의 집은 아이디어로 가득하다. 흙으로 만든 의자, 뿌리와 철사로 엮은 둥지가 전시되어 있고, 목화 농장의 흙으로 빚은 목화 재배 노동자들의 발 조형물에는 목화솜이 덮여 있다. 프리마는 자신의 모국어인 바위 위로 흐르는 물소리를 들려준다. 약 180센티미터에 달하는 프리마의 웅장함은 환경의 작용, 물과 영양소의 순환, 생물세계와 무생물세계의 상호연관성을 나타낸다. 재키의 창조물은 단순히 '돌덩이'와 물이 아니라 이끼로 덮여 살아 있는 바위다. 처음에 그녀는 맨해튼 거리에서 창문으로 날아 들어온 이끼 포자를 준비해 놓은 표면에 뿌렸다. 은이끼와 지붕빨간이끼가 가장 먼저 자리 잡았다. 이끼와 바위는 어디서 왔건 함께할 운명이었다. 재키는 길을 걷거나 여행을 하며 프리마와 함께 살 이끼들을 채집했다. 적절한 환경이 갖추어지자 군락이 번성하기 시작했다.

프리마는 생태 복원도 형상화한다. 아름다운 외관은 시각적 기능뿐 아니라 실용적 기능도 한다. 살아 있는 조각 위로 흐르는 물은 활발하게 정화된다. 이끼는 물에 있는 독소를 세포벽과 결합시켜 정화하는 놀라운 능력을 지녔다. 재키의 작품은 하수처리와 도시 하천 보호에 관한 연구에 활용되고 있다.

우리는 함께 확대경으로 프리마에 서식하는 이끼 종들의 패턴과 잎 사이를 움직이는 진드기와 톡토기를 관찰했다. 재키는 작품 재료로 쓴 원사체와 포자체에 대해 잘 알고 있었다. 책상에는 스케치와 잉크

옆에 작은 현미경이 놓여 있었다. 장란기 그림이 작업대 위 벽에 테이프로 붙어 있었다. 안타깝게도 많은 과학자가 자연의 작용을 이해할 수단을 자신들만이 갖고 있다고 믿는다. 대부분의 예술가는 자신만이 진실을 안다고 착각하지 않는다. 재키는 이끼 군락을 일구면서 내가 아는 어떠한 과학자보다 바위에 서식하는 이끼에 대해 많은 사실을 발견했다. 우리가 이야기하며 밤의 절반을 지새우는 동안 프리마도 뒤에서 속삭이며 맞장구쳤다.

광산 안의, 일상의 카나리아

자동차와 공장 굴뚝이 가득한 도시에 사는 사람의 건강은 항상 대기오염의 영향을 받는다. 공기를 들이마시면 몸속 깊이 폐로 간다. 들이마신 숨이 여러 갈래로 나뉘는 미세한 통로를 지나가면 공기 안 산소를 기다리고 있는 혈관과 점점 가까워진다. 폐포에서는 당신이 들이마신 숨과 혈관과의 간격이 세포 하나에 불과하다. 산소는 젖어서 반짝이는 세포에서 용해되어 이동한다. 이처럼 폐 깊숙이 있는 얇은 수분막을 통해 우리 몸은 대기와 지속적으로 상호작용한다. 결과는 좋을 수도 있고 나쁠 수도 있다. 도시에서 흔히 발생하는 천식은 심각한 대기오염의 증후다. 우리 주변에 있는 이끼의 건강 상태 역시 대기오염 정도를 보여준다. 이끼와 지의류는 대기오염에 매우 민감하다. 예전에는 가로수가 이끼가 덮여 녹색이었지만 지금은 맨살을 드러낸다. 지금 사는 곳에 있는 나무들을 확인해 보라. 이끼의 존재 유무는 상당히 중요한 의미를 지닌다. 이끼는 광산 안 카나리아다.

이끼는 고등식물보다 대기오염에 훨씬 취약하다. 가장 큰 골칫거리는 발전소에서 뿜어져 나오는 이산화황이다. 이산화황은 황이 다량 함유된 화석 연료가 연소되면서 생기는 부산물이다. 풀잎과 나뭇잎은 표면이 여러 겹이고 표피가 왁스처럼 덮여 있다. 이끼는 이러한 보호막이 없다. 이끼 잎의 두께는 세포 하나에 불과하기 때문에 섬세한 폐 조직처럼 대기와 직접 접촉한다. 이러한 특성은 공기가 깨끗하다면 장점이지만 이산화황으로 오염된 곳에서는 재앙이다. 이끼 잎은 젖어 있을 때만 활동한다는 점에서 폐포와 비슷하다. 광합성에 유익한 산소와 이산화탄소가 수분막을 통해 교환된다. 하지만 이산화황이 수분막에 닿으면 황산으로 변한다. 자동차 배기가스에서 나오는 아산화질소는 질산으로 변해 이끼 잎 주변은 산성으로 가득 찬다. 표피로 보호받지 못해 죽은 이끼 잎은 색이 빠져 바랜다. 이처럼 척박한 환경에서 이끼는 대부분 죽기 때문에 오염된 도심에서는 이끼가 거의 존재하지 않는다. 이끼는 산업화 직후 사라지기 시작했고 여전히 대기오염이 심각한 곳에서 개체수가 계속 줄고 있다. 한때 도시에 번성하던 30종의 이끼가 대기오염으로 모두 사라졌다.

대기오염에 민감한 이끼의 특성은 오염의 생물학적 관측 수단으로 활용할 수 있다. 이끼 종마다 견딜 수 있는 오염 정도는 상당히 정확하게 예측할 수 있다. 나무에 서식하는 이끼는 대기질을 측정하는 데 쓰인다. 예를 들어, 오염에 매우 예민한 금털이끼*Ulota crispa*가 나무 위에서 동전만 한 돔을 이루었다면 이산화황 수치가 0.004ppm 미만임을 의미한다. 선태학자들은 도심에서 떨어진 반경 거리에 따라 이끼군*moss flora*이 달라진다는 사실을 발견했다. 도심에서는 이끼가 거의 없지만 조금 벗어나면 몇몇 강인한 종이 발견되고 외곽으로 갈수록 종의 수가 늘어난다. 다행히 공기가 깨끗해지면 이끼는 돌아온다.

나도 그렇지만 어떤 사람들은 도시에서 절대 살지 못한다. 꼭 가야 해서 도시에 가면 되도록 얼른 벗어난다. 시골 사람들은 작은잎깃털이끼*Thuidium delicatulum*와 같다. 혼잡한 거리가 아닌 조용한 개울가를 선택한 우리는 그늘이 드리워지고 공기가 촉촉한 넓은 공간에서 편안함을 느낀다. 삶의 속도는 느리고 스트레스를 잘 견디지 못한다. 도시에서 이러한 생활 방식은 문제다. 삶의 속도가 빠르고, 언제나 변화하며, 혼잡함을 잘 활용하는 지붕빨간이끼와 같은 삶의 방식이 뉴욕시 거리에 훨씬 걸맞다. 이끼와 인간은 처음부터 도시에 살지 않았지만 모두 도시 절벽에 적응해 스트레스를 견디며 정착했다. 버스를 놓치게 된다면 기다리는 5분 동안 주변에서 생명의 신호를 찾아보길 바란다. 이끼 낀 가로수는 대기질에 좋은 신호이고 이끼가 없는 가로수는 안 좋은 신호다. 어디에서든 발밑에는 은이끼가 있다. 소음과 공해가 가득하고 수많은 사람이 서로 밀쳐대지만 틈 사이마다 이끼가 있다고 생각하면 잠시나마 위안을 얻을 수 있다.

재능에 깃든

책임 —

이끼와 문화

세이지sage 잎의 탄내가 나자 마음에 일던 파도가 잔잔해지면서 햇빛이 비치는 맑은 물속을 깊이 바라보고 있는 듯한 기분이 든다. 웅얼거리는 기도 소리가 연기 줄기와 함께 주위를 감싸고 내 안에서 모든 단어가 들린다. 내 삼촌 빅 베어Big Bear는 우리를 위해 스머지smudge, 말린 식물을 태운 연기로 공간과 정신을 정화하는 아메리카 원주민의 의식 의식을 옛 방식대로 치르면서 세이지 잎에게 그의 생각을 신에게 전달해달라고 기도한다. 신성한 식물의 연기는 생각이 눈에 보이는 모습으로 나타난 것이고, 삼촌의 생각은 축복을 받아 들이마쳐진다.

빅 베어의 목소리는 낮다. 시에라Sierra 지역에 있는 작고 외진 산에 오랫동안 방치된 폐교를 인수하기 위해 차를 타고 시내로 가 하루 종일 협상을 하고 돌아왔기 때문에 피곤해 보인다. 정부의 관료주의와 전통적인 생활 방식을 오가는 그의 모습이 감탄스럽다. 빅 베어의 목표는 지역 아이들을 위해 새로운 방식의 학교를 여는 것이다. 학교에서는 물고기를 잡기 위해 강의 흐름을 읽는 법, 식량이 될 식물을 고르는 법, 존재의 재능을 존중하면서 사는 법 같은 근본적인 것들을 가르칠 것이다. 빅 베어는 현대의 교육 방식을 가치 있게 여기고 손자들이 항상 A를 받는다고 자랑스러워한다. 하지만 직업상 어려운 환경의 가족을 자주 만나다 보니 관계를 존중하는 법을 배우지 않아 생기는 부작용을 매일같이 목격했다.

호혜의 연결망에서

원주민의 배움 과정에서는 모든 살아 있는 존재가 나름의 역할이 있다고 여겨진다. 존재마다 고유의 재능, 지식, 영혼, 이야기를 지닌다. 원주민 설화에 따르면 신은 우리에게 그 모든 것을 최초의 가르침으로 선사했다. 교육의 근본은 우리 안에 있는 재능을 발견하고 그것을 올바르게 사용하는 법을 배우는 것이다.

재능에는 서로 배려해야 할 책임이 뒤따른다. 노래의 재능을 받은 숲지빠귀는 저녁 기도를 바칠 책임이 있다. 달콤한 수액을 만드는 단풍나무는 춘궁기 동안 사람들의 허기를 채워줄 책임이 있다. 부족 노인들이 말하는 이 같은 호혜의 연결망은 우리 모두를 연결한다. 이러한 탄생의 이야기가 내 과학 연구와 어울리지 않는다고 생각하지 않는다. 생태학적 공동체를 연구하며 항상 호혜를 발견한다. 세이지는 물을 잎까지 끌어 올려 토끼에게 먹이를 주고 새끼 메추라기가 쉴 곳을 마련할 의무가 있다. 인간에 대한 의무도 있다. 우리 마음에서 나쁜 생각을 없애주고 좋은 생각을 떠오르게 한다. 이끼의 역할은 바위에 옷을 입히고, 물을 정화하고, 새가 사는 둥지를 푹신하게 하는 것이다. 아주 명료하다. 하지만 이끼가 인간에게 베푸는 재능은 무엇일까?

식물마다 고유의 역할이 있고 인간의 삶과 연결된다면, 우리는 어떻게 그 역할을 알 수 있을까? 우리는 어떻게 식물의 재능을 활용할 수 있을까? 과학과 지적 쌍둥이라고 할 수 있는 전통 생태 지식은 무수한 세대 동안 입에서 입으로 전해 내려온 유산이다. 할머니가 들 위에서 옆에 앉은 손녀에게, 삼촌이 강둑에서 낚시하며 조카에게 전수했고, 그리고 내년에는 빅 베어 학교에서 학생들에게 전할 것이다. 하지만 그 유산은 애초에 어디서 왔을까? 아이를 낳을 때 어떤 식물이 필요하고, 사냥꾼이 냄새를 숨기려면 어떤 식물을 사용해야 하는지 어떻게 알았을까?

과학적인 정보와 마찬가지로 전통 지식은 자연을 세심하고 체계적으로 관찰하고 수많은 실험을 해 얻은 결과다. 땅 그 자체를 스승으로 여긴 사람들이 주변 환경과 맺은 긴밀한 관계에 뿌리를 두고 있다. 식물에 대한 지식은 동물들이 무엇을 먹는지, 곰이 어떻게 야생 백합 구근을 캐는지, 다람쥐가 단풍나무를 어떻게 두드리는지 관찰해 얻는다. 또한 식물 자체에서도 식물에 대한 지식을 얻는다. 식물은 세심한 관찰자에게 자신의 재능을 드러낸다.

우리는 교외 지역에서 청결한 삶을 살다 보니 우리를 지탱해 주던 식물과 단절되었다. 마케팅과 기술의 수많은 장막은 식물의 역할을 숨겼다. 후르트링 시리얼 상자에서는 옥수수 잎이 바스락대는 소리를 들을 수 없다. 더 이상 약초의 역할을 알아보지 못하는 사람들은 에키나시아echinacea, 면역력에 좋다고 민간에 알려진 꽃가 밀봉된 약병에서 '복용 안내'를 읽는다. 이렇게 위장된 자주색 꽃잎을 누가 알아볼 수 있을까? 우리는 이제 식물들의 이름조차 모른다. 사람들이 아는 식물 이름은 평균 열 개가 넘지 않고 여기에는 '크리스마스트리' 같은 것도 포함된다. 이름을 잃는 것은 존중을 잃는 과정의 한 단계다. 이름을 아는 것은 관계를 회복하는 첫 단계다.

나는 정말 운이 좋았다. 어렸을 때부터 식물의 이름을 알았고, 들을 거닐다 보면 손끝은 작은 산딸기 때문에 붉은 물이 들었다. 내 바구니는 꽤나 허술하게 만든 것이었지만 거기에 버드나무 순을 모아서 개울에 담그는 게 좋았다. 어머니는 내게 식물의 이름을 가르쳐 주었고 아버지는 어떤 나무가 좋은 장작인지 알려 주었다.

집을 떠나 대학에서 식물학을 공부하면서 내 초점은 바뀌었다. 나는 식물의 생리학과 해부학, 서식 분포, 세포생물학을 배웠다. 식물이 곤충, 균류, 야생 동물과 맺는 상호작용을 연구했다. 하지만 내 기억에 인간에 대한 이야기는 단 한 번도 없었다. 내가 다니던 대학교는 위대한 '이로쿼이 연맹Iroquois Confederacy'의 핵심 부족인 오논다가Onondaga족의 본고장에 있었음에도 불구하고 원주민에 대한 언급은 더욱 없었다. 우연인지 고의인지 잘 모르겠지만 인간은 이야기에서 확실하게 배제되었다. 인간과의 관계를 포함하면 과학의 위상이 격하될까 봐 우려하는 인상을 받았다.

그래서 지니 셰넌도어Jeannie Shenandoah가 내게 오논다가족 거주지의 식물을 탐사하기 위한 파트너가 되어달라고 요청했을 때 주저했다. 내가 할 수 있는 건 식물의 이름과 생태학을 설명해 주는 것밖에 없다고 털어놓았다. 지니는 내가 알려주는 배움의 과학적 방식을 소중히 여겼다. 하지만 결국 나는 내가 가르친 것보다 훨씬 많은 걸 배웠다.

나는 훌륭한 스승을 만나는 행운을 누렸다. 오논다가족의 전통 약초 치료사이자 산파인 지니는 고맙게도 친구이자 선생이 되어 가르침을 주었다. 단단함이 느껴지는 그녀는 발밑에 있는 땅을 항상 인식하듯 걷는다. 우리는 서로를 가르쳐주며 성장하는 훌륭한 파트너가 되었다. 식물을 발견하면 나는 내가 아는 생물학적 지식을 모두 알려주었고 지니는 전통적인 용도를 알려주었다. 지니는 나와 나란히 걸으며 분만에 쓸 백당나무 가지를 꺾거나 연고로 만들 포플러나무 눈을 땄고, 그러면서 나무들의 새로운 용도를 배웠다.

지니를 만나기 이전에도 나는 식물과 생태계의 정교한 관계를 공부하며 경탄했었다. 하지만 상호연계의 망에 한 번도 포함되지 않았으며 외부 관찰자에 불과했었다. 이후 딸이 감기에 걸리면 지니에게 배운 대로 우리 집 근처 언덕에 난 블랙체리로 시럽을 만들어 먹였고 못가에서 주운 등골나물로 열을 내리게 했다. 저녁 요리에 쓸 푸성귀를 캐면서 어렸을 때 숲과 맺었던 참여, 호혜, 감사의 관계를 회복했다. 버터로 따뜻하게 요리한 향긋한 야생 부추로 배를 가득 채우면 땅을 학문적 객관성으로 바라보는 것은 불가능해진다.

인간에게 베푸는 재능

나는 여러 해 동안 이끼의 삶에 둘러싸여 살아왔지만, 한때 우리 사이에는 거리가 있었다. 우리는 학문적인 차원에서 만났다. 이끼가 내게 자신들의 삶을 알려줘도 인간의 삶은 이끼의 삶에 끼어들지 못했다. 이끼의 삶을 진정으로 알기 위해서는 세상이 시작되었을 때 이끼에게 어떤 역할이 주어졌는지 알아야 한다. 창조주는 이끼에게 어떤 재능을 주며 인간을 돌보라고 속삭였을까? 지니에게 주변 사람들은 이끼를 어떻게 사용하느냐고 물었지만 알지 못했다. 이끼는 약이나 음식에 쓰이지 않았다. 이끼가 호혜적인 관계망에 속해 있더라도 우리와 수세대에 걸쳐 관계가 멀어졌다면, 우리는 어떻게 이끼의 재능을 알 수 있을까? 지니는 내게 인간은 잊었더라도 식물은 기억하고 있다는 사실을 깨달게 해주었다.

전통적인 배움의 방식에서 식물의 특별한 재능을 이해하는 방법 중 하나는 새로 생기는 것과 사라지는 것에 민감해지는 것이다. 모든 식물을 하나의 존재로 인식하는 전통적인 세계관에서는 식물은 자신이 필요한 때에 필요한 장소로 찾아온다고 여겨진다. 식물들은 자신의 역할을 다할 수 있는 장소로 찾아간다.

어느 봄날 지니는 내게 자기 집 산울타리에 있는 오래된 바위벽을 따라 못 보던 식물이 나타났다고 말했다. 미나리아재비와 아욱 사이에 커다란 블루버베인blue vervain 다발이 났다. 지니는 그곳에서 블루버베인을 한 번도 보지 못했었다. 나는 봄에 습도가 높아 토양이 변하고 블루버베인이 꽃을 피우게 되었을 거라고 설명했다. 지니는 탐탁지 않은 듯 눈썹을 치켜 올렸지만 나를 존중했기 때문에 아니라고 말하지 않았다. 그해 여름 지니의 며느리가 간 질환 진단을 받았다. 며느리는 지니에게 도움을 구하러 왔다. 간에 좋은 버베인이 산울타리에서 기다리고 있었다.

언제나 식물은 필요할 때 나타난다. 이러한 규칙을 통해 이끼가 과거에 어떻게 사용되었는지 알 수 있지 않을까? 이끼는 우리 일상 어디에든 있지만 너무 작아 주목받지 못한다. 이러한 사실을 식물이 보내는 신호로 해석한다면, 인간의 서식지에서 이끼의 역할은 스스로를 드러내지 않는 작은 것일지도 모른다. 일상의 가장 작은 존재야말로 사라지면 가장 아쉽다.

빅 베어와 다른 노인들에게 이끼의 용도에 대해 물었지만 어떠한 답도 얻지 못했다. 이끼를 이용했던 시대는 이미 수세대 전이고 원주민은 이제 정부의 후원으로 바깥세상에 동화되었다. 이끼가 방치되면서 많은 것을 잃었다. 그래서 나는 성실한 학자들이 으레 그러하듯 도서관을 찾았다. 과거 이끼와 인간 간의 관계에 관한 자료를 찾기 위해 인류학자가 쓴 오래된 현장 기록을 뒤지고, 내 물음에 옛 사람은 어떠한 답을 했을지 힌트를 얻기 위해 민족지ethnography들을 훑었다. 그러한 자료들이 세이지 연기처럼 그들의 생각을 형상화하기를 바랐다.

나는 바구니에 뿌리와 잎을 담을 때마다 큰 기쁨을 느낀다. 엘더베리elderberry 철이나 베르가못bergamot에 오일이 가득 차 있을 때처럼, 주로 특정 식물을 염두에 두고 밖으로 나간다. 하지만 계획에 없던 식물을 발견하면 무척이나 반갑다. 도서관에서도 같은 기분을 느낀다. 평화로운 책의 밭에서 열매를 따듯 주의를 기울여 탐색해 수풀에 숨은 소중한 지식을 얻는다.

원주민어 사전에서는 이끼에 관한 단어를 찾았다. '이끼'가 일상적인 단어였다면 일상적으로 사용되었을 것이다. 각종 학회에서 발간한 잘 알려지지 않은 자료에서 이끼를 지칭하는 단어는 하나가 아니라 여럿이었다. 그냥 이끼, 나무 이끼, 열매 이끼, 바위 이끼, 물 이끼, 오리나무 이끼. 내 책상 위에 있는 영어사전은 2만 2천 종을 단 한 부류로 지칭한다.

이끼는 어디든 서식하고 사람들에 의해 이름 지어지지만 인류학자들이 남긴 기록에는 거의 등장하지 않는다. 아마도 이끼의 역할이 너무 작아 보고할 가치가 없었을 수 있다. 아니면 작성자가 아는 게 별로 없어서 궁금해하지 않았을 수 있다. 예를 들어, 롱하우스longhouse, 아메리카 원주민의 전통 가옥으로 건물 하나를 벽으로 나누어 여러 가족이 거주하는 연립 가옥 형태에서 위그왐wigwam, 아메리카 원주민이 거주하던 원형 천막에 이르기까지 집을 짓는 방식에 관한 여러 글에서는 판자를 자르고 나무껍질로 널을 만드는 방법이 매우 자세하게 나온다. 하지만 통나무 사이의 틈을 메우는 데 이끼가 사용되었다는 이야기는 거의 없다. 겨울바람이 들이치지 않으면 그리 중요하지 않은 사실이기 때문이다. 목 뒤로 살얼음 같은 바람이 불어야 이끼는 주목을 끌 수 있다.

단열 효과를 지닌 이끼 덩어리는 겨울 동안 손가락과 발가락이 시리지 않게 하는 데도 쓰였다. 여러 자료를 찾아보니 과거 북쪽 지역에서는 겨울 부츠와 벙어리장갑의 테두리를 부드러운 이끼로 감싸 방한 효과를 높였다. 티롤Tyrol 지역에 있던 빙하가 녹으면서 5,200년 된 '얼음 인간Ice Man'이 발견되었을 때 그가 신은 부츠 안에는 납작이끼속인 넥케라 콤플라나타Neckera complanata를 비롯한 이끼가 채워져 있었다. 납작이끼는 설인이 발견된 곳에서 남쪽으로 약 95킬로미터 떨어진 저지대 계곡에서만 서식한 것으로 추정되었기 때문에 얼음 인간이 어디서 왔는지에 대해 중요한 단서를 제공했다.

가문비나무 아래로 깃털과 같은 이끼가 깔리는 아한대 숲에서는 따뜻하고 푹신한 이끼가 훌륭한 이불과 베개였다. 근대 식물분류학의 아버지인 린네우스는 사미족Sami이 거주하는 라플란드Lapland를 탐사할 때 솔이끼속 이끼로 만든 침낭을 들고 다녔다고 한다. 털깃털이끼속 *Hypnum* 이끼로 만든 베개는 잠자는 사람에게 특별한 꿈을 전해준다고 여겨졌다. '휩눔*Hypnum*'이란 라틴어 속명은 최면 효과를 의미한다.

나는 이끼가 바구니 장식, 등불 심지, 설거지에 쓰였다는 사실을 알게 되었다. 비록 얼마 안 되는 기록이지만 사람들이 이끼에 대해 무지하지 않았으며 이끼에게 주어진 역할이 실제로 있었다는 것을 확인해 무척이나 기뻤다. 하지만 한편으로는 실망했다. 창조주가 선사한 이끼만의 특별한 재능, 즉 다른 식물로는 대체할 수 없는 고유의 역할에 관해서는 찾을 수 없었다. 사실 건초도 부츠의 방한재로 쓸 수 있고 솔잎으로도 푹신한 침대를 만들 수 있다. 나는 '이끼다움'을 바탕으로 한 용도를 찾고 싶었다. 옛날에도 사람들이 내가 아는 방식으로 이끼를 알고 있기를 바랐다.

고유한 역할을 찾아서

도서관은 내 지식을 조금 넓혀주긴 했지만, 이곳에서 찾은 이야기가 전부는 아니라는 직감이 들었다. 배움의 방식마다 강점과 약점이 있기 마련이다. 높이 쌓인 책 뒤에 숨어 잠시 쉬는 동안, 눈이 녹고 낙엽 사이로 파란 싹이 솟아날 무렵 지니와 함께 식물을 관찰하러 간 기억을 떠올렸다. 꽃을 피운 식물 중 하나는 오논다가개울Onondaga Creek의 자갈 둑을 따라 자란 머위였다. 식물학자라면 머위가 삼월에 물가를 찾는 건 생태학적 필요에 의해서 또는 경쟁을 피하기 위해서라고 설명할 것이다. 맞는 말이다. 하지만 오논다가족은 머위가 이곳에서 자라는 이유는 쓰이는 곳과 가깝기 때문이라고 여긴다. 약초는 질병의 근원지에서 자란다. 오랜 겨울이 지나고 눈이 녹아 물이 흐르면 아이들은 몸이 근질거리기 시작한다. 추위도 잊은 채 물속을 걷고, 물을 튀기며, 물살에 누구 막대기가 더 빨리 떠내려가는지 경주하고 난 뒤 집에 돌아가면 한밤중에 기침을 하며 잠에서 깬다. 물에 발을 담근 후 기침이 나는 아이들은 머위를 차로 달여 마시면 좋다.

식물에 관한 전통 지식의 또 다른 원칙 중 하나는 식물이 나는 위치에 따라 그 용도를 알 수 있다는 것이다. 예를 들어 약초는 질병이 발병하는 곳에 서식한다는 사실은 잘 알려져 있다. 지니의 이야기는 과학적 설명과 상반되지 않는다. 머위가 물가에 어떻게 서식하게 되었는지뿐 아니라 왜 서식하는지 묻는 지니의 이야기는 식물생태학이 이를 수 없는 경계 너머로 질문을 확장한다.

'식물의 용도는 서식 장소를 통해 알 수 있다.' 그 사실을 숲에서 발을 헛디뎌 가파른 경사 밑으로 떨어지려다가 엉겁결에 덩굴옻나무poison ivy 가지를 붙잡았을 때 떠올렸다. 나는 얼른 덩굴옻나무의 동반자를 찾았다. 덩굴옻나무가 자란 축축한 흙에서 정말 예상대로 물봉선화jewelweed가 피어 있었다. 물기 가득한 줄기를 두 손바닥으로 으드득 소리가 나도록 뭉개 해독제 즙을 낸 다음 손 전체에 가득 발랐다. 물봉선화 즙은 덩굴옻나무의 독을 빼고 더 이상 발진이 일어나지 않도록 해주었다.

식물이 서식지에 따라 용도를 보여준다면 이끼가 전하는 메시지는 무엇일까? 이끼는 늪지와 냇가 그리고 연어가 뛰어오르는 폭포 주변에 물방울이 튀는 곳에 산다. 이 사실만으로는 이끼의 메시지를 알 수 없다면, 비가 내릴 때마다 이끼가 선보이는 재능을 생각해 보자. 이끼는 본능적으로 물을 좋아한다. 말라 바스락거리던 이끼는 폭풍우가 지나고 나면 물을 머금어 부풀어 오른다. 이끼는 도서관에서 찾은 그 어떤 사실보다 더 직접적이고 우아한 언어로 자신의 역할을 가르쳐주었다.

19세기 인류학에서 이끼에 대한 정보가 많지 않았던 것은 원주민 공동체를 연구한 사람 대부분이 상류층 남성이었기 때문일 것이다. 그들은 자신의 눈에 보이는 대상에 연구 초점을 맞추었다. 어떤 세상에 속하느냐에 따라 눈에 보이는 것은 다르다. 그들의 공책은 사냥, 낚시, 연장 만드는 법처럼 남자들이 추구하는 것에 대한 기록으로 가득했다. 이끼가 작살에 촉을 붙이는 데 쓰이면서 무기를 만드는 데 사용된 때가 있는데 그 당시 기록은 상당히 자세하다. 거의 포기하려고 할 즈음, 드디어 자료를 찾았다. 단 하나의 구절이었다. 얼굴이 화끈할 정도로 간결한 문장이었다. "이끼는 기저귀와 생리대로 널리 사용되었다."

압축된 단 하나의 문장 뒤에 숨은 복잡한 관계를 상상해 보자. 이끼의 가장 중요한 용도이자 이끼의 가장 큰 재능이 반영된 역할은 여성이 일상적으로 쓰는 도구가 되는 것이었다. 남성 민속학자들이 육아, 특히 고상함과는 거리가 멀지만 누군가는 꼭 해야 하는 기저귀 가는 일에 대해 파고들지 않은 것은 그리 놀랄 일이 아닐지 모른다. 하지만 가족의 생존에 아이의 건강보다 더 중요한 일이 있을까? 요즘 시대에 일회용 기저귀와 아기용 물티슈 없이 아이를 돌보는 것은 상상하기 힘들다. 기저귀를 채우지 않은 채로 아이를 하루 종일 업고 있는 상상을 하면 별로 아름답지 않은 그림이 그려진다. 분명 내 할머니의 할머니는 독창적인 해결책을 찾아냈을 것이다. 이처럼 가족의 가장 근본적인 단위에서 이끼는 자신의 훌륭한 용도를 드러냈다. 검손함은 두말할 필요가 없다. 아기는 말린 이끼를 깔아 안락하게 만든 휴대용 요람 바구니에 담겼다.

물이끼Sphagnum moss가 자신의 무게보다 20~40배에 달하는 물을 흡수할 수 있다는 사실은 잘 알려져 있다. 성능이 팸퍼스Pampers 기저귀에 버금가는 이끼는 최초의 일회용 기저귀였다. 이끼를 채운 바구니는 지금 널리 사용되는 기저귀 가방만큼 엄마들의 필수품이었을 것이다. 말린 물이끼에는 공기가 많이 들어 있어 늪지의 수분을 빨아들일 때처럼 아기 피부에 묻은 소변을 흡수한다. 물이끼의 산성 물질은 피부를 수렴하고 어느 정도 소독 작용도 해 기저귀 발진을 예방했다. 엄마들이 구부리고 앉아 아기를 씻기던 얕은 웅덩이 주변에 핀 스펀지 같은 이끼도 머위처럼 자신들이 쓰일 곳에 존재했다. 필요한 곳을 찾아온 것이다. 2000년대에 엄마로 살아가는 나로서는 내 아이들이 부드러운 이끼를 피부로 느끼며 팸퍼스로는 결코 맺을 수 없는 세상과의 결속을 다지지 못했다는 사실이 안타깝다.

많은 전통 문화에서 '달의 시간', 즉 월경으로 불리는 생리 기간에도 여성의 삶은 이끼와 엮였다. 말린 이끼는 생리대로 널리 사용되었다. 이에 대해서도 민속학 정보가 충분하지 않은 이유는 남성은 생리 중인 여성이 은둔하는 오두막에서 어떤 일이 일어나는지 알 수 없었기 때문이다. 나는 마을에서 생리 주기가 같은 여성들이 오두막에 모여 인공 불빛이 없는 컴컴한 밤을 보내는 모습을 상상해 본다. 인류학자들의 통념에 따르면 생리 중인 여성은 청결하지 않다는 이유로 일상생활에서 배제되었다. 하지만 이러한 해석은 인류학자들이 원주민 문화에 대해 추정한 것일 뿐 당사자인 원주민 여성의 이야기는 다르다.

유록Yurok족 여성들에 따르면 생리 기간은 명상의 시간이었고 산속에는 월경 중인 여성만이 목욕을 할 수 있는 특별한 우물이 있었다. 이로쿼이 여성들은 월경 중 여성이 활동을 할 수 없던 이유는 월경 동안 영적 능력이 최고조에 이르므로 강한 기운이 흘러나오면 주변 기운의 균형이 깨질 수 있기 때문이었다고 말한다. 일부 부족에서는 생리 동안 고립되는 기간이 영적 정화와 수련의 시간이었고 이는 남성들이 한증막 같은 오두막에서 땀을 흘리며 수련하는 것과 비슷했다.

생리 중인 여성이 머문 오두막에 비치된 물건 중에는 용도에 맞게 엄선한 이끼들을 담은 바구니가 있었을 것이다. 따라서 여성들은 다양한 이끼 종을 능숙하게 분별할 줄 알았고, 질감에 대해 잘 알았으며, 린네우스보다 훨씬 전부터 이끼들에게 다정한 이름을 붙여줬다는 결론에 이를 수 있다. 선한 여자 선교사들은 이러한 관행을 끔찍해하며 얼굴을 찌푸렸겠지만, 나는 생리대가 이끼에서 삶은 하얀 천으로 넘어가는 과정에서 무언가가 상실되었다는 생각이 든다.

위대하면서 겸손한 식물

나는 에르나 건서Erna Gunther라는 여성 민속학자가 쓴 또 다른 글을 발견했다. 건서는 여성의 생활을 자세히 묘사했고 특히 요리를 집중적으로 다루었다. 이끼 자체가 요리에 쓰이지는 않았다. 나는 시험 삼아 이끼를 맛본 적이 있는데 쓰고 식감이 거칠어 요리를 해보겠다는 마음이 싹 사라졌다. 이끼가 직접 음식에 쓰이진 않았지만, 비가 많이 와 이끼가 많은 태평양 연안 북서부에 거주하는 부족들에게 이끼는 요리에 중요한 요소였다. 컬럼비아강Columbia River 분수령 지역에서 중요한 주식인 연어와 카마시아camas 뿌리는 인간의 생명을 유지해 주는 선물로 숭배되는데 둘 다 이끼와 관련이 있다.

일반적으로 연어잡이에는 온 가족이 동원된다. 낚시 자체는 남성의 영역이지만 오리나무로 불을 피워 생선을 말리는 건 여성의 몫이다. 일 년 내내 부족의 식량이 될 훈제 연어는 풍미를 높이고 식중독을 예방하기 위한 정교한 과정을 거친다. 우선 막 잡은 생선을 말리기 전에 얇은 껍질을 벗겨야 한다. 혹시 있을지 모르는 독성을 제거하고 생선을 말릴 때 쪼글쪼글해지는 걸 막기 위해서다. 과거에는 이끼로 연어 껍질을 벗겼다. 치누크Chinook어를 쓰는 부족을 연구한 여러 민속지는 여성들이 연어가 많이 잡히는 시기 동안 말린 이끼가 떨어지지 않도록 어떻게 상자와 바구니에 보관했는지 설명한다.

이끼는 북서쪽 지역의 또 다른 주식인 카마시아 가공에도 보조 역할을 한다. 백합과인 카마시아 콰마스*Camassia quamash*는 봄에 감청색 꽃을 만개한다. 네즈페르스Nez Perce족, 칼라푸아Calapooya족, 우마틸라Umatilla족을 비롯한 부족들은 습한 목초지에서 카마시아 꽃밭을 정성스럽게 가꾸었다. 땅에 불을 붙이고, 잡초를 뽑고, 구덩이를 파 거대한 카마시아 평원을 만들었다. 토머스 제퍼슨Thomas Jefferson, 미국의 제3대 대통령으로 미 서부 원정을 추진했다의 명령을 받아 탐험에 나선 루이스Lewis 대위와 클라크Clark 소위는 꽃밭이 매우 광활해서 일렁이는 카마시아 꽃잎이 반짝이는 푸른 호수로 보일 정도라고 보고했다. 원정대는 험준한 비터루트산맥Bitterroot Mountains을 무사히 건넜지만 아사 직전이었다. 네즈페르스족은 겨울에 대비해 저장해 둔 카마시아를 원정대에게 먹여 목숨을 구해줬다.

카마시아의 알뿌리는 녹말이 많고, 식감이 아삭아삭하며, 맛은 생감자와 비슷하다. 보통 생으로 먹기보다는 수많은 과정을 통해 꿀처럼 달콤하고 질은 덩어리로 만든다. 카마시아 반죽은 음식을 굽고 찌는 화덕으로 만들었다. 뜨거운 돌로 감싼 진흙 화덕에 카마시아 뿌리를 여러 겹으로 쌓아 넣는다. 그 다음 젖은 이끼 매트를 카마시아 위에 덮고 또 카마시아를 올려 이끼와 카마시아가 교차되도록 했다. 그런 다음 화덕 위를 모두 양치식물로 덮어 태우면 밤새 불이 꺼지지 않았다. 카마시아 알뿌리는 젖은 이끼가 내는 증기가 스며들면서 짙은 갈색으로 익는다. 화덕을 열어 식힌 다음엔 찐 카마시아를 저장하기 좋도록 빵 덩어리나 벽돌 모양으로 만든다. 일 년 내내 먹을 수 있는 카마시아는 이끼와 양치식물로 포장되어 서쪽 지역에서 활발하게 거래되었다.

지금도 서쪽 지역의 원주민 부족들은 카마시아를 귀중한 음식으로 여기며 특별한 날에 먹는다. 뉴욕주 북부에 거주하는 오논다가족은 한 해 동안 새로운 식물이 나올 때마다 감사 의식을 치른다. 봄에는 단풍나무 수액에, 뒤이어 딸기, 콩, 옥수수에 감사해한다. 캘리포니아의 빅베어는 도토리에 감사를 표하는 10월 축제를 벌인다. 내가 알기로 이끼와 관련한 의식은 없다. 일상에 쓰는 작은 식물은 일상적인 소소한 방식으로 존중하는 것이 더 적합할지도 모른다. 아이를 감싸고, 지혈을 하고, 상처를 치료하고, 감기를 낫게 하는 일이야말로 세상의 삶에 뛰어들어 우리의 자리를 발견하는 방법이 아닐까?

위대하면서도 겸손한 식물은 또 다른 방식으로 인간을 돌볼 책임을 다하고, 사람들은 모여서 그러한 식물에게 감사를 표한다. 식물에 대한 존경의 표시로 사람들은 담배를 태운다. 내가 속한 문화에서 담배는 지식을 가져오는 매개체다. 우리는 지식을 전해준 다양한 원천을 존중해야 한다. 입으로 전해진 전통에 스승이 있고, 문자로 남겨진 전통에 스승이 있으며, 식물 사이에 스승이 있다. 이제 우리도 우리의 생각을 책임으로 바꾸어야 한다. 호혜의 망에서 우리는 어떠한 재능과 책임으로 식물에게 보답할 수 있을까?

옛 스승들은 인간의 역할이 존중과 보호라고 말한다. 우리의 책임은 생명을 존중하는 방식으로 식물과 땅을 돌보는 것이다. 우리는 식물을 사용하는 것이 식물의 본질을 존중하는 것이라고 배웠고, 우리는 식물이 계속 자신의 재능을 선사하도록 그것을 사용해야 한다. 신성한 세이지의 역할은 우리의 생각을 창조주가 볼 수 있도록 만드는 것이다. 우리가 세이지라는 스승으로부터 배움을 얻는다면 세상은 우리의 감사하고 존중하는 마음을 볼 수 있을 것이다.

누군가 다진

.

기반을 밟으며—

.

물이끼

.

햇살이 반짝이는 늪에 발을 담그고 혼자 춤을 추니 느린 파도가 일고 발밑 땅이 울렁인다. 한참 동안 멀미가 나 한쪽 발을 공중에 띄우고 발을 디딜 만한 단단한 곳이 나올 때까지 기다린다. 물침대 위를 걷는 것처럼 걸음을 옮길 때마다 땅이 굽이친다. 중심을 잡기 위해 아메리카 낙엽송tamarack 가지를 잡아보지만 그렇게 너무 오래 서 있었더니 차가운 물이 발목까지 올라온다. 늪이 빨아들이는 한쪽 발을 빼려고 하니 내 다리를 삼키려는 소리가 서서히 들리고 다리는 종아리까지 까만 진흙으로 덮였다. 다행히 에스커esker, 빙하가 녹으면서 생긴 제방 형태의 지형 꼭대기에 부츠를 벗어 놓고 왔다. 몇 년 전 현장 연구 때 잃어버린 낡은 빨간 운동화 한 짝이 이 늪 깊은 어딘가에 있다. 지금 나는 맨발이다. 부유늪지quaking bog, 물이끼와 사초가 매트처럼 얽혀 물에 뜨는 늪의 형태로, 밟으면 출렁인다는 신발을 훔쳐가는 나쁜 버릇이 있긴 하지만 8월 낮 동안 시간을 보내기에 좋은 장소다.

늪은 둘레에 나무 벽이 쳐 있어 숲과 분리된다. 시커먼 가문비나무 나무껍질에 붙은 반딧불이처럼 물이끼로 이루어진 원이 초록빛을 낸다. 해가 비치는 수면과 못 깊숙이 어두운 공간이 동시에 있는 이곳은 부족 노인들이 말한 것처럼 보이는 세계와 보이지 않는 세계가 긴밀하게 공존한다. 이곳에서는 눈에 보이는 게 다가 아니다.

물이끼가 품는 죽음

내 조상이 터전으로 삼은 오대호 숲에는 케틀홀kettle hole, 빙하 퇴적물 위로 돌출된 얼음덩어리가 녹으면서 구멍이 생긴 곳 늪이 많다. 아니시나베 Anishinabe, 캐나다와 미국에 위치한 원주민 부족 집단의 사람들은 대중에 공개하지 않는 신성한 북인 워터드럼Water Drum을 특별한 의식에 쓴다. 신성한 물을 받은 나무 몸통 위에 사슴 가죽을 늘여 덮은 워터드럼은 물, 우주, 창조, 인간의 심장 박동을 상징한다. 나무 몸통은 식물에게, 사슴 가죽은 동물에게, 안에 든 물은 대지의 생명에게 경의를 표한다. 북을 고정하는 테는 탄생, 성장, 죽음처럼 모든 것이 움직이는 계절의 순환과 시간의 순환을 나타낸다.

　물이끼 늪지만큼이나 이끼가 도드
라지게 눈에 띄는 생태계는 없다. 물이
끼속*Sphagnum*은 단일 식물 속 중에서 탄
소 함량이 가장 높다. 육상 서식지에서
이끼는 관다발식물에 가려 빛을 보지 못
하고 주로 조연만 맡는다. 하지만 늪에서
는 물이끼가 주인공이다. 물이끼는 늪에서
번성할 뿐 아니라 아예 늪을 형성하기도 한
다. 산성을 띠는 물웅덩이에서 대부분의 고
등식물은 살기 힘들다. 그러나 물이끼는 크든
작든 어떠한 식물보다 자신의 고유한 특성을
적극적으로 활용해서 주변 환경을 훌륭하게
통제한다.

　늪 속 땅은 구석구석까지 물이끼로 덮여
있다. 사실 땅이 아니다. 늪 바닥은 이끼가 교
묘하게 가둔 물로만 이루어져 있다. 늪 바닥에
깔린 물이끼 매트 위를 걷는 것은 물 위를 걷는 것
과 같다. 물웅덩이의 일부는 여전히 늪 가운데에서

물이끼
Sphagnum palustre

어둡고 잔잔한 수면으로 만날 수 있다. 어느 때보다 고요한 늪은 유리
같다. 캄캄한 물은 우리의 눈을 아래로 당겨 보이지 않는 것을 찾도록

한다. 오직 비에서만 물을 얻는 늪은 물결이 일지 않아 표면에 비친 여름 구름이 일그러지지 않는다. 어떠한 물줄기도 물이끼 섬에 들어오지도, 나가지도 않는다. 물이끼가 서서히 부패하면서 발생하는 부식산과 타닌산 때문에 물은 루트비어root beer, 생강과 같은 뿌리식물을 끓여 만든 탄산음료 색이지만 깨끗하다.

물이끼 줄기는 연못에서 수영하고 난 뒤 바닥에 물을 뚝뚝 흘리는 잉글리시 쉽독English Sheepdog, 털이 길고 풍성한 개 품종을 연상시킨다. 물이끼의 커다란 빗자루 같은 두상화서capitulum, 국화나 해바라기처럼 여러 개의 꽃이 하나의 꽃대 끝에 모여 한 송이의 꽃처럼 보이는 구조. 여기서는 꽃의 구조가 아닌 여러 잎이 모인 형태를 의미한다는 수면 위로 뜬다. 나머지 부분은 줄기 마디마다 양 옆으로 길게 달린 가지에 숨어 있다. 가지에는 얇은 초록색 세포막으로 된 작은 잎이 물에 젖은 생선 비늘처럼 붙어 있다. 물이끼 매트를 헤집을 때에는 유황 기체가 아래 진흙에서 빠져나와 물에 젖은 강아지 냄새가 난다.

물이끼에 대한 가장 놀라운 사실은 몸 대부분이 죽어 있다는 것이다. 현미경으로 잎을 보면 초록 산울타리가 빈 목초지를 둘러싸듯 살아 있는 세포가 얇은 띠를 이루어 죽은 세포가 모인 공간을 감싼다. 살아 있는 세포는 스무 개당 한 개뿐이다. 나머지는 모두 죽은 세포벽으로 그 골격 안은 세포 내용물이 빠져나간 빈 공간이다. 이러한 세포는 병에 걸린 것이 아니다. 죽어야만 성숙해서 완전한 기능을 할 수 있다. 세포벽은 아주 작은 체처럼 작은 구멍들이 난 다공성이다. 이처럼 구멍

난 세포들은 광합성이나 번식을 할 수는 없지만 생존에 반드시 필요하다. 다공성 세포의 유일한 기능은 물, 그것도 아주 많은 양의 물을 보관하는 것이다. 보기에는 속이 꽉 찬 물이끼를 손으로 수면에서 건져 올리면 물이 흐른다. 한 움큼 쥔 물이끼를 꼭 짜면 1리터에 달하는 물이 나온다.

죽은 세포로 채워진 물이끼는 자신의 몸무게보다 스무 배까지 많은 물을 흡수할 수 있다. 이처럼 물을 엄청난 양으로 저장하는 능력 덕분에 물이끼는 원하는 대로 생태계를 바꿀 수 있다. 물이끼가 있으면 토양 입자 사이에 공기 대신 물이 차기 때문에 토양은 축축해진다. 죽은 물이끼가 물에 잠겨 생긴 이탄peat은 혐기성이어서 뿌리 역시 숨을 쉬어야 하는 대부분의 식물은 자라지 못한다. 그 결과 늪은 나무가 성장할 수 없어 사방이 트이고 해가 잘 든다.

살아 있는 물이끼 아래 축축한 지대는 산소가 부족해 미생물의 성장도 저해한다. 따라서 죽은 물이끼는 매우 느리게 부패한다. 심지어 수 세기 동안 거의 변하지 않을 수도 있다. 가라앉은 물이끼는 사라지지 않고 몇 년 동안 누적되면서 점점 늪을 채운다. 늪 깊은 곳에서 내 빨간 운동화를 건진다면 전혀 썩지 않았을지도 모른다. 운동화가 주인보다 오래 산다고 생각하니 묘하다. 수백 년 후에 내 운동화는 내가 지구에 머문 짧은 순간을 가장 잘 보여주는 흔적이 될 것이다. 그것이 빨간색이라서 기쁘다.

이러한 보존 효과 때문에 덴마크의 한 늪에서 이탄을 채취하던 사람들은 2천 년 전 매장되어 완벽하게 보존된 시신들을 발견했다. 고고학 조사에서 이 시신들은 철기시대 톨룬드Tollund 마을 출신으로 밝혀졌고 이후 '늪지 인간Bog People'으로 불렸다. 그들은 사고로 늪지에 빠지지 않았다. 여러 증거에 따르면 늪지 인간들은 풍년을 기원하는 농경 의식의 제물로 바쳐졌다. 그들의 얼굴은 놀라울 정도로 평화롭고, 그들의 존재는 죽음에 의해서만 생명이 다시 태어날 수 있음을 보여준다.

부패가 서서히 진행되어 나타나는 부작용 중 하나는 살아 있는 생물에 있는 무기질이 쉽게 재활용되지 않는 것이다. 무기질은 이탄 속에서 복잡한 생체분자 형태를 유지하기 때문에 대부분의 식물이 흡수할수 없다. 그러므로 대다수의 관다발식물은 영양소가 부족해 번식을 하지 못하고 사라진다. 겨우 살아남아 늪에 뿌리를 내린 나무는 색이 누렇고 성장이 부진하다. 특히 질소가 부족한데, 독특하게 진화한 늪지식물들은 벌레를 잡아먹어 질소를 보충한다.

물이끼 매트가 깔린 늪은 끈끈이주걱sundew, 사라세니아pitcher plant, 파리지옥Venus' fly trap 같은 벌레잡이식물의 안락한 서식지다. 습지에 무수히 많은 사슴파리와 모기는 날아다니는 동물성 질소 농축액이다. 이러한 질소를 얻기 위해 진화된 끈끈한 덫 또는 주전자 같은 정교한 식충성 잎은 뿌리로는 얻을 수 없던 영양소를 보충해 준다.

물이끼는 주변 환경을 대대적으로 변화시킨다. 산소 및 질소 부족을 일으킬 뿐 아니라 pH도 바꾼다. 물이끼는 자신이 서식하는 물을 산성화해 다른 식물이 살기 힘들게 만든다. 산성 물질을 내보냄으로써 얼마 없는 영양소를 독차지할 수 있게 한다. 늪 가장자리의 pH는 희석한 식초와 비슷한 4.3이다.

높은 산성도 덕분에 물이끼는 항균 성질을 지닌다. 박테리아 대부분은 pH가 낮은 곳에서는 억제된다. 물이끼는 이 같은 특성과 막강한 흡수성 때문에 한때 붕대로 널리 사용되었다. 제1차 세계대전 동안 이집트에서 전쟁이 일어나 면 공급에 차질이 생기자 군 병원에서는 소독한 물이끼를 상처를 감는 드레싱으로 가장 많이 활용했다.

늪 아래 잠든 역사

물이끼의 살아 있는 세포와 죽은 세포의 비율은 1 대 20으로, 이러한 불균형은 늪지의 전체 구조에서도 나타난다. 늪 대부분은 죽어 있고 눈에 보이지 않는다. 물이끼 늪은 두 층으로 나뉘어 깊은 곳에는 죽은 이탄이 있고 얕은 표면에는 살아 있는 이끼가 모여 있다. 표면에서 불과 몇 센티미터 밑으로만 물이끼가 살아 있다. 햇살에 빛나는 물이끼의 두상화서와 올해 난 가지들은 아주 작은 일부분에 불과하고 그 아래로 긴 조직이 늪 아래로 몇 미터나 뻗어 있다. 살아 있는 층은 매년 위로 자라면서 아래에 있는 물과 점차 멀어진다. 하지만 양옆으로 처진 가지가 물에 닿으면 죽은 세포들이 물을 심지처럼 끌어 올려 살아 있는 층으로 보낸다.

그 아래로 내려가면 한때 수면에 살았던 물이끼 잔해 일부가 부패한 이탄이 나온다. 죽은 이끼는 물과 위에 있는 식물의 무게에 눌려 아래로 가라앉는다. 늪의 토대가 되는 이탄은 거대한 스펀지같이 저장했던 물을 계속 위로 보낸다. 따라서 물은 보이지 않는 곳에서 보이는 곳으로 이동한다.

고대 그리스에서는 입욕제로 사용되고 현재는 에탄올의 재료가 되는 이탄은 오랜 역사 동안 인간에게 유용했다. 이탄을 말려 만든 벽돌은 여러 북방 민족 사이에서 중요한 난방 수단이었다. 이탄을 서서히 태운 연기가 맥아를 첨가한 곡물에 스며들면 가을의 풍미가 나는 스카치위스키가 된다. 싱글 몰트 스카치위스키의 독특한 향은 늪지에서 채취한 이탄의 품질에 따라 결정된다고 한다. 전 세계의 이탄지는 양배추, 양파와 같은 특정 식용 작물 재배를 위해 배수되고 있다.

이탄의 가장 큰 상업적 용도는 정원에 쓰이는 객토soil additive다. 나는 범람원하천 하류가 범람하면서 물질이 퇴적하여 생성된 평탄한 지형 가장자리에 정원을 가꾼 적이 있는데 진흙이 너무 많아 도자기 가게를 열어도 될 정도였다. 나는 이탄 더미를 사서 땅에 섞었다. 이탄 속 유기물은 점토 입자 사이의 간격을 떨어뜨려 흙을 가볍게 만든다. 또한 이탄을 정원에 뿌리면 이탄 안에 있는 죽은 세포의 흡수성 때문에 흙이 물을 잘 저장하게 된다. 이탄은 물뿐 아니라 영양분도 스펀지처럼 빨아들인 다음 식물에 서서히 공급한다.

이탄 자루를 열면 늪지 냄새가 난다. 손가락으로 비비면 이탄이 온

곳의 이야기가 그려진다. 햇빛을 보게 된 마른 갈색 섬유질은 그전까지 늪의 어두운 물속에서 수 세기 동안 지냈다. 그리고 그 이전에는 잠깐이지만 녹색 수면에 머물며 잠자리가 끈끈이주걱에 달라붙은 모기를 낚아채는 모습을 지켜봤다. 상업용 이탄은 자연적으로 물이 마른 늪에서 채취하기도 하지만 대부분은 인공적으로 배수한 늪에서 채취한다. 나와 내 정원이 기업들이 부린 횡포의 공범이었다는 생각에 마음이 괴롭다. 내 발가락 사이에서 흙이 질퍽거리도록 늪이 젖어 있길 바란다.

늪을 이해하는 최고의 방법은 맨발로 걷는 것이다. 눈으로는 볼 수 없는 것을 발로 알 수 있다. 처음에는 늪 표면 전부가 푹신한 베개 같지만 계속 걷다 보면 복잡한 패턴을 깨닫게 된다. 늪에 서식하는 15개의 물이끼 종은 생김새와 생태가 미세하게 다르다. 늪 안에서는 걷는 게 아니라 비틀거리며 가까스로 균형을 잡는 것에 가깝다. 땅이 우리를 붙잡아 '늪지 인간'처럼 역사의 유물로 만들지 않도록 발을 디딜 곳을 조심스럽게 탐색한다.

케틀홀의 늪지에서는 식물이 나이별로 동심원을 이룬다. 늪지 중심에 위치해 무언가 뒤덮이지 않은 물웅덩이 둘레에는 가장 어린 식물이 서식하고, 늪지 가장자리에는 오래된 아메리카낙엽송이 둘러져 있다. 이러한 패턴의 원인은 시간의 흐름 그리고 주변 환경을 변화시키는 물이끼의 능력이다. 늪지에서 연령대가 가장 낮은 중심의 물웅덩이 근처에는 다른 곳에서 찾을 수 없는 물이끼 종이 산성도가 높은 물에 거의 잠겨 있다. 견고한 매트처럼 보이지만 그렇지 않다. 물이끼는 물가에 매달려 떠 있기 때문에 황소개구리가 그 위에 앉으면 아래로 가라앉는다.

케틀홀 중심의 물웅덩이 둘레를 조심스럽게 벗어나면 물이끼가 차츰 여러 층으로 겹쳐지면서 매트가 두꺼워진다. 여름 뙤약볕 아래에서 따뜻한 스펀지 위에 발을 올린 느낌이다. 늪을 좋아하는 관목의 뿌리가 푹신한 매트리스 속 스프링처럼 물이끼 매트 아래 잠겨 있기 때문에, 발이 깊이 빠지면 발가락이 간지러워 오므라진다. 이러한 매트리스에서 물이끼는 관목 뿌리로 된 뼈대 안에서 산다. 어떤 물이끼 종들은 늪지대 중 평소 물에 잠기지 않아 산성도가 비교적 낮은 곳에만 산다. 관목 뿌리가 물가를 향해 뻗으면 매트를 이루던 종들도 따라가 결국 늪 중심에 있어 뒤덮이지 않은 물웅덩이가 점차 물이끼 담요로 가려진다.

다음 식물 식생 동심원은 둔덕 구간이다. 늪에서 가장 오래된 이곳은 이탄이 가장 높이 쌓여 밟으면 발을 떼기 쉽지 않다. 이곳에서 걷기가 어려운 이유는 발이 빠질 뿐만 아니라 지형이 고르지 않기 때문이다. 늪지 둔덕의 지면은 식물이 무성한 곳과 그다지 많지 않은 곳이 섞여 있다. 이곳에서는 신발을 신어야겠다는 생각이 든다. 부드러운 물이끼 매트 표면 아래 죽은 관목 가지가 섞여 있어 자칫하면 병원에 가서 파상풍 주사를 맞으려고 줄을 서야 할지도 모른다.

둔덕은 물이끼와 관목이 세력 싸움을 하다가 일어나는 상호작용으로 형성된다. 우리의 발처럼 관목도 무게에 짓눌려 매트 아래로 가라앉는다. 관목 주변을 감싼 물이끼 담요는 지상부를 관목의 아랫부분 가지로 보내고 아래에 있는 물을 위로 끌어 올린다. 그 결과 더 무거워진 관목은 더 가라앉고 밑에 있던 가지는 땅에 묻힌다. 관목은 위로 자라려고 하지만 물이끼가 관목을 아래로 끌어당기는 과정이 반복된다. 결국 늪지 표면 위로 관목과 이끼로 이루어진 원뿔형 둔덕이 쌓이고 최대 45센티미터 정도까지 높아진다. 대부분의 경우 관목은 죽지만 가지가 언덕에 묻힌 채 그대로 남는다.

이끼의 미시 세계 척도로 보면 이러한 언덕은 높은 산의 경사면에서처럼 다양한 미시 기후가 나타난다. 둔덕 아래는 산성을 띠는 축축한 매트에 잠겨 있지만 꼭대기는 물이 없다. 물이끼는 그 특성상 둔덕 정상까지 물을 끌어 올릴 수 있다. 하지만 정상은 아래보다 훨씬 건조하고 산성도도 낮다. 따라서 계곡 바닥에서 높은 산의 정상에 이를 때처럼, 높이마다 기후가 달라지는 둔덕 경사에서는 층마다 적응해 서식하는 물이끼 종이 서로 달라진다. 이와 같은 다양한 미시 기후와 각 기후에 적응한 물이끼 종들은 늪의 생물다양성에 크게 기여한다.

여름날 언덕 꼭대기에 손바닥을 대면 따뜻하고 말라 있다. 손가락으로 흙 아래를 헤집으면 아래로 갈수록 차갑고 촉촉하다. 팔 전체를 둔덕 표면 아래로 넣으면 이탄이 손에 닿을 것이다. 마른 이끼에 공기가 정체된 공간이 있어 단열 효과가 높기 때문에 표면보다 온도가 무려 약 30도 낮다. 온도가 낮기 때문에 부패도 서서히 일어난다. 늪지가 많은 타이가taiga, 북반구 냉대기후 지역에서 나타나는 침엽수림 지대에서는 막 잡은 신선한 사냥감을 차가운 이탄에 마치 냉장고처럼 보관했다. 내가 대학생일 때 에드 케츨렛지 교수님은 이러한 현상을 이용해 학생들을 괴롭히셨다. 늪지로 현장 실습에 간 우리는 무더위 속에서 사슴파리를 내쫓으며 물병에 든 미지근한 물을 홀짝였다. 교수님은 조용히 물이끼 둔덕 위로 올라가더니 전에 왔을 때 묻어두었던 차가운 맥주를 꺼냈다. 어떤 교훈은 결코 잊지 못하기 마련이다.

둔덕 정상은 물이끼가 더 이상 살지 못할 만큼 건조할 때가 많아 다른 이끼들이 점령한다. 이처럼 높은 언덕은 습지에서 나무가 자랄 수 있는 유일한 곳으로 물을 머금은 이탄 위로 뿌리가 내려진다. 꼭대기에서는 아메리카낙엽송과 가문비나무의 작은 묘목을 볼 수 있다. 이 중 일부는 무사히 자라 가운데가 뚫린 늪지 숲을 이룬다. 그 나무들 아래로 이탄이 고체 상태로 깊이 묻혀 있고 그곳에 또 다른 물이끼 종이 번성한다.

이와 같은 이탄 퇴적물을 통해 고생태학자들은 땅의 역사를 밝힌다. 길고 반짝이는 원통을 늪에 밀어 넣어 부패하지 않은 식물로 된 층을 통과시킨 후 이탄을 추출한다. 그 안에 있는 식물과 꽃가루, 유기물의 화학조성을 바탕으로 땅의 변화를 식별한다. 수천 년에 걸친 서식 식물의 변화와 기후 변화가 모두 그곳에 기록되어 있다. 곧 퇴적층이 되어 사라질 현 세대의 지표면을 후대 고생물학자는 어떻게 해석할까? 책임은 우리에게 있다.

기억이 연결하는 것

나는 늪에서 귀를 쫑긋하고 잠자리가 날개를 종이처럼 팔락이는 소리, 초록청개구리가 내는 밴조banjo, 미국 민속음악이나 재즈에 쓰이는 현악기 튕기는 소리, 때로는 사초sedge, 풀의 일종가 산들바람에 내는 쉬익 소리를 듣는 걸 좋아한다. 뜨거운 여름날 조용히 숨을 죽이면 내가 아는 한 인간의 귀에 들리는 가장 작은 소리를 들을 수 있다. 바로 물이끼 포자낭이 터지는 소리다. 1밀리미터에 불과한 포자낭의 소리가 들리다니 상상이 안 갈지 모른다. 이끼 위 짧은 자루에 달린 작은 항아리 같은 포자낭이 장난감 총을 발사하듯 터진다. 태양의 열기로 포자낭의 내부 기압이 상승하면 윗부분이 터지면서 포자가 위로 흩어진다. 조용히 귀 기울이면 워터드럼 소리가 들리는 듯하다.

늪지는 내게 살아 있는 워터드럼 같다. 빙하로 조각된 화강암 몸통에 물이 담기고 그 위로 물이끼 매트가 덮였다. 살아 있는 물이끼 막은 양쪽 물가 사이로 펼쳐져 땅과 하늘이 만나는 만남의 장소가 되고 그 안에 물이 담긴다. 지구의 북 위에 조용히 선 내 발은 물에 떠 있는 물이끼가 지탱해 주고 나는 내 몸무게가 일으키는 가장 작은 변화까지도 감지한다. 나는 춤을 추기 시작한다. 오래된 방식으로 느린 박자에 맞추어 한쪽 발을 디딘 다음 다른 발의 발꿈치와 발끝을 딛는다. 발을 내릴 때마다 늪에 물결이 일어나고 반사되어 돌아오는 물결이 내 스텝에 박자를 맞춘다. 발은 수면에 북소리를 내고 늪 전체는 박자에 따라 움직인다. 아래에 있는 부드러운 이탄이 내 스텝에 반응하며 압축됐다가 다시 튕겨 오른다. 이탄도 내 발 아래에서 춤을 추며 에너지를 수면으로 보낸다.

이탄 표면에 떠 있는 물이끼 위에서 춤을 추다가 그보다 먼저 이곳에 있었던 저 아래 이탄과 연결된다. 그 이탄은 나를 지탱해 주던 때를 기억한다. 내 발이 내는 북소리는 가장 깊은 곳에 있는 가장 오래된 이탄의 메아리를 불러낸다. 계속 이어지는 규칙적인 리듬이 오래된 이탄을 깨우고, 내가 춤을 추는 동안 메디신 로지medicine lodge, 아메리카 원주민이 종교의식을 행하던 오두막에서 워터드럼이 울릴 때 나는 노랫소리, 광활하고 푸른 호수 옆에서 야생 벼를 체질할 때 나는 흥얼거림, 노래 마디마다 섞여 나는 아비새loon의 울음소리가 저 멀리서 들려온다. 깊은 곳에 묻힌 이탄의 기억에서 사랑하는 고향을 떠난 사람들의 이별 노래와 통곡이 연기처럼 흘러나온다. 그들은 총검에 겨누어져 죽음의 길Trail of Death, 인디애나주에서 살던 포타와토미족이 민병대에 의해 1983년에 캔자스주 동부 보호구역 등지로 강제이주된 경로을 지나 아비새가 울지 않는 오클라호마주의 메마른 땅으로 쫓겨났다. 시간이 흘러 그 위에 쌓인 이탄에서는 성마리수도회의 선한 수녀들이 원주민 아이들에게 거짓 교리를 가르치는 소리가 올라온다.

춤을 춰 내 존재의 메시지를 이탄으로 보내자 할아버지가 아홉 살 때 탄 기차 바퀴가 동쪽으로 우르릉 구르며 진동하는 것이 느껴진다. 할아버지가 입학한 칼라일 인디언 학교Carlisle Indian School에서 학생들은 "인류를 구하기 위해 인디언을 죽이자Kill the Indian to Save the Man"라는 구호에 맞춰 춤을 췄다. 워터드럼이 거의 목소리를 잃었던 때는 이탄처럼 어두운 시대였다. 이탄과 마찬가지로 기억은 오래전에 죽은 자와 산 자를 연결한다. 축축하고 깊은 곳에 있던 영혼은 심지를 타고 오르는 물처럼 조금씩 올라와 메마른 표면에 도달해 천막으로 된 기숙사에서 살고 있던 할아버지를 지탱해 주었다. 그들은 인디언을 죽이지 못했다. 나는 오늘 아비새가 우는 드넓고 파란 호숫가에 있는 이탄의 워터드럼 위에서 춤을 춘다. 내 발은 춤을 추며 물결로써 내 존재의 메시지를 이탄 속으로 보내고, 그들은 기억의 물결을 통해 자신들의 존재를 알리는 메시지로 답한다. 우리는 여전히 여기에 있다. 컴컴한 이탄 기둥과 그 위에서 햇살을 받으며 초록빛을 내는 살아 있는 물이끼 층처럼, 우리는 각각은 유한하지만 함께이기에 영원하다. 우리는 여전히 여기에 있다.

빨간 운동화면 내 존재를 충분히 남길 수 있을 것이다. 그저 계속 존재하는 것만으로도 조상을 기리고 후손을 위한 기반을 다진다. 우리는 서로 막중한 책임을 진다. 우리가 모여 먼저 간 사람들의 걸음에 맞춰 춤을 추면 그들과의 연결 고리를 지킬 수 있다. 우리가 아이들을 위해 땅을 지킨다면 우리는 물이끼와 같은 삶을 살게 된다.

나니까 가는

길—

스플락눔

    제트 기류는 흙탕물로 된 강처럼 성층권을 가른다. 강물이 어떤 물가에서는 침식하고 다른 곳에서는 침전시켜 퇴적물을 일정하게 유지하듯 흐르고 있다. 바람의 흐름을 타고 날아다니는 씨와 포자는 뉴질랜드의 방랑거미vagrant spider와도 친구가 된다. 어떤 대륙이든 같은 종류의 대기 플랑크톤이 가득하다. 놀라운 사실은 지구가 그렇게 붐빈다는 것이 아니라 모든 곳이 각기 다르다는 것이다. 떠돌던 포자는 어떻게든 모두 집을 찾는다.

    전 세계의 포자 구름은 이끼가 필 가능성이 있는 모든 표면을 가루로 덮는다. 뉴욕 북부 지역에서 차를 타고 가다가 본 이끼 종을 다음 날

아침 베네수엘라의 수도 카라카스Caracas의 인도 위 틈에서 본 적이 있다. 같은 이끼 종이 남극 기지의 콘크리트 블록 사이를 메운다. 이끼가 집을 찾는 데 중요한 것은 적도와 얼마나 가까운지가 아니라 인도를 구성하는 화학조성이다.

자기만의 삶

특정한 이끼의 서식지를 정하는 경계는 많은 경우 더 좁다. 어떤 종들은 수생 또는 육생으로 확실하게 구분된다. 착생 이끼는 나뭇가지를 벗어나지 않지만, 사탕단풍sugar maple에만 서식하는 착생 종도 있고, 또한 석회암에서 자라는 사탕단풍의 썩은 옹이구멍만 고집하는 착생 이끼도 있다. 노출된 토양이면 어디든 지낼 수 있는 팔방미인 이끼가 있는 반면, 풀이 높게 자란 목초지에서 두더지붙이쥐pocket gopher가 굴을 파며 쌓은 흙 위에서만 지내는 외골수 이끼가 있다. 바위에 서식하는 암생 이끼 중에는 화강암에만 사는 이끼가 있고, 석회암에만 사는 이끼도 있으며, 미엘리코페리아Mielichhoferia는 구리 성분이 있는 돌에서만 살 수 있다.

하지만 어떤 이끼도 스플락눔Splachnum만큼 깐깐하게 서식지를 고르지 않는다. 이끼가 흔한 곳에서는 발견되지 않는 스플락눔은 늪지에서만 찾을 수 있다. 이탄 언덕을 만드는 물이끼처럼 컴컴한 물가에

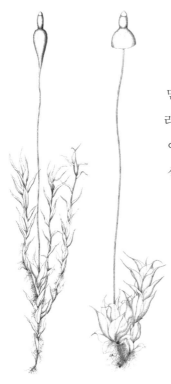

서 흔히 발견되는 종들과도 섞이지 않는다. 스플락눔 암풀라체움*Splachnum ampullaceum*은 늪지에서 딱 한 곳에서만 자란다. 바로 사슴 배설물 위다. 흰꼬리사슴white-tailed deer의 배설물. 그것도 이탄 위에 4주 동안 놓인 흰꼬리사슴 배설물. 시기는 7월이어야 한다.

작정하고 스플락눔을 찾으려면 찾을 수 없다. 내가 가르치는 이끼 수업이 개강하기 며칠 전 나는 학생들에게 보여줄 스플락눔을 찾기 위해 애디론댁산맥 심장부에 있는 고층습원에 갔다. 전에도 스플락눔을 발견한 건 다른 이끼를 찾다가였다. 진흙 속을 질척거리며 밟자 옅은 유황 기체 냄새가 났다. 이탄을 뒤적이다가 희귀한 사라세니아의 포충 주머니와 끈끈이주걱, 가지에 거미집이 처진 늪월계수bog laurel를 발견했다. 수많은 사슴 배설물과 코요테 배설물도 찾았지만 작은 갈색 덩어리에는 아무 것도 없었다.

스플락눔은 아주 희귀한 이끼이지만 어느 늪지이든 최대 세 종류의 스플락눔이 서식할 수 있다. 스플락눔 암풀라체움은 흰꼬리사슴 배

좌: 스플락눔 암풀라체움 *S. ampullaceum*
우: 스플락눔 루테움 *S. luteum*

설물에 서식한다. 사슴 냄새를 맡고 늪지로 들어간 늑대나 코요테의 배설물은 또 다른 종인 스플락눔 루테움*Splachnum luteum*이 점령한다. 육식 동물의 배설물은 초식동물의 배설물과 화학조성이 크게 다르기 때문에 서로 다른 스플락눔 종이 서식한다. 말코손바닥사슴moose이 늪지로 터벅터벅 걸어 들어와 질소 양을 늘리는 데 기여하더라도 말코손바닥사슴의 배설물은 스플락눔에게는 별 쓸모가 없다. 말코손바닥사슴의 배설물을 추종하는 이끼는 따로 있다.

스플락눔이 속한 화병이끼과Splachnaceae 이끼 중에 동물에서 나온 질소를 좋아하는 또 다른 종들도 있다. 테트라플로돈*Tetraplodon*과 타일로리아*Tayloria*는 부엽토에서도 발견되지만 주로 동물 뼈와 부엉이의 토사물 같은 동물의 잔해에 서식한다. 전에 내가 소나무 아래에서 엘크 뼈를 발견했을 때 턱 관절이 테트라플로돈으로 덮여 있었다.

부단하게 꽃피우는 생

스플락눔이 세상으로 나올 수 있는 사건들이 연속될 확률은 극히 낮다. 우선 잘 익은 크랜베리가 암사슴을 늪지로 유인해야 한다. 사슴은 코요테가 나타나지 않을까 귀를 쫑긋 세운 채 서서 풀을 뜯는다. 사슴이 배설을 하면 몇 분 동안 배설물에서 계속 김이 난다. 사슴 뒤로 이탄에 발굽 자국이 나고 그곳에 물이 차오르면서 작디작은 못들이 길을 이룬다. 배설물은 암모니아와 부티르산butyric acid 분자로 쓴 초대장을 공기 중으로 보낸다. 딱정벌레와 벌은 이 신호를 알아차리지 못하고 하던 일을 계속 한다. 하지만 늪지에서 사방팔방 날아다니던 파리들은 신호를 인식하고 더듬이를 움직인다. 파리는 갓 나온 배설물 위에 모여 표면에서 막 결정화되고 있는 염분 액체를 들이킨다. 알을 밴 암파리는 배설물을 이리저리 살핀 후 온기가 남은 곳에 하얗고 반짝이는 알을 깐다. 파리가 낮 동안 돌아다닐 때 털에 붙은 이물질이 배설물로 옮겨가면서 파리 발에 붙은 스플락눔 포자도 배설물에 안착한다.

포자는 축축한 배설물에서 빠르게 싹을 틔우고 배설물을 초록 실로 된 망으로 덮는다. 속도가 중요하다. 배설물이 부패하기 전에 자라지 않으면 발밑에 있는 집이 사라질 것이다. 배설물 안에 있는 영양소는 성장을 촉진하기 때문에 불과 몇 주 안에 스플락눔 밭으로 덮여 보이지 않을 것이다.

다른 모든 식물과 마찬가지로 이끼는 에너지를 성장에 쓸 것인지 아니면 번식에 쓸 것인지 선택해야 한다. 경쟁자를 몰아내고 우위를 유지하기 위해 수명이 긴 줄기와 잎에 에너지를 투자한다면 미래에 많은 배당금을 받을 수 있다. 그렇지만 한정된 에너지를 성장에 집중하면 번식이 지연된다. 이러한 전략은 미래에 번식 기회가 보장되는 안정된 서식지에서는 효과적이다.

안정된 서식지는 이끼의 수명보다 오래 존재할 것이다. 하지만 잠시 생긴 서식지에서는 이동성에 에너지를 투자해야 이익이 가장 크다.

곧 사라질 서식지에 발이 묶인다면 절멸하고 만다. 현재의 서식지가 무너지기 전에 신속하게 포자를 생성해 대기로 이동시켜 새로운 서식지로 퍼트려야 한다. 민첩한 스플락눔은 배설물을 신속하게 점령할 뿐 아니라 그 배설물이 부패하기 시작하면 재빨리 옆의 배설물로 도망간다.

아직 성장 중인 스플락눔 군락은 되도록 빨리 떠나야 한다는 압박감을 느낀다. 달팽이처럼 느린 다른 이끼와 달리 스플락눔은 엄청난 속도로 거의 하룻밤 사이에 포자체를 생성한다. 잎 위로 뻗은 자루 위에 포자로 가득 부푼 포자낭들이 솟는다. 다른 어떤 이끼도 이처럼 노골적으로 번식의 열망을 드러내지 않는다. 이끼답지 않은 분홍색과 노란색 빛을 내는 포자낭은 잎 위에서 바람에 흔들린다. 포자낭이 부풀다가 터지면 화려한 포자로 이루어진 끈끈한 덩어리가 뿜어져 나온다.

다른 수수한 이끼는 자손을 퍼뜨려줄 바람을 기다리고, 바람도 화려한 이끼라고 해서 딱히 더 많이 끌리지 않는다. 스플락눔은 배설물에서만 자라기 때문에 바람을 믿지 못한다. 날아간 포자가 살아남기 위해서는 이동수단뿐 아니라 목적지가 확실한 예약 티켓이 있어야 한다. 칙칙한 녹색 늪지에서 파리는 솜사탕 색의 스플락눔을 꽃으로 착각하고 다가간다. 있지도 않은 꿀을 찾으며 이끼를 헤집는 동안 파리의 몸은 끈끈한 포자로 덮인다. 갓 나온 사슴 배설물 냄새가 바람을 타고 풍기면 파리는 김이 모락모락 나는 배설물에 스플락눔 발자국을 남긴다. 이슬 낀 아침에 늪지에서 블루베리를 딴다면 뜻하지 않게 발밑에서 스플락눔 부케를 발견할지도 모른다.

소유하는

사랑

•

편지에는 발신인 주소가 없었다. 눈에 보이지 않는 사람은 거절할 수 없는 제안을 하며 나를 불렀다. 두껍고 하얀 종이로 된 편지는 "생태계 복원 프로젝트를 위해 선태학자의 의견을 자문"한다는 내용이었다. 훌륭한 계획처럼 들렸다.

목표는 "야생 식물 정원에 애팔래치아산맥Appalachians의 식물군을 똑같이 재현하는 것"이었다. 정원 소유주는 "진본성authenticity을 추구하며 복원 작업에 이끼도 포함되길 희망"했다. 뿐만 아니라 그는 "바위 종류에 따른 이끼 종에 관한 지침"도 요청했다. 내가 그의 관대한 제안을 받아들인다면 그 작업이야말로 내가 적임자였다. 편지에는 정원 이름만 있을 뿐 발신자의 서명은 없었다. 편지를 다시 읽어 보았다. 믿기 힘들 만큼 훌륭한 계획이었다. 생태 복원은 말할 것도 없고 이끼 복원에 관심 있는 사람은 찾기 힘들다.

당시 내가 관심 갖던 연구 주제 중 하나는 이끼가 맨바위에 어떻게 서식하게 되는지에 관한 것이었다. 편지 속 제안이 바로 내가 원한 것이었다. 프로젝트에 흥미를 느꼈을 뿐 아니라, 고백컨대 이제 막 교수가 된 내가 전문 지식을 활용해 자문료를 받을 수 있다는 생각에 우쭐해졌다. 편지 내용이 다급한 기색을 보였기 때문에 서둘러 출발 계획을 세웠다.

녹색으로 꾸민 바위

갓길에 차를 세운 뒤 옆 좌석에 있던 약도를 펼쳤다. 시간을 엄수해달라는 요청을 지키고 싶었다. 새벽부터 운전해 도착한 아름다운 계곡에서는 파랑새가 구불구불한 도로 위를 가로질러 비현실적으로 푸르른 6월의 녹음으로 날아갔다. 길가를 따라 서 있는 오래된 바위벽에 긴 세월 동안 두껍게 쌓인 이끼는 차 안에서도 감상할 수 있었다. 남부 지역에서는 바위를 쌓은 사람들을 기리기 위해 이 암벽을 '노예 울타리slave fences'라고 부른다. 한 세기 동안 쌓인 양털이끼속 이끼가 암벽의 날카로운 모서리와 기억을 무디게 했다. 약도대로 암벽을 따라갔고 철조망이 쳐진 곳에 도달했다. "왼쪽으로 돌면 문이 나옵니다. 문 여는 시간은 오전 10시입니다." 표지판이 안내한 곳에 도착하자 보이지 않는 관리자의 지시에 따라 웅장한 문이 스르르 옆으로 열렸다. 감시카메라보다는 마차가 어울릴 것 같은 계곡에서 이 같은 보안 시스템은 놀라웠다.

가파른 언덕으로 올라가니 타이어 밑에서 자갈이 으드득 소리를 냈다. 약속 시간까지 4분 남았다. 길이 휘어지면서 파란 아침 하늘 위로 먼지가 일었다. 언덕을 기어오르다시피 했기 때문에 늦을 게 뻔했다. 지그재그로 된 길로 힘겹게 언덕을 오르다보니 앞에 무언가가 올라가는 것이 어렴풋하게 보였다. 내 뇌는 그 장면을 부정했다. 나무는 움직이지 않아야 한다. 하지만 다시 봐도 분명했다. 봄이라 가지에 잎이 없는 나무 한 그루가 언덕 위로 올라가고 있었다.

그제야 상황이 선명하게 보였다. 참나무 한 그루가 트럭 위에 실려가고 있었다. 분형근root ball, 뿌리와 그 주변의 흙덩어리이 포대로 싸여 일반적인 묘목장에서 볼 수 있는 나무와 크기가 달랐다. 나이가 많은 거대한 참나무였다. 켄터키주에 있는 우리 농장에도 비슷한 크기의 참나무가 있었는데 낮게 퍼진 가지가 집에 있는 수영장 전체에 그늘을 드리울 정도였다. 나무 몸통을 감싸려면 두 사람이 필요했다. 이처럼 거대한 나무를 이동시킬 수 있는 방법은 없다. 그러나 내 눈앞에서 거대한 참나무가 퍼레이드 차량에 실린 서커스 코끼리처럼 트럭에 묶여 이동하고 있었다. 강철 줄로 고정한 분형근은 직경이 약 6미터였다. 내가 지나갈 때 옆으로 빠진 트럭의 후드에서 연기가 요란하게 올라오고 있었다.

길이 끝나는 곳에는 건설 차량이 가득했고 모두 시동이 켜져 있었다. 파인 땅 주변으로 창고와 문이 열린 차고가 모여 있었다. 나는 먼지를 뒤집어 쓴 지프 옆에 차를 세운 뒤 초대한 사람을 찾기 위해 주위를 둘러보았다. 무너진 개미집의 개미들처럼 수십 명이 분주하게 움직였다. 트럭들은 짐을 싣고 다른 곳으로 갔다. 인부 대부분은 피부가 까무잡잡했고 체구가 작았다. 파란색 점프슈트를 입었고 서로 스페인어로 불렀다. 빨간 셔츠에 하얀 안전모를 쓴 한 남자가 눈에 띄었다. 그는 팔짱을 껴서 자신이 기다렸으며 내가 약속 시간에 늦었음을 암시했다.

소개는 간단했다. 그는 시계를 보면서 소유주가 고문들의 시간을 꼼꼼히 확인한다고 말했다. 시간은 돈이었다. 그는 허리띠에 달린 무전기를 빼내 더 높은 사람에게 내가 도착했다고 알렸다. 그러곤 창고 안 사무실에서 나온 젊은 남자에게 나를 넘겼다. 젊은 남자는 수줍게 미소지었고 퉁명스러웠던 환영 인사에 대해 사과하듯 따뜻하게 악수를 청한 후 분주한 곳에서 얼른 벗어나게 해 주려고 했다. 그의 이름은 맷Matt이었고 최근 생긴 원예학과를 막 졸업한 청년이었다. 정원 근무 2년차를 맞은 그가 이끼 복원이라는 다소 힘든 임무를 맡게 되자 이끼에 대해 자문을 구하자고 소유주에게 간청한 것이다.

맷은 그의 작업이 정원 설계에서 매우 눈에 띄는 부분임을 알았다. 소유주도 이끼를 무척 좋아했기 때문에 잘해야 한다는 압박이 컸다. 그의 목표는 식물학적 이론을 정확히 따라 조경을 하고 정원 전체에 이끼를 심음으로써 새로 조성한 정원 같은 느낌이 안 들도록 하는 것이었다. 공사장을 가로질러 새로 깐 보도를 따라 맷이 앞장섰다. 그는 이끼 정원부터 보여주려고 했다. 소유주가 집에 없었기 때문에 이끼 정원으로 가는 길에 있는 그의 집을 통과해서 가기로 했다.

새로 지은 집은 외관이 영주의 대저택 같았고 주변에는 키 큰 튤립 나무tulip poplar, 칠엽수, 옹이가 많은 양버즘나무가 맨흙에 심어져 있었다. 나무마다 당김줄이 매여 있고 검은 관이 나무 꼭대기까지 연결되어 있었다. 오는 길에 본 참나무도 그곳에 도착해 있었고 뿌리가 들어갈 구멍이 패여 있었다. 참나무는 납으로 틀을 댄 유리벽 바로 바깥에 설 것이다.

나는 "이렇게 큰 나무들을 살 수 있는지 몰랐어요."라고 말했다. "못 사죠." 맷이 대답했다. "땅을 먼저 사고 나무를 뽑아야 해요. 우리는 세상에서 가장 큰 나무 삽을 가지고 있어요." 맷은 놀란 내 얼굴을 보고 눈을 돌려 불안한 듯 손가락을 잠시 물어뜯은 후 다시 프로다운 자세로 돌아왔다. "이 나무는 켄터키주에서 왔어요." 그의 설명에 따르면 여기 모든 나무는 이식하는 동안 받은 충격을 완화하기 위해 화학약품이 뿌려지고 나무 꼭대기에는 액체가 일정하게 떨어지는 관개 장치가 설치되었다. 타이머에 따라 작동되는 관개 장치는 뿌리 성장을 촉진하는 영양소와 호르몬을 분사했다. 정원에는 전문 조경사로 이루어진 팀이 있고 아직 한 그루의 나무도 죽지 않았다고 했다. 작은 숲 하나가 통째로 저택 주변에 이식되었다. 생태계를 복원하기 위해 나무들을 거대한 삽으로 파낸 뒤 트럭으로 이곳까지 싣고 온 것이다.

맷이 카드를 긁어 보안시스템을 해제한 후 우리는 에어컨이 켜진 어둑한 집으로 들어갔다. 입구 통로는 아프리카 예술 작품을 전시한 화랑 같았다. 가면 조각과 기하학적인 직물이 벽을 장식했다. 나는 멈춰서서 돌 받침대에 놓인 소가죽 북과 나무 피리를 바라봤다. 맷은 자랑스러운 듯 "모두 진품이에요."라고 말했다. "그는 수집가군요." 난 요리조리 살피며 경탄함으로써 곁에 서 있는 그의 자부심을 높여주었다. 작품마다 만들어진 마을 이름과 예술가의 이름이 표시되어 있었다. 인상적인 전시였다. 중앙 홀에는 첨단 경보장치가 달린 케이스 안에 아름다운 머리 장식이 조명을 받고 있었다. 반짝이는 상아에 벌과 꽃이 정교하게 조각된 디자인이었다. 결코 어울리지 않은 벨벳 받침대에 놓인 머리 장식은 예술 작품이 아니라 훔쳐온 보물 같았다. 예술가 아내의 검고 윤기가 흐르는 머리에 있었다면 훨씬 아름다웠을 것이다. 또한 더 진품처럼 보였을 것이다. 전시 케이스 안에 들어간 물건은 갤러리 벽에 걸린 북만큼이나 복제품에 불과하다. 북은 나무와 가죽에 사람 손이 닿아야 진품이 된다. 그래야만 목적을 달성할 수 있다.

수영장이 있는 아치형 방을 통과할 때에는 현기증이 일어날 수밖에 없었다. 수영장 벽은 손으로 페인트칠을 한 타일로 장식되었고 열대식물이 가득했다. 대리석 바닥은 빛났고 수영장은 물속으로 유혹하듯 골골골 소리를 냈다. 영화 촬영장을 걷는 듯 했다. 수영장 주변에 무심한 듯 펼쳐진 라운지 의자에는 손님들이 편하게 쓰도록 두툼한 수건이 개어 있었다. 테이블에 놓인 긴 유리잔은 수건과 똑같은 루비색이었다. "소유주께서는 주말에 오실 겁니다." 맷이 주인을 기다리는 물건들을 가리키며 말했다. 우리는 마지막으로 주방으로 갔고 맷은 일회용 컵에 물을 따라줬다.

맷의 첫 번째 걱정거리는 저택 가운데 뜰의 정원이었다. 직접 꾸민 풍성한 수풀을 걷는 그의 모습은 뿌듯해 보였다. 극락조화bird of paradise, 난초, 나무고사리tree fern를 비롯해 온갖 열대식물이 있었다. 초롱이끼속 이끼 카펫이 빈틈없이 깔린 길 위로는 포석이 놓여 있었다. 일본 정원의 이끼 잔디처럼 부드러운 초록 털이 환상적으로 어우러졌다. 맷은 이끼가 자꾸 죽어 틈을 메우기 위해 툭하면 숲에 가야 한다고 토로했다. 우리는 물의 화학적 조성과 토양 상태에 대해 의논했고 그는 수첩에 대화 내용을 적었다. 나는 정원 환경에서 자연적으로 재생할 수 있는 이끼 종에 대해 조언하면서 마침내 쓸모 있는 일을 한다고 느꼈다. 덧붙여 맷에게 야생 채집 윤리에 대해 주의를 줬다. "숲은 정원을 꾸미기 위한 묘목장이 되어서는 안 돼요. 정원은 자생 능력을 갖춰야만 유지될 수 있어요."

정원 가운데에는 우리보다 키가 크고, 아름다운 이끼로 가득 덮인 암석 조각품이 있었다. 세심하게 고른 이끼 무더기 덕분에 바위의 불규칙성이 돋보였다. 바위에서 침식된 공간은 은이끼가 완벽한 원형을 이루며 채웠다. 이 예술품은 우리가 갤러리에서 본 어떠한 작품에도 뒤지지 않았지만 여전히 부자연스러웠다. 이끼들의 조합은 자연의 환영幻影

일 뿐이었다. 색이 아름답게 배치되긴 했지만, 산주목이끼속은 바위틈에서 자랄 수 없고, 서리이끼속은 명주실이끼속과 서식지를 공유할 수 없다. 이처럼 아름답긴 해도 인공적인 조합이 주인의 진본성 기준을 어떻게 통과했는지 의문이었다. 이끼는 살아 있는 생명체에서 예술품 재료로 전락했고 그나마도 제대로 쓰이지 않았다. "어떻게 이끼들을 이러한 구조로 길렀죠?"라고 난 물었다. 그리곤 "너무 희한해요."라고 말 끝을 흐리며 덧붙였다. 맷은 선생님이 생각하지 못한 답을 아는 아이처럼 웃으면서 말했다. "강력접착제요."

바위와 이끼의 유대

이끼 정원을 꾸미는 건 만만치 않은 일이기 때문에 그들이 이루어낸 성과는 감탄스러웠다. 하지만 트럭과 인부까지 동원된 생태계 복원은 어디서 이루어지고 있는 걸까? 드디어 저택을 벗어나니 야생 식물 정원은 더 이상 없었고 아직 뼈대뿐인 골프장이 만들어지고 있었다. 흙바닥에서는 먼지가 작은 회오리바람을 일으켰다. 카트가 다니는 길은 커다란 포석이 깔려 그 사이로 잔디가 나올 예정이었다. 포석은 봄 햇빛을 받으면 황금처럼 빛나는 아름다운 자연 운모편암이었다. 골프장에 있는 연못과 접한 암벽은 최근 계단식으로 깎였고 운모편암은 그곳에서 채석됐다.

맷은 채석된 벽 꼭대기로 안내했고 우리는 눈앞에 펼쳐진 광경을 내려다보았다. 골프 게임을 할 장소를 만들려고 불도저들이 땅을 긁어 파고 있었다. 맷은 소유주가 연못 주변의 바위가 그대로 드러나는 걸 원하지 않는다고 설명했다. 절벽은 막 발파한 것처럼 보였는데, 사실 정말 그랬다. 소유주는 내게 채석한 벽에 이끼 카펫을 깔 방법을 알려달라고 요청했다. "여긴 골프장의 배경이어서, 소유주께서는 이곳이 여러 해 동안 있었던 것처럼 보이길 원하세요."라고 맷은 말했다. "오래된 영국 골프장처럼 말이죠. 이끼가 그런 느낌을 줄 테니 여기 심어야 해요." 강력접착제를 쓰기엔 너무 넓었다.

산성을 띤 척박한 바위 표면에 군락을 형성할 수 있는 이끼 종은 많지 않고 그나마도 무성하게 피지 않는다. 대부분 열악한 환경을 견디기 위해 잎 겉면이 검고 바스락거려서, 골프를 치는 사람들은 바위 위에 이끼가 있는지도 모를 것이다. 태양에 완전히 노출된 곳에서 자라는 검은색 이끼들은 안토시아닌 색소를 생성해 음지에 서식하는 이끼는 꺼릴 자외선 파장도 견딘다.

나는 맷에게 이끼가 자라려면 물이 반드시 공급되어야 하는데 이 같은 맨바위에서는 물을 얻을 수 없다고 설명했다. 수분이 없으면 이끼가 수 세기 동안 자란다 해도 검은 층으로만 보일 뿐이다. "아, 그건 문제되지 않아요."라고 맷은 답했다. "분무 장치를 설치하면 돼요. 도움이 된다면 벽 전체에 폭포를 흐르게 할 수도 있고요." 분명 돈은 전혀 문제가 아니었다. 하지만 바위에 필요한 건 돈이 아니라 시간이었다.

'시간은 돈'이라는 공식의 역은 성립하지 않는다.

나는 최대한 공손한 대답을 궁리했다. 분무 장치가 갖춰지더라도 소유주가 구상하는 초록 카펫을 만들려면 수 세대가 걸린다. 사실 이끼의 성장만이 문제가 아니었다. 이끼가 자라는 데 가장 중요한 단계는 군락 형성이다. 오랜 기간 동안 난 이끼가 바위에서 어떻게 서식지를 정하는지에 대해 연구해 왔다. '어떻게'에 대한 아이디어만 있지 '왜'에 대해서는 거의 밝히지 못했다. 가루보다 입자가 고운 포자가 바람에 날려 싹을 틔우려면 미시 기후가 적절해야 한다. 아무것도 없는 맨바위는 이끼가 살기에 척박하다. 우선 바위 표면이 바람과 물에 깎인 다음, 지의류가 생성한 산성 물질에 침식되어야 한다. 그러면 포자가 원사체라고 불리는 섬세한 녹색 실을 형성하고 이 원사체가 바위에 단단하게 고정된다. 원사체가 살아남으면 작은 싹이 돋아 잎 모양 지상부가 된다.

수없이 반복된 실험에서 포자 하나가 이끼 지상부로 될 가능성은 아주 낮았다. 하지만 적절한 환경에서 시간이 충분히 주어진다면 오래된 노예 울타리처럼 이끼가 바위를 덮을 수 있다. 그러므로 바위 위에 이끼 군락이 형성되는 것은 미스터리에 가까운 현상으로 결코 쉬운 일이 아니었고, 이를 어떻게 재현할지 전혀 알지 못했다. 나는 고문으로서 문제를 멋지게 해결해 주고 싶었지만 실망스러운 소식을 전할 수밖에 없었다. 그런 작업은 불가능했다.

우리가 장소를 옮길 때마다 맷은 무전기로 보고했다. 나는 누가 우리의 정확한 위치를 점검하는지 궁금했다. 저택으로 돌아갔을 때 트럭들이 커다란 바위를 쏟고 있었다. "여기에 테라스를 지을 거예요."라고 맷은 말했다. "소유주께서는 여기 바위에도 이끼를 기르고 싶어 하셔요. 여기는 전부 그늘이 질 거예요. 그럼 여기서는 이끼가 자랄 수 있지 않을까요? 분무 장치를 설치한다면 말이죠." 맷은 힘주어 말했다. 거대한 참나무도 옮겨 심는 마당에 이끼라고 안 될까? 그냥 바위 위에 이끼를 이식할 순 없을까? 적당히 그늘을 만들고, 물을 잘 주고, 온도를 잘 맞추면, 이끼가 살지 않을까? 이번에도 소유주가 원하는 대답은 해줄 수 없었다.

이끼는 정교한 뿌리가 없기 때문에 쉽게 다른 곳으로 옮길 수 있을 거라고 여기기 쉽다. 그러나 이끼는 가구를 옮기듯 정원 이곳저곳으로 옮겨 심을 수 있는 다년생 식물과 다르다. 드물긴 하지만 솔이끼속처럼 흙에 사는 이끼도 있어 잔디처럼 옮겨 심을 수 있지만, 바위를 좋아하는 이끼는 길들이기가 너무나 힘들다. 바위에 서식하는 이끼는 다른 바위로 옮기면 아무리 조심하더라도 거의 다 죽는다. 아마도 원래 있던 자리에서 이탈하면 거의 눈에 보이지 않는 헛뿌리가 끊기거나 세포가 복구 불가능할 정도로 훼손되기 때문이다. 아니면 우리가 고심 끝에 재현한 서식지에 어떠한 중요한 요소가 빠졌을 수 있다. 정확한 이유는 모른다. 어쨌든 백이면 백 거의 죽는다. 난 일종의 향수병을 의심한다. 이끼가 삶의 터전과 맺는 유대관계는 현대인은 이해하기 힘들 정도로 강하다. 이끼는 자신이 번성할 곳에 태어난다. 이끼가 바위에서 삶을 유지할 수 있는 건 자신이 태어나기 전 지의류와 다른 이끼들이 바위를

집으로 만들어 주었기 때문이다. 포자는
처음 도착한 곳에 정착하기로 마음먹는
다. 이사란 있을 수 없다.

"그렇다면 포자를 뿌리는 건 어떨까
요?"라고 맷이 묻는다. 그는 기대감으로
차 보였다. 이곳은 그의 첫 직장이었고, 상
사는 까다로웠으며, 거의 불가능한 업무를
맡고 있었다. 난 그의 희망을 반이라도 이뤄
주고 싶었고 내 전문성에 대한 그의 기대감에
부응해야 할 것 같았다.

바위에 이끼를 심을 과학적 방법은 없지만,
정원을 소유한 사람들 사이에서는 소위 이끼 마
법에 관한 속설이 떠돈다. 난 한번 시도해볼 만
하다고 생각했다. 정원 꾸미기에 열광하는 사
람들은 맨바위가 오래된 바위처럼 보이도록 바
위벽에 이끼를 빨리 자라게 하는 법을 오랫동

대표적 바위 서식 이끼인
고깔바위이끼속 *Grimmia*

안 연구했다. 난 벽에 산성 용액을 여러 번 덧바르는 방법에 대해 들었
다. 아마도 산성 용액이 바위 표면을 녹이면 이끼가 자리 잡을 수 있
는 작은 구멍이 생길 것이다. 지의류가 분비하는 산성 물질이 바위 표
면을 서서히 부식시키는 현상을 따라한 것이다. 어떤 사람들은 말똥을
돌에 바르는 게 가장 좋다고 단언한다. 처음에는 냄새가 고약하겠지만

얼마 지나지 않아 이끼가 자란다고 한다.

가장 많이 추천하는 방법은 훨씬 위생적인 이끼 밀크셰이크다. 레시피는 다음과 같다. 우선 이끼를 심으려는 바위와 비슷한 바위를 숲에서 가서 찾은 다음 그곳에서 원하는 이끼를 채취한다. 당신의 정원과 동일한 조건에서 자라는 이끼만 골라야 한다. 바위 종류, 빛의 세기, 습도가 같아야 한다. 하나라도 달라지면 이끼는 눈치챈다. 그 다음 버터밀크 약 1리터와 이끼를 믹서에 넣고 초록 거품이 생기도록 섞는다. 혼합물을 바위에 바르면 1~2년 후 이끼 막이 생성된다고 한다. 그 밖에도 요구르트, 계란 흰자, 맥주 효모 등 주방에서 찾을 수 있는 여러 재료를 활용한 다양한 레시피가 있다. 이러한 혼합물을 설명하는 가설은 어느 정도 근거가 있다. 잘린 잎이나 줄기에서도 이끼는 재생된다. 적절한 조건이 갖춰지면 이끼 조각은 원사체를 밖으로 내보내 새로운 기저에 고정하고 이후 작은 지상부를 올린다. 자연에서 이끼는 이러한 방식으로 퍼지므로 믹서로 이 과정을 촉진할 수 있을지도 모른다. 최소한 비가 내리기 전까지 버터밀크는 이끼가 선호하는 산성의 서식지를 제공할 것이다.

맷은 지푸라기라도 잡고 싶은 심정이었기 때문에 나는 인스턴트 이끼를 만드는 기술에 대해 확신이 서지 않았지만 그래도 이끼 밀크셰이크 레시피를 연구해 보겠다고 약속했다.

세월이 만드는 자연 경관

우리는 테라스가 될 부지를 걸으며 이야기했다. 길을 따라 돌을 깔아 만든 꽃밭에는 야생 봄꽃이 가득했다. 연영초와 벨워트bellwort도 있었고 복주머니란lady's slipper으로 보이는 잎도 모여 있었다. 모두 보호대상 종이었다. 이게 그들이 말하는 생태계 복원인가? 꽃밭? 꽃을 어디서 가져왔냐고 묻자 맷은 무슨 상관이냐는 표정으로 재배식물을 파는 화원에서 가져왔다고 답했다. 실제로 화원 꼬리표가 달려 있었다. 맷은 단 한 송이도 야생에서 뽑아오지 않았다고 강조했다.

맷은 종일 전문가처럼 보이려고 심혈을 기울여 말을 아꼈지만 느긋하고 솔직한 본성이 점차 드러났다. 그는 하루빨리 세상으로 나와 변화를 일으키고 싶어 하는 내 학생들을 연상시켰다. 이곳은 그가 처음 일자리를 제안받은 직장이었고 근무 조건은 믿기 힘들 정도로 좋아 보였다. 창의력을 발휘할 수도 있을 것 같았고 신입 치고 급여도 높았다. 하지만 일 년가량 흐르자 이곳 상황에 의구심이 들어 이직을 고려했다. 그러자 소유주는 그가 계속 일한다면 월급을 올려주겠다고 했다. 이후 작지만 좋은 집도 샀고 곧 아빠가 될 예정이기 때문에 당분간 이곳에 있어야 했다.

하얀 안전모를 쓴 남자가 있던 곳으로 돌아오자 맷은 중요한 일이라도 있는 사람처럼 무전기로 이야기하며 성큼성큼 공사장을 가로질렀다. 나도 뒤따라가면서 전문가처럼 바빠 보이길 바랐다. 머릿속에서 그가 내게 "시간은 돈입니다."라고 말하는 소리가 들렸다. 우리는 공사장을 중심으로 바큇살처럼 뻗은 수많은 길 중 하나로 향했다.

건물이 더 이상 보이지 않았을 때 맷은 어깨 너머를 한 번 더 뒤돌아본 후 걸음을 늦췄다. 그러더니 "지름길로 가도 될까요?"라고 물었다. 길을 벗어나 숲으로 몇 걸음 걷지도 않았는데도 경유 냄새가 봄의 나무 향에 씻겨나갔다. 맷은 숲에 숨자 긴장이 풀린 듯했다. 무슨 꿍꿍이가 있는 양 활짝 웃으며 무전기를 끄고 모자를 뒷주머니에 구겨 넣었다. 우리는 학교를 땡땡이치고 낚시를 하러 간 아이들이 된 듯했다. "여기서 그리 멀지 않아요."라고 맷은 말했다. "이곳 야생 이끼가 어떠한지 보여드릴까 해서요. 보시고 테라스에 심을 만한 것이 있는지 알려주세요. 밀크셰이크 요법을 한번 시도해 보려고요." 그는 참나무 숲을 가로질러 날 안내했다. 숲 바닥 곳곳에 바위가 흩어져 있었고 난 멈춰서 이끼를 관찰했다. 맷은 조바심을 냈다. "여기서 이러실 필요 없어요. 괜찮은 건 저쪽에 있어요." 그의 말이 맞았다.

암벽 산등성이 꼭대기에 도달하니 지면이 가파르게 밑으로 기울어져 아래에 그늘진 협곡을 형성했다. 우리는 이끼 카펫에 흠집을 내지 않도록 조심하며 울퉁불퉁하고 거대한 바윗덩어리 노두 아래로 내려갔다. 애팔래치아산맥 기반암은 억겁의 세월 동안 지질의 압력을 받아 접히고 뒤틀린 다음 빙하의 작용으로 재배열되었다. 그 결과 불가능해 보이는 각도로 바위들이 쪼개지고 조각되어 입체파 그림 같은 이끼 풍경이 탄생했다. 세월이 흘러 바위마다 표면에 틈이 새겨져 마치 주름진 노인의 얼굴 같았다. 틈을 따라 선주름이끼속*Orthotrichum*이 검은 길을 만들고 양털이끼속이 선반 같은 습한 바위에 두껍게 나 있었다. 맷이 이곳에서 영감을 받아 정원에 강력접착제를 쓴 작품을 만들었다는 것을 알 수 있었다. 오래된 이끼들이 숨 막히도록 멋진 태피스트리를 이루었다.

맷은 이곳에 익숙한지 노두의 구석구석을 모두 보여주었다. 그는 업무 시간을 빼먹고 이곳에 온 게 한두 번이 아닌 듯했다. 그는 "이곳이야말로 소유주가 원하는 테라스 모습이에요."라고 말했다. "언젠가 한번 모시고 왔는데 한눈에 반하셨어요. 저택에도 이런 이끼를 기를 방법을 찾아야 해요." 나는 맷에게 문제를 제대로 설명하지 않았다는 생각이 들었다. 다시 시간과 이끼의 관계를 설명했다. "여기 노두에 있는 이끼 밭은 수 세기에 걸쳐 만들어졌어요. 이곳 미시 기후를 완벽하게 재현하고 이끼 밀크셰이크에 같은 이끼 종을 섞으면 가능할지도 몰라요. 단, 여러 해가 걸릴 거예요." 맷은 전부 받아 적었다.

우리는 다시 길로 나가 시계를 봤다. 약속한 시간이 끝났다. 맷은 소유주가 매우 인색하고 특히 외부 사람을 고용하는 데 돈을 아끼기 때문에 시간을 잘 지켜야 한다고 털어놓았다. 정문이 오후 다섯 시에 잠겨, 인부들은 트럭에 올라타 정문으로 내려가고 있었다. 맷은 차 옆에 서서 소유주가 일러둔 보고서 작성 방법을 내게 전달한 후 그가 사흘 안에 받아 보길 원한다고 말했다. 누구도 내게 소유주의 이름을 알려주지 않았기 때문에 난 떠나기 전 맷에게 물었다. "소유주가 누구인가요?

누가 이 프로젝트를 생각했나요?" 그는 나와 눈을 마주치지도 않은 채 미리 준비한 답을 재빨리 말했다. "저는 알려드릴 권한이 없어요. 돈이 아주 많은 분입니다." 그 정도는 나도 충분히 알 수 있었다.

정문으로 차를 몰면서 내가 놓쳤을지도 모를 생태계 복원의 흔적을 찾기 위해 주변을 훑었다. 하지만 저택과 골프장뿐이었다. 믿기 힘들 만큼 굉장한 곳이었다. 이러한 정원을 만들 정도로 어마어마한 재산을 가진 이름도 없고 얼굴도 알 수 없는 대단한 사람에 대해 골똘히 생각했다. 자선 행위를 위해 신중하게 익명을 유지하는 걸까 아니면 불명예스러운 정체를 숨기려는 걸까?

내가 곧 나갈 것이라는 소식이 무선으로 전해졌는지 저택 부지 경계에 도달했을 때 문이 열렸고 차가 빠져나가자 스르르 닫혔다.

소유주 정원의 진본성

사무실로 돌아온 나는 불쾌해하지 않을 간략한 보고서를 작성했다. 소유주에게 그가 제안한 임무가 불가능에 가깝다는 사실을 알려주려고 했다. 세상에 있는 모든 돈을 쏟아 부어도 맨바위에서 이끼를 빨리 자라게 할 수는 없을 것이다. 시간이 걸리는 일이다. 맷과 봤던 모든 이끼 종의 목록과 각 이끼가 서식할 수 있는 조건, 그리고 이끼 정원에 적절한 종을 선택하는 방법도 적었다. 나는 여느 훌륭한 학자처럼, 바위 위에 이끼를 키우길 간절히 원한다면 학계와의 협업 연구 프로젝트 후원을 고려해 보라고 제안했다. 그리고 버터밀크와 분뇨를 이용한 밀크세이크 레시피도 알려주었다. 어떻게 될지 누가 장담하겠는가?

몇 주 후 우편으로 자문료를 받았다. 그 일을 그다지 즐겼다고 할 수 없다. 식물 복원을 위한 교육적 프로젝트라고 소개받은 일은 알고 보니 단지 이끼를 좋아하고 통제하는 걸 즐기는 부유한 사람이 세금 회피를 목적으로 새 집을 조경하는 일 같았다. 인부를 트럭으로 나르던 그곳에서 어쩌면 바람직한 복원 작업이 이루어졌을지 모르지만 어쨌든 난 보지 못했다.

그렇기 때문에 맷이 일 년 뒤 전화했을 때 무척 놀랐다. 그는 내게 다시 찾아와서 도움을 줄 수 있는지 물었다. 자신들이 큰 성과를 이루었다고 말하며 내게 정원을 꼭 보여주고 싶어 했다. 내가 도착했을 때 맷은 어디에도 보이지 않았다. 대신 사무적인 말투의 젊은 여성이 날 정원으로 안내했다. 내가 맷에 대해 묻자 그녀는 그가 다른 프로젝트로 배치되었고 아마도 서양철쭉Azalea 정원을 담당하고 있을 것이라고 말했다. 그녀는 나를 재촉하며 저택으로 데려갔다. "소유주께서는 우리가 테라스에 이끼를 어떻게 심었는지 교수님께 보여드리라고 말씀하셨습니다. 작업은 바로 지난달 끝났습니다."

입이 쩍 벌어질 정도로 바뀌어 있었다. 단 열두 달 만에 한 세기가 지나 있었다. 켄터키참나무Kentucky oak는 마치 그곳에서 태어난 것처럼 보였고 건축 잔해 위로 잔디가 파랗게 돋아났다. 지난봄 맨바위가 쌓여 있던 곳에 애팔래치아산맥 꼭대기의 야생 식물군이 완벽하게 재현되었다. 줄기가 구불구불한 불꽃철쭉flame azalea 아래에는 엷은 꽃그늘이 드리운 검은 바위가 리기다소나무pitch pine 사이로 훌륭하게 배치되어 있어 나무가 마치 깊은 바위틈 사이에서 솟은 것처럼 보였다. 고사리와 습지머틀myrica gale이 피어 있는 길을 따라가니 낡은 정원 의자들이 나왔다. 의자는 정말 오래된 것처럼 보였다. 그리고 매우 놀랍게도 바위마다 그곳에 딱 맞는 종의 이끼 카펫이 아름답고 풍성하게 덮여 있었다. 양털이끼속이 바위 윗면을 덮었고, 톳이끼속Hedwigia은 옆면으로 내려가 있었다. 선주름이끼속은 바위가 부식되어 새겨진 골을 따라 교묘하게 나 있어 오래된 양피지에 먹으로 그린 그림 같았다. 숨이 멎었다. 사소한 부분까지 완벽했다. 만들어진 지 2주밖에 되지 않은 곳이었다. 이끼 셰이크가 이룬 성과라면 진지하게 연구해 봐야겠다고 생각했다.

나를 안내한 여성은 내 야단스러운 찬사에 별 관심이 없었다. 그녀는 일정대로 저택 반대편에 있는 안뜰로 서둘러 움직였다. 옮겨 심은 나무들 아래로 포석이 아름답게 깔린 넓은 공간이었다. 그녀는 "소유주는 돌 사이에 피는 이끼를 제거할 방법을 알고 싶어 하십니다."라고 말하며 수첩과 펜을 들고 적을 준비를 했다. 나는 어떻게 대답해야 할지 몰랐다. 소유주는 이끼를 자라게 하려고 이 모든 일을 벌였으면서 저절로 자란 곳에서는 없애려고 했다.

우리는 흙을 나르는 차량이 드나드는 집결 장소로 돌아왔다. 지지직 소리가 나는 무전기, 유니폼을 입은 사람들, 긴박한 분위기가 군사

작전지 같았다. 딱딱한 모자를 쓰고 지프를 타며 돌아다니는 병장들이나 삽과 톱을 들고 트럭 위에 탄 과테말라 보병들이나 모두 소유주의 지시에 따라 움직였다.

나 역시 서둘러 지프에 올랐고 우리는 참나무 숲 사이를 깊은 상처처럼 가른 거친 도로를 덜컹거리며 달렸다. 소유주는 내게 운전수를 보내줬지만 어디로 가는지는 자세히 알려주지 않았다. 맷을 만나게 될지도 모른다는 생각이 들었다. 운전수가 무전기에 대고 조금 있으면 도착한다고 소리쳤다. 임시 도로는 샛노란 크레인이 서 있는 작은 공터에서 끊겼다. 햇빛 아래 빈 화물 팔레트가 쌓여 있었다. 가장자리 그늘에는 알 수 없는 물건들이 마치 베일이 벗겨지길 기다리는 수많은 조각상처럼 포대와 비닐 끈으로 감싸여 있었다.

숲에서는 근육질 남자들이 안전모를 쓰고 머리를 모아 대화 중이었다. 그중 한 명이 다가오더니 자신의 이름은 피터Peter이며 자연 바위 설계자라고 활기차게 소개했다. 피터는 작업을 계속 진행하기 전에 조언을 얻고 싶었다며 날 반갑게 맞았다. 아일랜드에서 왔다는 그는 매력적인 억양을 구사했다. 소유주는 바위 작업을 위해 그를 영입했다. 소유주는 여기 사람들이 이끼를 망가뜨릴까 봐 걱정해 감시하게 하려고 날 여기로 오게 한 걸까? 우리가 다른 남자들에게 다가가자 그들은 새로 왔다는 '이끼 여인moss lady'을 찬찬히 뜯어봤다.

피터는 남성들을 정밀폭파팀이라고 소개했다. 이탈리아에서 온 그들은 정예 석공 그룹이었다. 그들 앞에 놓인 조사 대상은 두꺼운 이끼로 덮인 울퉁불퉁한 노두였다. 작년 맷이 날 데리고 갔던 아름다운 작은 협곡에 있던 것임을 한눈에 알 수 있었다. 절반은 사라져 있었다. 그들은 충실한 팀이었다. 절벽에서 석영맥이 편암 사이로 통과하고 이끼가 특히 잘 어우러져 가장 아름다운 곳을 바위 설계자인 피터가 골랐다. 그러면 석공들이 정확한 폭파 위치를 꼼꼼하게 계산한 다음 절벽 표면을 폭파시켜 바위를 떼어냈다. 이후 인부들이 크레인으로 바위를 운반대로 옮기고 젖은 포대로 감싸 소중한 이끼를 보호했다. 그제야 난 안뜰에 있던 사랑스러운 바위들은 버터밀크와 전혀 상관없다는 사실을 깨달았다. 손에 땀이 났다.

그들은 질문을 퍼부었다. "폭파 전에 바위를 포대로 감싸야 할까요?" "이끼들이 자리를 옮기더라도 살 수 있도록 피터가 바위를 잘 골랐나요?" "이끼를 감싼 채 얼마 동안 두어도 될까요? 이끼가 잘 자라려면 바위를 어디에 놓아야 할지 피터에게 알려주실 수 있나요?" 이끼가 정원으로 옮겨지고 나면 생기를 잃는 것 같다며 소유주가 언짢아한다고 했다. 바위 하나를 채굴하는 비용은 엄청났기 때문에 소유주는 단 하나도 망치고 싶지 않아 했다.

정밀폭파팀은 나를 그들의 작업에 합류한 새 팀원으로 여겼다. 그들의 표정에서 일말의 의구심이라도 찾아보려고 했지만 꼭 해내고야 말겠다는 열망만 보였다. 나는 망연자실했고 소유주의 덫에 걸려 살인 청부업자가 된 기분이었다. 내 조언이 이러한 목적으로 활용될지 꿈에도 몰랐지만 부지불식간에 파괴 방법을 알려주는 컨설턴트가 되었다.

작업자들은 훔쳐온 이끼를 매우 세심하게 돌보았고 잘 자라기를 진심으로 원했다. 옮기기 전에 물을 충분히 주고 포대로 조심스럽게 감쌌다. 이끼를 살리기 위해서라면 내가 무엇을 시키든 그대로 따랐다. 이끼는 집을 떠나는 즉시 시들해지고 푸른 녹색은 노랗게 변했다. 소유주는 이끼가 죽을 것이라면 바위를 옮기는 데 돈을 낭비하고 싶어 하지 않았다. 그래서 작업자들은 건강하게 살 것 같은 후보들은 돌보고 그렇지 않은 것은 걸러 내는 분류 장소를 마련했다. 저택으로 돌아가는 도로 옆 목초지에는 커다란 하얀 텐트를 설치했다. 어디로 보나 부상병을 돌보는 야전 병원 같았다. 내부 습도를 유지하기 위해 옆면에 그늘막이 드리웠다. 물줄기가 분무 노즐에서 뿜어져 나왔다. 돈은 전혀 문제가 아니었다. 팔레트 위에는 병약한 이끼로 덮인 바위들이 폭파의 상처를 입고 누워 있었다.

　　내 임무는 진단과 처방이었다. 어떤 바위를 안전하게 저택으로 옮기고 어떤 바위를 포기해야 할까? 부두에 도착한 노예선에 파견된 의사들이 떠올랐다. 그들은 인간 화물을 살펴보면서 잘 팔릴 가장 건강한 사람, 즉 새로운 환경에서 살아남을 확률이 가장 높은 사람을 골랐다. 어떤 것이 덜 고통스러울까? 구속받으며 사는 게 나을까 아니면 남아서 죽는 게 나을까? 아픈 바위 사이를 걸으면서 나는 바위들만큼이나 무기력했고 그곳을 벗어나고 싶었다. 그들에게 당장 그만두라고 소리치고 싶었지만 너무 늦어버렸다. 그리고 공범이 되었다. 내가 뭐라고 말했는지 기억도 안 난다. 모두 살리라고 했길 바랄 뿐이다.

생명을 소유한다는 것

소유주를 만나 어떻게 이런 식으로 배신할 수 있냐며 따지고 싶었지만 그는 볼 수 없는 사람이었다. 이끼로 덮인 노두를 파괴해 자기 정원에 거짓으로 세월의 흔적을 입히는 그는 누구인가? 시간을 돈으로 사고 나를 매수한 그는 누구인가? 소유주. 얼굴 없는 그는 어떤 힘을 지녔기에 누구도 그의 이름을 입에 담지 않는 것일까?

어떠한 대상, 그중에서도 야생의 생명을 소유한다는 것이 어떤 의미인지 알고 싶다. 그 대상의 운명을 독점한다는 것일까? 마음대로 다룰 수 있는 걸까? 다른 사람은 다가가지 못하게 하는 걸까? 사회적 계약으로 아무런 의미 없이 무언가를 손에 넣고 통제하려는 열망을 인정해 주는 소유는 인간만의 행위일 것이다.

과시욕을 채우기 위해 자연을 파괴하는 것은 강력한 지배 행위다. 수집된 자연물은 자연으로 남을 수 없다. 자연물은 근원에서 멀어지는 즉시 본성을 잃는다. 어떠한 대상을 원래의 존재가 아닌 물건으로 전락시키는 행위가 바로 소유다.

이끼를 훔치기 위해 절벽을 폭파시키는 건 범죄이지만 바위들을 '소유'하는 한 법에 위배되지는 않는다. 이와 같은 탈취 행위를 반달리즘vandalism으로 불러도 될지 모르겠다. 하지만 그는 이끼 낀 바위를 조심스럽게 다루기 위해 외국에서까지 전문가들을 불러왔다. 소유주는 이끼를 사랑하는 사람이다. 그러면서 권력을 휘두르는 사람이다. 나는 이끼를 아끼려는 소유주의 진실한 마음을 의심하지 않는다. 하지만 그의 정원 조경에 맞는 이끼여야만 했다.

　무언가를 소유하면서 사랑하는 건 불가능하다. 소유는 소유 대상의 내재된 자유를 억압하므로 소유자는 힘을 얻지만 소유 대상은 쇠약해진다. 이끼를 통제하려는 게 아니라 진정 사랑한다면 원래 있던 자리에 두고 매일 보러 가야 한다. 소설가 바버라 킹솔버Barbara Kingsolver는 다음과 같이 말했다. "소중히 여기는 대상이 소유욕으로 가득한 우리의 품 밖에서도 잘 지내도록 보호하고 싶다면 가장 이타적인 사랑을 해야 한다."

　소유주가 자신의 정원에서 무엇을 볼지 궁금하다. 아마도 생명은 전혀 보지 못하고, 갤러리에 전시돼 소리 내지 않는 북처럼 무생명 예술품의 하나로 볼 것이다. 그는 이끼의 진정한 독자성을 보지 못했음에도 불구하고 그 무엇보다도 진본성을 원했다. 소유주는 자신의 집 앞에 진품 이끼 군락을 만들어 손님들로부터 안목이 높다는 칭찬을 받을 수 있다면 얼마든지 돈을 쓸 의향이 있었다. 하지만 소유된 이끼는 진본성을 잃는다. 그와 친구가 되지 않기로 한 이끼는 그에게 구속될 뿐이다.

　경기를 뛰지 않겠다는 팀원에게 정밀폭파팀은 냉담했고 나는 곧 차에 실려 집결지로 보내졌다. 녹초가 되어 내 차로 걸어가다가 트럭에 오르는 맷을 보았다. 그는 반가워하며 다른 프로젝트를 맡게 되었다고 말했다. 밝고 자신감에 찬 얼굴로 이끼는 더 이상 자기 소관이 아니라고 했다. 하지만 내 관심사를 잘 알고 있는 맷은 내게 보여 주고 싶은

게 한 가지 더 있다고 말했다. 그는 퇴근하는 길이었기 때문에 업무 시간이 아니었다. 그래서 우리가 그의 낡은 픽업트럭에 타자마자 그는 끊임없이 지시가 흘러나오는 무전기를 껐다. 우리는 막 태어난 그의 딸과 진달래에 대해서 얘기할 뿐 테라스 정원은 입에 올리지 않았다. 맷은 보안장치가 설치된 숲속 도로를 따라 저택 부지 끝까지 차를 몰았다.

부지 경계에는 사슴이나 다른 침입자를 차단하기 위해 네 가닥의 줄로 이루어진 전기 철조망이 쳐져 있었다. 제초제가 뿌려진 철조망 아래에는 식물이 모두 죽어 있었다. 3미터 정도 구획의 양치식물, 야생화, 덤불, 나무가 모두 제거되었다. 모두 죽었지만 이끼는 그러지 않았다. 화학약품에 면역력이 생긴 이끼가 군락을 형성해 수천 가지 녹색으로 이루어진 화려한 퀼트를 만들었다. 저택에서 약 1.5킬로미터 떨어진 전기 철조망 아래에서 제초제 소나기를 흠뻑 맞은 이곳이야말로 소유주가 진정으로 원하던 이끼 정원이었다.

공동체에
보답하는
삶

바람에 고요함이 휘날리는 메리스봉Marys Peak에 오르면 역경이 펼쳐지는 모습을 볼 수 있다. 약 110킬로미터 떨어진 반짝이는 바다까지 뻗은 땅은 조각조각 나뉘어 있다. 붉은 흙, 완만한 청록색 경사, 밝은 황록색 다각형 지대, 무정형의 암녹색 리본들이 부자연스럽게 모여 있다. 오리건해안산맥Oregon Coast Range은 벌목 후 남은 밑동과 맹렬히 자라는 2·3세대 미송Douglas fir이 이루는 조각보 같다. 그 모자이크 풍경에 한때 윌래밋계곡에서 바다까지 이어졌던 노령림의 잔해도 흩어져 있다. 눈앞에 펼쳐진 광경이 일정한 패턴의 퀼트보다는 해진 천 조각 같다. 숲은 어떤 모습이었으면 좋겠는지 몰라 우왕좌왕하는 우리의 마음과 닮았다.

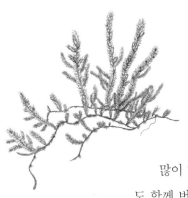

착생하는 날개납작이끼
Neckera pennata

미국 북서부의 침엽수림은 습도가 높기로 유명하다. 오리건 서쪽에 있는 온대우림은 연 강수량이 3000밀리미터가량에 달한다. 겨울에도 춥지 않고 비가 많이 내려 나무는 일 년 내내 자라고 이끼도 함께 번성한다. 온난한 우림은 온통 이끼로 덮인다. 그루터기와 통나무를 비롯해 숲 바닥 전체가 성글게 얽힌 겉굵은이끼속*Rhytidiadelphus*과 반투명의 덩굴초롱이끼속*Plagiomnium* 더미로 녹색이다. 덴드로알시아 이끼 깃털이 난 나무줄기는 초록색 금강앵무의 가슴 같다. 덩굴당단풍 관목은 60센티미터에 달하는 납작이끼속과 잎맥호랑꼬리이끼속*Isothecium* 커튼의 무게에 못 이겨 아치형으로 휘었다. 이 숲에 들어오면 빨라지는 심장 박동을 주체할 수 없다. 이끼가 촉촉한 이끼 잎을 거쳐 내뿜은 공기에 환각 성분이 있을지도 모른다.

전 세계 원주민 부족과 마찬가지로 이 숲의 원주민은 세상을 건강하게 하는 물고기와 나무, 해와 비에 감사 기도를 올린다. 우리의 삶과 엮인 모든 존재에 이름을 붙이고 감사해한다. 내가 아침에 감사 기도를 하면 잠시 동안 대답이 들린다. 인간이 하는 감사 인사에 땅이 더 이상 보답할 이유가 있는지 간혹 의심스럽다. 숲도 감사 기도를 올린다면 이끼에 감사해하는 기도일 것이다.

숲의 수분을 유지하는 이끼

이곳 숲에 서식하는 이끼의 아름다움은 눈에 보이는 게 다가 아니다. 이끼는 숲이 기능하는 데 필수적이다. 온화하고 습한 우림에서 번성할 뿐 아니라 우림의 습도를 높이는 데에도 핵심적인 역할을 한다. 숲우듬지에 닿은 빗방울이 땅으로 가는 경로는 여러 가지다. 사실 숲 바닥으로 곧장 가는 비는 매우 적다. 비가 세차게 내리는 날 숲에 서 있으면 우산을 쓸 때처럼 젖지 않는다. 빗방울은 잎사귀와 부딪혀 경로를 바꾼 뒤 잔가지로 미끄러진다. 가지끼리 교차하는 곳에서 빗방울 두 개가 합쳐지고 또 두 개가 합쳐지면서 미세한 지류가 생긴다. 모든 지류가 나무줄기로 흐르는 물줄기로 향하면 나무 한 그루는 강이 된다. 임학에서는 이처럼 나무 아래로 향하는 물을 '수간유하수樹幹流下水, stemflow'라고 부른다. 한편 가지와 잎에서 떨어진 물은 '수관통과수樹冠通過水, throughfall'라고 부른다.

나는 비가 많이 내리는 날 우비에 달린 모자를 뒤집어쓰고 나무줄기에 가까이 서서 흐르는 물을 관찰하곤 한다. 처음 몇 방울은 코르크 같은 나무껍질이 마른 땅처럼 흡수한다. 껍질 사이에 난 도랑이 채워지면 물은 나무 표면 위 둑을 넘고 평지를 지나 껍질 전체로 넘친다. 나무

껍질이 튀어나온 곳에서는 작은 나이아가라폭포가 만들어져 양치식물 부스러기와 불쌍한 진드기들이 거센 물살에 휩쓸린다. 잔가지와 굵은 가지에 있던 퇴적물도 물과 함께 이동한다. 먼지, 곤충 배설물, 미세한 파편이 모두 물에 녹아 쓸려 내려가기 때문에 수간유하수는 순수한 빗물보다 영양소가 훨씬 풍부하다. 따라서 비는 나무를 씻은 다음 애타게 기다리는 뿌리에 얼른 목욕물을 부어준다. 이처럼 나무껍질을 씻으면서 생긴 영양소가 재활용되기 때문에 흙은 소중한 영양소를 흘려보내지 않고 나무에 간직할 수 있다. 흙은 이끼에 감사해한다.

흐르는 강에 베개같이 생긴 모래주머니를 놓았을 때처럼, 나무줄기를 타고 내려온 빗줄기가 이끼 덩어리를 만나면 속도가 느려진다. 이끼 위로 흐르는 물은 대부분 이끼 덩어리 사이에 있는 모세관으로 흡수된다. 좁은 이끼 잎 끝에 닿은 물방울은 미세한 배관으로 흘러 잎 아래에 있는 오목한 수조로 떨어진다. 죽은 이끼도 오래된 잎과 엉킨 헛뿌리로 수분을 가둔다. 오리건에 있는 이끼가 얼마만큼의 빗물을 가두는지는 한 번도 측정된 적 없지만, 코스타리카의 한 숲에서는 한 번 비가 내릴 때마다 이끼가 흡수하는 물의 양이 1헥타르당 5만 리터에 달한다. 삼림이 파괴된 경사에서 물이 세차게 흐르는 이유는 쉽게 알 수 있다. 비가 오랫동안 내리지 않더라도 이끼가 낀 나무줄기는 지난주 내린 비를 서서히 내보내기 때문에 촉촉하다. 숲우듬지를 뚫고 들어오는 빛줄기가 이끼 덩어리를 비추면 김이 올라오는 걸 볼 수 있다. 구름은 이끼에 감사해한다.

저녁이면 바다에서 안개가 밀려온다. 높은 숲우듬지에 있는 이끼는 열매를 맺은 보리수silver berry처럼 안개를 끌어 모을 준비를 한다. 이끼 군락의 정교한 표면에 수분이 닿으면 머리카락 같은 잎 끝과 섬세한 가지가 안개를 응결시켜 물방울이 구슬처럼 맺힌다. 또한 딸기잼을 끈적이게 만드는 성분인 펙틴pectin이 이끼의 세포벽에 풍부해 수분과 결합한다. 펙틴 덕분에 이끼는 대기에서 수증기를 직접 흡수할 수 있다. 숲우듬지에 있는 이끼는 비가 내리지 않아도 물을 모으고 서서히 땅으로 흐르게 해 나무가 자랄 토양의 수분을 유지해 주고, 나무는 그 보답으로 이끼를 지탱해 준다.

이끼에게 좋다면 숲에도 좋다

나는 종이가 좋다. 무게 없는 강인함과 무엇이든 받아들이는 비어 있음이 매우 좋다. 새하얀 직사각형이 참나무로 만든 매끈한 책상 위에서 날 기다리는 게 좋다. 참나무 결이 일으키는 잔물결과 빛을 흡수하는 방식은 석유 부산물로 만든 책상으로는 결코 흉내 낼 수 없다. 또한 나는 내 통나무집에 쓴 소나무 목재와 가을밤에 장작 태우는 냄새도 좋아한다. 이처럼 나무로 된 물건을 좋아하면서도 고속도로를 달리는 벌목 트럭을 보면 슬프다. 특히 비 오는 날 여전히 나무줄기에 붙은 이끼가 트럭에서 튀는 더러운 물에 젖는 걸 보면 더욱 그렇다. 불과 며칠 전

목재가 살아 있는 나무였을 때만 해도 이끼들은 숲의 습기를 가득 머금고 있었지만, 이젠 I-5 고속도로를 달리는 타이어가 뱉어낸 경유가 섞인 물을 마신다.

이가 흔들리면 자꾸 혀로 건드려보고 싶듯이, 나는 이러한 모순을 들쑤시지 않을 수 없다. 내 주위에는 숲에서 얻은 물건이 가득하지만 내 욕심이 야기한 벌목에 대해서는 분노한다. 오리건에서 벌목은 '경영 삼림working forest'에서 이루어진다. 경영 삼림 나무들이 내 책상 위에 잘 쌓인 종이와 우리 집 지붕이 되어주었다. 나는 조각조각 나뉜 풍경에서 보았던 부조화에 부딪혔다. 내 무지에 정면으로 맞서기 위해 벌목 지대를 직접 가보기로 결심했다.

맑은 토요일 아침에 친구 제프Jeff와 함께 오리건해안산맥에 있는 벌목 현장으로 출발했다. 그리 어렵지 않게 한 곳을 찾았다. 연방법에 따르면 국도와 벌목 지대 사이에는 나무를 베지 않는 완충 지대를 만들어 벌목 현장이 일반인의 눈에 띄지 않게 해야 한다. 벌목 회사들은 목재를 수확하지 못한다고 불만이지만, 시야를 가려주는 얇은 숲 벽 덕분에 도로를 지나는 사람들은 숲이 보존되고 있다고 여긴다. 그 결과 업계는 강력한 반발을 피할 수 있으므로 상당한 혜택을 얻는다.

우리는 경고 표지가 있는 출입구를 지나 벌목 트럭이 다니는 새로 생긴 길로 차를 몰았다. 그곳에는 우리와 땅 사이를 가르는 가림막이 없다. 우리는 돌아설 뻔했다. 헛구역질이 나오는 건 길이 가팔라 현기증이 났기 때문이고, 식은땀이 나는 건 벌목 트럭이 무섭게 다가오기 때문이라고 스스로를 달랬다. 하지만 그것이 곳곳에 존재하는 폭력에 대한 공포심이라는 사실을 알았다. 그리고 슬픔, 나무줄기에서 솟아나와 우리의 피부로 스며든 슬픔이었다.

우리 둘 다 벗어나고 싶은 광경이었지만 우리가 한 선택이 초래한 결과를 마주해야 했다. 제프와 나는 등산화 끈을 다시 묶고 경사로 갔다. 남은 이끼의 흔적과 회복의 증후를 열심히 찾았다. 하지만 강렬한 태양 아래 황무지에는 나무밑동과 바랜 갈색으로 처참하게 비틀어진 식물 잔해뿐이었다. 울창했던 바닥에는 나무 조각을 줄로 엮은 더미가 쌓여 있었다. 습한 흙 내음 대신 잘린 그루터기에서 송진 향이 피어올랐다. 그 벌목지에도 바로 옆에 있는 노령림에서만큼 깨끗한 비가 자주 내린다는 사실이 믿기 힘들었다. 땅은 톱밥처럼 말라 있었다. 숲에 가둬지지 않은 물은 별 쓸모가 없다. 벌목지에서 흐르는 물줄기는 숲보다 물의 양이 훨씬 많다. 빗물을 붙잡아줄 이끼 숲이 없기 때문에 강물은 흙이 섞여 갈색이고, 흙탕물이 바다로 향하면 연어가 이동하는 경로가 토사로 막힌다. 강은 이끼에 감사해한다.

벌목된 지대는 단일 조림이 잘 되는 미송 묘목으로 채워진다. 하지만 숲을 만드는 건 나무만이 아니며, 벌목된 땅에 수많은 생물체가 다시 공동체를 이루려면 힘겨운 시간을 보내야 한다. 숲이 기능하는 데 매우 중요한 이끼와 지의류는 회복 중인 숲에서는 확산 속도가 아주 느리다. 산림 연구자들은 숲 다양성을 회복할 수 있는 삼림 관리 방식을 찾기 위해 노력하고 있다. 오래된 통나무는 균류와 도롱뇽의 서식지를 위해, 죽은 나무는 딱따구리를 위해 남겨두어야 한다. 새 숲에 이끼가 군락을 형성하도록 노목 몇 그루를 그대로 두는 산림 당국의 정책은 착생식물의 성장을 촉진하기 위한 의도다. 남겨진 나무에 있던 이끼가 미송 단일 조림지로 퍼질 거라는 기대에 착안한 계획이다. 하지만 그러려면 우선, 숲이 사라져 그루터기만 가득한 곳에 바다 위 외딴 섬처럼 남은 이끼가 살아남는 것이 우선이다.

언덕 아래 멀리 홀로 남은 생존자가 보였다. 뜨거운 바람 속에서 줄무늬 리본이 흔들리고 있었다. 법에 따라 숲 자생을 위해 남긴 나무를 벌목 회사 인부가 표시한 것이었다. 나는 베인 나무를 피하며 경사를 미끄러져 내려갔다. 빗물에 도랑이 언덕 밑으로 쓸려 내려가 있었다. 뛰어 내려가다가 착지하자 먼지가 일었다. 생존자는 지구에 남은 마지막 사람처럼 홀로 서 있었다. 다른 모든 나무가 고속도로를 타고 로즈버그Roseburg에 있는 제재소로 가 버렸지만 혼자 톱날을 피했다는 기쁨은 없었다.

생존한 나무 아래에 시원한 그늘이 있을 것이라고 생각했지만 가지가 너무 높게 나 있어 그늘은 주변 나무밑동으로 흩어졌다. 나무 꼭대기를 보니 누가 이 나무를 표시했는지 몰라도 탁월한 선택이었음이 분명했다. 노령림 나무의 가장 큰 특징인 풍성한 우듬지가 돋보였다. 줄기와 가지에는 이끼 골격이 가득했다. 햇빛 때문에 이끼의 녹색은 바랬고 갈색 매트는 벗겨지고 있었다. 이끼 밑에는 시들해진 양치식물의 뿌리줄기 잔해가 드러났다. 안티트리키아Antitrichia 이끼 매트의 뜯겨진 가장자리가 바람에 날리면서 바스락거렸다. 우리는 할 말을 잃은 채 그곳에 서 있었다.

이끼는 변수성이기 때문에 많은 종이 수분을 잃더라도 다시 물이 공급되면 활력을 얻는다. 하지만 달콤한 수분을 언제나 얻을 수 있었던 이곳 온대우림에 있는 종들은 버틸 수 있는 한계 너머로 내몰리고 있다. 햇빛에 그을려 말라비틀어진 이끼들은 숲이 다시 조성될 때까지 버티지 못할 것이다. 삼림 정책 입안자들이 이끼를 아끼고 미래의 숲에서 이끼가 어떤 역할을 할지 고민했다는 것은 고무적이다. 하지만 숲의 그물망에 엮여야 하는 이끼는 혼자서는 살 수 없다. 이끼가 회복 중인 숲에서 자리 잡으려면 생명을 유지할 대피처가 있어야 한다. 이끼가 말을 할 수 있다면 충분한 수분과 그늘이 있고 공동체가 모두 성장할 수 있는 넓은 곳을 요구할 것이다. 이끼가 좋아한다면 도롱뇽, 물곰, 개똥지빠귀도 좋아한다.

이끼와 숲속 생명의 관계

이끼와 습도 사이에는 선순환 고리가 있다. 이끼가 많을수록 습도가 올라간다. 습도가 높아지면 이끼는 급증한다. 이끼가 계속 내뱉는 숨은 새소리부터 바나나민달팽이banana slug에 이르기까지 온대우림의 다양한 특징에 기여한다. 노출되는 체면적이 매우 넓은 작은 생물체는 대기가 젖어 있지 않으면 순식간에 몸이 말라버린다. 공기가 건조해지면 작은 생물도 건조해진다. 그러므로 이끼가 없다면 곤충의 수도 줄고 그 결과 먹이사슬 위에 있는 개똥지빠귀도 줄어든다.

곤충은 이끼에 서식하지만 이끼 지상부를 먹는 경우는 드물다. 새와 포유류 모두 단백질이 풍부하고 크기가 큰 포자체 외에는 이끼를 먹지 않는다. 이끼가 먹잇감이 되지 않는 이유는 잎에 페놀phenol 화합물이 많고 영양가도 낮기 때문일 것이다. 또한 세포벽이 뻣뻣해서 소화가 잘 안 된다. 동물이 이끼를 삼키더라도 거의 대부분 그대로 배설된다. 이처럼 잘 소화되지 않는 이끼 섬유가 뜻밖의 장소에서 발견된 적이 있다. 바로 겨울잠을 자고 있는 곰의 항문이다. 동면에 들어가기 전에 많은 양의 이끼를 먹어 긴 겨울 동안 배변이 이루어지지 않도록 소화계를 막은 것이다.

수많은 곤충의 유충은 탈피할 때까지 이끼 매트 속에서 지낸다. 껍질을 벗고 나오면 새로 생긴 날개를 펼치고 이끼 덕분에 촉촉한 공기 속으로 자유롭게 비행한다. 이끼 쿠션 안에서 먹이를 찾고, 짝짓기를 하고, 며칠이 지난 후에는 알을 낳고 날아간다. 이러한 곤충을 잡아먹는 갈색지빠귀hermit thrush는 이끼로 둘러싼 둥지에 알을 품는다.

굴뚝새winter wren의 벨벳 컵 같은 둥지부터 비리오vireo새의 대롱대롱 매달린 바구니 둥지에 이르기까지 다양한 종의 새가 부드럽고 잘 휘어지는 이끼를 둥지를 엮는 데 사용한다. 무엇보다도 이끼를 둥지 바닥에 푹신하게 깔면 알이 깨지지 않고 단열에도 효과적이다. 예전에 벌새 둥지를 발견한 적이 있는데 티베트의 오색 깃발 기도문처럼 이끼가 둥지 테두리에서 나부꼈다. 새들은 이끼에 감사해한다. 새만 이끼를 집짓기 재료로 쓰지 않는다. 날다람쥐, 들쥐, 얼룩다람쥐를 비롯한 여러 동물이 굴에 선태식물을 깐다. 곰도 마찬가지다.

알락쇠오리marbled murrelet는 태평양 연안에 풍부한 해양 생물을 먹고 사는 바닷새다. 수십 년 동안 개체수가 감소해 현재 멸종 위기 동물로 분류된다. 개체수가 감소하는 원인은 한동안 밝혀지지 않았었다. 다른 바닷새는 먹이가 많은 암벽과 해산海山에 둥지를 틀어 군집을 형성한다. 하지만 알락쇠오리는 다른 새들과 결코 섞이지 않았다. 알락쇠오리의 서식지는 한 번도 발견된 적 없으므로 숨어서 둥지를 틀 거라고 여겨졌다. 그러나 알락쇠오리 둥지는 먹이를 얻는 해변과 멀리 떨어진 노령림 꼭대기에 있었다. 알락쇠오리는 매일같이 무려 80킬로미터씩 내륙을 날아 해안산맥의 노령림으로 향한다. 알락쇠오리가 사라진 가장 큰 이유는 노령림이 사라졌기 때문이었다. 연구자들에 따르면, 알락쇠오리는 태평양 연안 북서부의 고유 이끼 종으로 잎이 무성하고 금빛 초록색을 띠는 안티트리키아 쿠르티펜둘라Antitrichia curtipendula로 둥지를 만들어 알을 낳는다. 이처럼 짝을 이루는 이끼와 알락쇠오리는 모두 노령림에 의존한다.

숲 전체는 이끼 실로 박음질되었다고 할 수 있다. 어떤 곳에서는 섬세한 직물 배경이 되고 어떤 곳은 초록색이 선명한 양치식물과 어울려 리본을 이룬다. 노령림 나무의 줄기와 가지를 장식하는 양치식물은 아무것도 없는 나무껍질에서는 뿌리를 내리지 못해 반드시 이끼가 있어야 한다. 양치식물은 이끼에 감사해한다. 감초고사리licorice fern는 이끼 아래로 뿌리줄기를 내려 유기질 토양에 단단히 고정된다.

높이 솟은 나무와 작은 이끼는 태어날 때부터 지속적인 관계를 맺는다. 이끼 매트는 종종 어린 나무의 탁아소가 된다. 맨땅에 뿌리를 내리지 못한 소나무 씨는 강한 빗방울에 휩쓸리거나 숲 청소부인 개미에 의해 옮겨진다. 작은 뿌리는 햇빛에 노출되면 마른다. 하지만 이끼 지상부 사이로 안전하게 떨어진 씨는 맨흙보다 수분이 오래 머무는 곳에 있기 때문에 생존에 유리하다.

씨와 이끼 사이의 상호작용이 항상 긍정적이지는 않다. 씨는 작지만 이끼가 크다면 묘목 성장에 방해가 될 수 있다. 하지만 대부분의 경우 이끼는 나무가 뿌리내리도록 돕는다. 이끼 낀 통나무는 '보살핌 통나무nurse log'로 불리기도 한다. 숲에 일렬로 늘어선 솔송나무가 바로 보살핌의 증거다. 솔송나무 묘목들이 수분을 머금은 통나무에 모여 자랐기 때문이다. 나무는 이끼에 감사해한다.

수분은 이끼를 탄생시키고 이끼는 민달팽이를 탄생시킨다. 노랗고 얼룩덜룩한 몸으로 이끼 낀 통나무 위를 기어가며 15센티미터까지 늘어나는 바나나민달팽이는 등산객을 깜짝 놀래키는 태평양 연안 북서부 우림의 비공식 마스코트다. 바나나민달팽이는 이끼에 서식하는 다양한 생물뿐 아니라 이끼 자체도 먹이로 삼는다. 생물학자인 내 친구 한 명은 작은 거라면 뭐든지 흥미를 느끼는데 어느 날은 버스를 기다리는 동안 민달팽이 배설물을 퍼서 집으로 돌아와 현미경으로 관찰했다. 아니나 다를까 배설물은 이끼 조각으로 가득해 그는 흥분하며 전화로 소식을 알려줬다. 민달팽이는 이끼를 먹은 다음 그 보답으로 이끼를 멀리 퍼트린다. 생물학자들은 저녁 식사 자리에 부적절한 화제를 자주 꺼내지만 우리는 불쾌하게 느낀 적이 거의 없다.

바나나민달팽이가 가장 많이 출몰하는 아침에는 점액으로 이루어진 길이 통나무 위에서 반짝인다. 이슬이 말랐을 때에는 바나나민달팽이가 보이지 않는다. 그렇다면 어디로 간 걸까? 어느 날 오후 썩은 통나무의 식물군을 관찰하다가 바나나민달팽이의 은신처를 발견했다. 거대한 통나무 위에 난 부리이끼속 이끼 한 겹을 벗겨냈더니 마치 기숙사처럼 바나나민달팽이가 빼곡히 들어선 군집이 드러났다. 시원하고 습한 나무 바닥과 이끼 담요 사이에서 스펀지 같은 나무 방을 한 마리씩 차지하고 있었다. 나는 자고 있는 바나나민달팽이 위로 해가 들기 전에 얼른 이끼를 다시 덮었다. 민달팽이는 이끼에 감사해한다.

숲 바닥에 놓인 통나무는 민달팽이와 벌레에 서식지를 제공할 뿐아니라 생태계의 영양소 순환에 중요한 역할을 한다. 부패를 일으키는 균류는 통나무에 살며 지속적으로 수분을 얻는다. 이끼로 코팅된 통나무는 건조해지지 않기 때문에 균사체가 번성할 수 있다. 균류의 숨겨진 부분인 실 형태의 균사체는 부식 작용을 일으킨다. 수많은 종류의 균류는 두꺼운 이끼 매트에서만 발견된다. 작은 꽃밭을 이룬 것처럼 통나무 위에 아름답게 핀 버섯은 균류에서 빙산의 일각으로 현란한 생식기일 뿐이다. 균류는 이끼에 감사해한다.

숲이 기능하는 데 필수적인 특별한 종류의 균류 역시 땅 위 이끼 카펫 아래에 서식한다. 숲 표면은 듬성듬성한 겉굵은이끼속과 대걸레 자루 같은 레우콜레피스*Leucolepis* 이끼로 덮여 있다. 그 밑에 있는 부엽 토에는 나무뿌리와 공생하는 균류인 균근이 서식한다. '균근*mycorrhiza*' 은 말 그대로 균류(myco-)와 뿌리(-rhiza)를 의미한다. 나무는 이러한 균근을 초대해 광합성에 필요한 당을 제공한다. 균근은 그에 대한 보답 으로 땅에 실과 같은 균사체를 퍼트린 다음 나무에 필요한 영양소를 모 아준다. 수많은 나무가 이러한 호혜적 관계에 전적으로 의지한다. 최근 연구에 따르면 균사체는 이끼 층 아래에서 훨씬 밀집된다. 맨흙은 나무 와 균류의 파트너십에 그리 호의적이지 않다. 이끼와 균근이 이끼 카펫 아래에서 관계를 맺는 이유는 습도가 일정하고 영양소가 저장되어 있 기 때문일 것이다.

지면 아래에서 미세한 생명체 사이에 일어나는 상호작용을 연구 하기란 여간 어렵지 않지만, 한 연구진이 정교한 3중 관계를 밝혀냈다. 그들은 숲에서 인*phosphorous* 함량을 측정해 비가 내리면 인이 그리는 복잡한 경로를 추적했다. 수관통과수가 가문비나무의 잎에 있던 인을 씻어 아래에 있는 이끼로 보내면 인을 품은 이끼 밭에 균근이 실뿌리를 뻗었다. 균근은 가는 실 같은 균사와 체외 효소로 죽은 이끼 조직에서 인을 흡수했다. 이끼에 균사를 뻗은 균류들은 가문비나무 뿌리에도 균 사를 뻗어 이끼와 나무를 연결하는 다리가 된다. 이러한 호혜 연결망을 통해 인은 전혀 낭비되지 않고 끊임없이 재활용된다.

이끼가 숲 공동체를 결합하는 호혜의 패턴을 통해 우리는 미래를 전망할 수 있다. 이끼는 필요한 만큼만 적게 갖고 크게 보답한다. 이끼는 존재함으로써 강과 구름의 삶, 나무, 새, 조류, 도롱뇽을 부양하지만, 우리는 존재함으로써 이 모두를 위험에 빠트린다. 인간은 설계한 체계는 보답하지는 않고 갖기만 하므로 생태계 건강을 지키지 못한다. 벌목은 단기적으로 한 가지 종의 요구는 충족할지 모르지만, 이끼, 알락쇠오리, 연어, 가문비나무의 정당한 요구는 묵살한다. 나는 우리도 가까운 미래에 언젠가 이끼처럼 자제하고 겸손한 삶을 살 용기를 갖게 될 거라고 전망한다. 그날이 와서 우리가 숲에 감사해하면 숲도 우리에게 감사해하는 메아리를 들을 수 있을 것이다.

아낌없이

내어지는

아픔

    등산화 신은 발을 언덕에 단단히 박은 다음 또 한 번 손을 뻗기 위해 힘을 모은 후 앞에 있는 줄기 더미로 돌진한다. 가시가 엄지에 깊이 박혔지만 손을 놓을 수 없다. 다른 잡을 곳이 없기 때문이다. 선홍색 피가 다리 통증과 귀에 울리는 심장 박동 소리를 잊게 한다. 도대체 그들은 왜 이 먼 길까지 왔을까? 새먼베리salmonberry 덤불이 너무 무성한 곳은 내가 통과할 수 없다. 덤불 밑 길을 찾아 손과 무릎을 땅에 대고 기어가야 한다. 가시가 계속 모자와 가방 그리고 피부에 박힌다. 옷에는 흙이 잔뜩 묻어 무거워져, 한 걸음 떼기도 힘들다. 게다가 이젠 그들이 남긴 길도 사라져 버렸다. 울어야 할지 웃어야 할지 모르겠다. 녹초가 된 나는 탐색을 중단하고 여기에서 벗어날 구실을 찾는다. 경사 위로 나뭇가지에 묶여 흔들리는 낡은 빨간 끈이 얼핏 보인다. 그들이 온 길이 분명했다. 일을 마친 후 빨리 돌아갈 수 있게 길을 표시해 놓은 것이 틀림없다. 흙과 철 맛이 나는 엄지를 입에 가져가 피를 빤 후 얼굴을 가리고 검은딸기bramble 덤불로 힘차게 나아간다.

'그들'의 흔적

높이 올라갈수록 이곳 오리건해안산맥 꼭대기에 걸린 안개가 짙어진다. 회색이 짙어질수록 추워지니 내가 얼마나 멀리 왔는지 새삼 느껴진다. 또한 그 누구도 내 정확한 위치를 모른다는 사실을 알게 된다. 사실 나조차도 모른다. 계곡 바닥에서 흥분한 사냥개 무리 소리를 듣고서야 내가 혼자가 아님을 알았다. 이제 누군가가 내 존재를 안다. 그들이 무단침입자를 찾지 않길 간절히 바란다. 내가 원하는 건 그것 한 가지다. 그들처럼 나도 공유지에 발을 들일 권리가 있지만 그들에게 그러한 사실은 중요하지 않을 것이다. 저 개들은 그들과 함께 왔을 것이고, 엎드려 혀를 빼고 그들의 모습을 지켜보았을 것이다.

경사로 가장자리에 이르자 지면이 갑자기 평탄해지면서 안개 긴 단풍나무 숲이 나온다. 심장 박동이 조금이나마 느려지고, 나는 흙 묻은 손으로 눈 위에 땀을 훔쳤다. 새먼베리 덤불이 듬성듬성해지니 몇

미터 앞을 더 볼 수 있다. 여기가 그 현장임을 바로 알았다. 그들이 어마어마하게 험난한 산까지 올라온 건 그 양이 엄청났기 때문이다. 그들은 노다지를 발견했다. 게다가 외져 있기 때문에 결코 들킬 일도 없었다. 그들이 이곳에 왔다간 지 한참 되었지만 폭력의 흔적이 여전하다.

그들이 이곳에 마침내 도착했을 때 채취 작업은 수월했을 것이다. 하루 종일 안개가 끼는 이곳 산에서는 이끼가 아주 무성하다. 나무 중반만 이끼가 벗겨진 걸 보니 그들은 가져 온 자루를 예상보다 빨리 채웠나 보다. 그렇게 많을 거라곤 짐작조차 못했으므로 나르느라 꽤 힘들었을 것이다.

개울 건너 숲은 손대지 않은 듯하다. 덩굴당단풍에 매달린 이끼가 매우 풍성해 그 숲 공기 자체가 녹색으로 보인다. 이끼가 덮인 곳은 그곳이 다가 아니다. 나는 가까이 다가가면 어떤 이끼를 보게 될지 안다. 이처럼 외진 노령림에만 있는 놀라운 이끼는 모두 내 오랜 친구다. 다른 어느 곳보다 덴드로알시아 이끼는 깃털이 크고, 안티트리키아 이끼는 손이 깊숙이 파묻힐 정도로 두툼하다. 납작이끼속 밧줄은 빛이 난다. 그 밖에도 아주 많다. 나는 그들이 여긴 거들떠보지도 않았다고 생각하니 소름이 돋는다. 예술품 절도범들은 최소한 그들이 무엇을 훔치는지는 안다.

반대편 숲은 싹쓸이다. 그들은 독수리처럼 포획물의 뼈만 남겼다. 그들이 더러운 손으로 이끼 매트에 손을 쑤셔 넣고 팔이 닿는 곳은 전부 뜯어버리는 모습이 상상이 간다. 이끼가 뜯기는 모습을 생각하니 강

간범 앞에 옷이 벗긴 여자가 된 듯 몸서리쳐진다. 그들은 이 나무 저 나무에서 벗겨낸 이끼를 포대에 쑤셔 넣으며 빛을 어둠으로 가두었다. 그들이 유능한 사냥꾼임을 인정할 수밖에 없다. 표면이 드러난 나무껍질은 완전히 헐벗었다.

일을 끝낸 그들이 여기에 앉아 만족감을 느끼며 담배를 피웠다고 생각하니 씁쓸하다. 그들은 통나무에 난 구멍에 담뱃갑을 구겨 넣었다. 담배를 다 핀 뒤 휘파람으로 개들을 부른 후 인질을 가득히 끌고 산 아래로 향했을 것이다. 새먼베리 덤불에 포대가 자꾸 걸려 내려가는 길은 올라오는 것만큼 힘들었을 것이다. 그들이 다시 올라와 일을 마무리하지 않는 건 어쩌면 당연하다. 그날 수확은 나쁘지 않았을 것이다. 아래 퍼시픽프라이드Pacific Pride 주유소에서 돈을 지불할 매수자가 기다리고 있었다.

그들이 남긴 후유증을 조사하는 건 이제 내 몫이다. 재난 현장을 그저 기록하는 사진기자처럼 내가 이미 벌어진 일을 되돌릴 수 없다는 사실이 비통했다. 이러한 곳에서 이끼 연구자들은 파괴 현장의 과학적 증인이 된다. 옷이 벗겨진 모든 가지를 태그로 표시한 후 관찰하고 실험해 재생의 증후를 찾을 것이다. 나는 헐벗은 가지가 다시 녹색이 될 희망을 열심히 찾았다. 녹색은 보이지 않았다. 지상부 하나가 길게 나부끼거나 이끼 가지 하나가 단단하고 마른 나무껍질을 외롭게 뚫고 나왔을지도 모른다. 회복의 흔적은 거의 전무하다. 군이 자세히 조사하지 않아도 알 수 있지만 의무감에 데이터를 기록한다. 이끼가 다시 자라는 데 얼마나 걸릴지 아무도 모른다. 어쩌면 영원히 안 자랄지도 모른다. 이곳 이끼 매트 대부분은 나무만큼이나 오래되었었고 나무들이 묘목이었을 때 삶을 시작했었다.

그래도 훼손되지 않은 곳에서는 이끼 약탈자들의 가득 찬 포대만큼 내 수첩에도 기록이 빼곡히 들어찼다. 가지마다 십여 종의 이끼가 있어 십여 가지 녹색을 띤다. 양털이끼속, 가시이끼속*Claopodium*, 나뭇가지이끼속*Homalothecium*… 모두 빛과 물을 조합한 예술 작품으로 지구상에서 가장 정교한 카펫이다. 고풍스러운 태피스트리들은 찢겨져 포대에 구겨 넣어졌다. 숲에 둥지를 튼 새처럼 이끼를 집으로 삼은 수십억 생명도 포대에 갇혔다. 주황색 날개응애, 제자리 뛰기를 하는 톡토기, 빙글빙글 도는 윤형동물, 숨어 사는 물곰, 그리고 그 자식들. 위령미사에서 그들의 이름을 모두 읊어야 할까?

도대체 무엇 때문에 이 모든 게 파괴되었을까? 그들은 시내까지 픽업트럭을 몰고 가 하역장에 있는 저울에 전리품을 올린 후 주머니를 채우지만 그다지 많은 돈은 아니다. 포대는 창고에 보관되었다가 이후 내용물은 세척과 건조 공정을 거친다. '오리건푸른숲이끼Oregon Green Forest Moss'라고 불리는 이 고급 상품은 전 세계로 팔린다. 판매자는 울창한 숲을 연상시키기 위해 상표 이름에 '오리건'을 포함시킨다. 이끼는 종과 품질에 따라 다른 상품으로 분류된다. 등급이 낮은 이끼는 꽃집에서 꽃바구니 테두리를 장식하거나, 제품 카탈로그에 설명된 것처럼 인공 화초를 '살아 있는 것처럼' 보이는 데 쓰인다. 가장 성성하고 아름다운 이끼는 '디자이너 이끼 시트Designer Moss Sheet'를 만들기 위해 특수 처리를 한다. 털과 같은 잎을 직물로 된 판에 접착제로 붙인 다음 공공장소의 화재 관리 규정을 준수해 내연제를 뿌려 만든 상품은 자동차 박람회에서 오토바이가 서 있는 바닥에 깔리거나 눈부시게 우아한 호텔 로비를 장식한다. 이끼 시트를 만드는 마지막 작업은 싱싱한 녹색을 입히기 위해 상표 등록이 된 '모스 라이프Moss Life' 염료를 도포하는 특허 공정이다. 이러한 이끼 '직물'은 두루마리로 말아 판다. 마 단위로 이끼 시트를 파는 웹사이트는 "대자연의 느낌이 필요한 곳에는 어디나" 쓸 수 있다고 광고한다.

나는 포틀랜드 공항에 있는 중앙 홀에서 플라스틱 나무 아래에 깔린 이끼 시트를 봤다. 안티트리키아, 겉굵은이끼속*Rhytidiadelphus*, 메타넥케라*Metaneckera*를 보며 이름을 나직이 불렀지만 이끼들은 내 시선을 피했다.

대체될 수 없는 생명

태평양 연안 북서부 우림은 이끼 성장에 이상적인 환경이다. 나뭇가지마다 두툼하게 덮인 선태류와 지의류를 포함한 다양한 종의 착생 식물 매트는 영양소 순환, 먹이사슬, 생물다양성, 무척추동물의 서식지 마련에 중요한 역할을 한다. 살아 있는 이끼의 무게는 1헥타르에

10~200킬로그램으로 추정된다. 어떤 숲에서는 이끼 무게가 나뭇잎보다 더 나간다.

1990년 이후 나뭇가지에서 채집한 이끼가 상업적으로 거래되면서 활발하게 성장하던 이끼는 공격을 받고 나무들은 벌거벗겨졌다. 오리건해안산맥에서 일 년 동안 합법적으로 수확되는 이끼는 23만 킬로그램을 넘는 것으로 추산된다. 국유림에서 이끼를 채취할 경우 산림청의 허가를 받아야 하지만 최소한의 단속만 이루어지고 있다. 불법 채취량은 합법적 채취량보다 최대 30배 많을 것으로 추측된다. 공유림과 사유림에서도 이끼가 채취된다.

선태학자들은 이끼가 얼마 만에 다시 자라는지 알아보기 위해 이끼를 실험 목적으로 채집한 곳을 연구해 왔다. 이제까지 연구에서는 수십 년이 걸릴 것으로 나타났다. 이끼가 실험에서 채집된 지 4년이 지났지만 덩굴당단풍 나뭇가지는 여전히 매끈한 맨살을 드러내고 있고 이끼가 돌아올 기미는 거의 없다. 찢긴 테두리에 남은 이끼는 여전히 가지 위를 지키고 있지만 성장 속도가 아주 느려 4년 동안 고작 몇 센티미터만 자랐다. 다 자란 나무의 나무껍질은 너무 매끈하고 미끄러워 이끼가 자리를 잡기 힘들었다.

켄트 데이비스Kent Davis와 나는 이끼가 어떻게 자연적으로 착생식물의 삶을 시작하는지 연구했다. 이끼는 아무것도 없는 나무껍질에 군락을 형성할 수 있어야 한다. 그렇지 않다면 애초에 두꺼운 이끼 카펫이 어떻게 만들어지겠는가? 우리는 놀라운 사실을 발견했다. 어린 나무에서 이끼는 아무것도 없는 나무껍질에는 군락을 전혀 형성하지 않았다. 잔가지와 어린 가지를 관찰해 보니 아무 것도 없는 곳은 계속 아무 것도 없었다.

하지만 잎흔적leaf scar, 눈흔적bud scar, 껍질눈lenticle, 나무껍질에 코르크 조직이 만들어진 후 기공 대신 공기의 통로가 되는 부분에는 거의 전부 작은 이끼 밭이 있었다. 잔가지를 자세히 보면 대부분 나무껍질로 덮여 있지만 얼마 안 되는 생애의 흔적이 발견된다. 작년 잎이 있던 자리는 조금 튀어나와 있다. 작은 코르크같이 생긴 이러한 잎흔적은 이끼 포자 한두 개가 들어갈 크기다. 또한 잔가지에 가까이 모여 돋은 부분들은 이전에 눈이 있던 자리다. 이처럼 불균일한 부분에서도 이끼가 기반을 잡는 것으로 추측된다. 어린 가지는 잎흔적마다 작은 이끼 군락을 하나씩 형성한다. 우리는 가지가 나이 들수록 이끼 밭의 크기가 커지는 걸 관찰했다. 나무가 자라면서 또 다른 이끼들이 출현한다.

그렇지만 아무것도 없는 나무껍질이 아니라 기존에 있던 이끼 위에 군락을 만든다. 다 자란 나무의 두꺼운 이끼 매트는 잔가지에서 시작된 것이다. 비교적 표면이 거친 어린 잔가지에서는 이끼가 쉽게 군락을 이루지만 오래된 가지에서는 거의 불가능하다. 줄기가 나이 들수록 잎흔적은 수가 줄어들고 간격도 멀어져 이끼를 유인할 기회가 적어진다. 따라서 가지 위를 무겁게 누르는 이끼 매트는 나무와 나이가 거의 같다고 유추할 수 있다.

이끼 채취자가 채취하는 '노령' 이끼는 사라지는 순간만큼 빠르게 다른 이끼로 대체되지 못한다. 말 그대로 지속 가능하지 않은 채취다. 노령 이끼가 사라져서 생길 영향은 예측할 수 없다. 이끼가 뽑히면 상호작용의 연결망도 같이 사라진다. 새, 강, 도롱뇽이 이끼를 그리워할 것이다.

올봄에 나는 뉴욕주 북부에 있는 우리 동네에서 다년생 식물을 사기 위해 화원에 들렀다. 이끼가 가득한 오리건 숲에서 거의 대륙 하나만큼 떨어진 거리다. 해시계와 아름다운 도자기로 장식한 화원의 인테리어는 언제나 그랬듯이 마음을 사로잡았다. 내가 식물들을 보고 있는데 딸이 내 팔을 잡아당기더니 불길한 목소리로 "엄마, 여기 좀 봐봐." 라고 말했다. 벽을 따라 순록, 테디베어, 우아한 백조 등 각종 녹색 조형물이 실물 크기로 진열되어 있었다. 모두 철사에 오리건 이끼의 유해를 덮은 것이었다. 더 이상 방관자로 남아서는 안 된다.

· 금보다 귀한

우리—

빛이끼

그 이끼는 내가 커튼을 단 해에 자취를 감췄다. 폭풍우가 내리면 커튼이 비바람에 휘날려 젖어 블라인드에 들러붙을 게 뻔한데도, 손수 커튼을 만들어 가지니 반드시 창에 걸어야겠다는 알 수 없는 의무감이 생겼다. 소유욕의 전횡이다. 안으로 열리는 창은 휘어 있는 큰 사각 판유리 여덟 개가 이어진 구조이고, 창틀은 비바람에 거칠어졌고 곳곳이 떨어져나갔다. 나는 낮이나 밤이나 창을 거의 닫지 않는다. 창을 통해 호수 소리와 햇빛을 받은 스트로브잣나무white pine의 송진 향이 들어온다. 자연에 있는 사람이 왜 커튼을 달려고 할까? 칠흑 같은 밤에 별빛을 막기 위해서? 수천 개의 점과 같은 별들이 들여다볼까 봐?

매년 봄 나는 책과 음반, 은은한 조명, 안락의자, 그리고 부끄럽지만 컴퓨터 세 대와 식기세척기를 비롯해 온갖 물건이 안락하게 놓인 집의 문을 걸어 잠근다. 최소한의 짐만 챙겨서 델피니움delphinium이 막 피고 정성스럽게 가꿔진 정원을 나선다. 매년 연례행사처럼 교수로서 안정된 삶을 뒤로하고 뉴욕 북부의 농지에서 차를 북쪽으로 몰아 숲이 끝없이 펼쳐지는 애디론댁산맥으로 간다.

빛이끼와의 만남

생물학 연구소는 크랜베리호 동쪽 끝 외딴 곳에 있다. 그곳에 가려면 배를 타고 호수를 가로질러 10여 킬로미터를 가야 한다. 6월 초에는 호수를 건너는 게 종종 만만치 않다. 6주 전만 하더라도 물이 얼어 있었다. 빗물과 파도가 합세해 내 우비 소매를 판판하게 당긴다. 배 후미에 있는 딸들은 빨갛고 파란 거북이처럼 판초에 얼굴을 넣은 채 서로 바짝 붙어 있다. 바람 때문에 안경이 날아갈 뻔하고 비 때문에 앞이 보이지 않지만 배가 파도를 잘 타도록 애썼다. 큰 파도에 노가 부딪히자 우리는 흠뻑 젖었다. 얼음장처럼 차가운 물이 지퍼가 열린 목 부근의 작은 구멍으로 들어와 가슴 사이로 흐른다. 우리가 가진 건 모두 이 배 안에 있다. 우리에게 필요한 건 모두 앞에 있는 육지에 있다.

하늘이 어둑해져서야 부두에 닿은 우리는 물이 뚝뚝 떨어지는 숲을 지난 다음, 호수에 진회색 그림자로만 비치는 불 꺼진 통나무집으로 들어갔다. 우린 어둠 속에서 젖은 옷을 벗고 나는 성냥을 넣어 둔 커피 캔을 더듬거려 찾았다. 난로 앞에 무릎을 꿇자 아이들은 담요를 뒤집어 쓰고 곁으로 온다. 양말이 젖어 마루 위에 발자국이 남는다. 황으로 된 성냥 머리의 파란 불꽃이 자작나무 껍데기에 닿아 황금색으로 변하면서 방 전체를 비춘다. 황자작나무가 탈 때 나는 냄새를 맡으면 언제나 안심이 된다. 안도감에 숨을 내쉬자 지붕을 타고 내려오는 비처럼 지친 어깨에서 긴장이 풀렸다. 비 오는 밤에 불빛이 아무 장식도 없는 벽에서 춤출 때면 외딴 호숫가에 있는 이곳이 아끼는 물건이 가득한 아늑한 집보다 편안하다. 여기에는 필요한 모든 게 있다. 모두 작지만 사소한 것이다. 바깥에 내리는 비와 안에서 지핀 불, 그리고 스프가 전부다. 나머지는 다 사치다. 커튼은 말할 것도 없다.

이곳으로 가져오는 짐은 해가 갈수록 줄었다. 딸들이 어릴 때에는 크레용, 종이 등이 담긴 '비 오는 날 상자rainy-day box'와 장난감 한 개만 각자 가져 오게 했다. 하지만 대부분 집에 돌아갈 때까지 한 번도 쓰지 않았다. 바위에 올라가고 성을 짓기에도 여름 한 철은 너무 짧았다. 소나무 아래에서 조약돌과 솔방울로 된 마을이 지어지는 동안 크레용은 방치되었다. 아이들은 파랑어치blue jay 깃털로 머리를 땋았고 수제 복숭아 아이스크림과 각종 음식을 여름 내내 한가득 먹어치웠다.

저녁을 먹은 후 이끼 연구가 끝나면 나는 아이들과 호숫가를 산책했다. 긴 하루가 끝날 무렵 호수 위로 낮게 뜬 해가 물가 위를 진한 꿀 같은 황금빛으로 물들였다. 우리는 파도를 피하기 위해 바위로 기어올라가 발만 담갔다. 유목 조각과 진줏빛 조개껍데기에 정신이 홀린 아이들의 얼굴은 일몰 속에서 금처럼 빛났다. 바로 이곳에서 우리는 세상에서 가장 별난 존재 중 하나를 발견했다.

막 20세기가 시작되었을 때 이곳 크랜베리호에 불이 났고 그 후 호숫가 빙적토glacial sands에 아름다운 흰색 백자작나무가 뿌리를 내렸다. 마지막 빙하는 호숫가를 화강암 바위로 채웠다. 바위 무더기는 일몰을 감상할 수 있는 한적한 장소를 제공할 뿐 아니라 바람과 파도를 막아주는 든든한 방어막이 된다. 하지만 폭풍이 몰고 온 파도를 맞은 바위 사이로 구멍이 났고, 침식된 모래 호숫가에는 작은 동굴들이 생겼다. 우리는 동굴 입구에 쳐진 끈끈한 거미줄을 손으로 휘둘러 없애고 안으로 머리를 집어넣었다. 아이들은 몸을 웅크려 동굴에 들어갈 수 있었지만 어른이 들어가기엔 너무 작았다. 어른은 보기만 할 수 있었다. 나는 호수에 씻긴 자갈밭 위에 누워 머리만 굴에 넣은 채 어둑한 천장을 보았다. 오래된 지하실의 눅눅한 바닥처럼 시원하고 습한 내음이 났다. 어둡고 고요한 동굴 안에서 파도 소리는 약하게 들리고 신난 딸들이 내쉬는 숨은 크게 울렸다.

돔 모양의 어두운 동굴 천장은 자작나무 뿌리들과 흙이 엉겨 있었다. 동굴 안쪽은 위로 그늘이 졌기 때문에 잘 보이지 않았다. 밖에 있는 물이 반사되어 생긴 빛만이 동굴 안 벽에서 으스스하게 위아래로 움직였다. 그때 반짝이는 무언가가 눈에 들어왔다. 녹색이었다. 손전등 불빛에 반사된 보브캣bobcat, 북미산 야생 고양이과 동물의 눈동자처럼 무언가가 번뜩였다.

반짝이는 녹색을 향해 손가락 끝을 뻗어 긁어보니 식은땀처럼 축축할 뿐이었다. 여름밤 유리병 뚜껑에 붙은 반딧불이를 모르고 눌러 죽였을 때처럼 손가락에서 빛이 날지도 모른다고 기대했다. 하지만 아무 것도 없었다. 흙벽 자체에서 빛이 나는 것처럼 보였다. 고개를 돌려 어느 각도에서 보면 반짝이다가 다른 각도에서 보면 까맣게 변하는 벌새의 목처럼 반짝이는 빛이 나타나다 사라졌다.

'고블린Goblin, 유럽 민간 전승에 나오는 작고 욕심 많은 괴물의 황금'이라고도 불리는 빛이끼Schistostega pennata는 여느 이끼와 다르다. 소박하지만 풍요로운 삶을 누리는 빛이끼는 미니멀리즘의 정수를 보여준다. 구조가 너무나 단순해서 이끼인지도 모를 수 있다. 동굴 바깥 호숫가에 있는 평범한 이끼들은 넓게 퍼져 햇살을 받는다. 작지만 튼튼한 잎과 지상부를 만들어 유지하려면 상당한 태양에너지가 필요하다. 이러한 이끼들은 태양에너지 소모량이 크다. 어떤 이끼는 태양을 정면으로 받아야 살 수 있고, 어떤 이끼는 구름을 통과해 분산된 빛을 선호하지만, 빛이끼는 구름의 흰 가장자리에서 나오는 빛이면 충분하다. 호숫가 동굴 안에 존재하는 빛은 호수 수면에서 반사된 빛뿐이다. 바깥에 내리쬐는 빛의 1000분의 1에 불과하다.

햇빛이 매우 귀한 동굴 안에서 빛이끼는 구조가 복잡할 수 없다. 잎은 척박한 환경에서 사치다. 그러므로 빛이끼 매트는 잎과 지상부 대신 반투명한 녹색 실 형태의 원사체만 성글게 엉켜 있다. 거의 보이지 않는 실들이 축축한 흙벽에 얽혀 빛이끼의 빛을 전부 만든다. 빛이끼가 빛을 내는 이유는 축축한 흙벽에 거의 보이지 않는 실들이 얽혔기 때문이다. 빛이끼는 어둠 속에서 빛난다. 아니 그보다는 햇빛이 간신히 느껴지는 어슴푸레한 곳에서 반짝인다고 해야 옳을 것이다.

원사체 가닥은 실에 꿰인 구슬처럼 길게 줄지은 세포들로 이루어져 있다. 각 세포의 벽은 가공한 다이아몬드처럼 내부 단면이 각졌다. 이러한 단면 때문에 빛이끼는 멀리 보이는 도시의 작은 불빛들처럼 반짝인다. 아름답게 각이 진 세포벽이 빛을 포획하면 그 안에 있는 하나의 큰 엽록체가 빛줄기를 받는다. 엽록소와 매우 정교한 막으로 이루어진 엽록체는 빛에너지를 전자의 흐름으로 바꾼다. 전기를 일으키듯 전자가 광합성을 시작하면 햇빛이 당으로 바뀌고, 지푸라기에는 금실이 엮인다.지푸라기를 금실로 바꿔주는 난쟁이가 나오는 독일 민화에서 가져온 표현이다.

어떠한 녹색 생명도 살지 못할 것 같은 그늘진 구석에서도 빛이끼는 필요한 모든 것을 얻었다. 밖에는 비가 내리고 안에는 불빛이 있었다. 통나무집에 있는 빛과 달리 차가운 빛을 얻는 존재와 나는 유대감을 느꼈다. 빛이끼는 세상에 아주 적게 요구하면서도 그 보답으로 반짝였다. 운 좋게도 좋은 스승들을 만나온 내게 빛이끼도 그중 하나가 되었다.

오늘에 감사하며

작은 딸이 코 앞에 대롱대롱 흔들리는 뿌리에 바람을 불었다. 어둠 속에서 웅크린 모습이 황금을 지키려는 고블린 같았다. 바깥에서 해가 더 가라앉았다. 드넓은 주황빛 리본이 호수 위에 펼쳐지며 우리에게 닿았다. 태양은 수평선 위로 1~2도 떠 있을 뿐이고, 그 가장자리가 맞은 편 언덕을 간신히 붙잡은 채 가라앉고 있다. 때가 다가오고 있었다. 빛이 동굴 벽으로 다가오자 우리는 숨을 죽였다. 마침내 빛이 동굴 입구에 들어올 만큼 해가 낮아졌다. 하짓날 새벽 잉카 사원의 벽 틈 사이로 빛줄기가 들어오듯 태양빛이 어둠을 뚫고 들어왔다. 모든 건 타이밍이었다. 지구가 자전하며 밤이 되기 바로 전 찰나 동안 동굴 안은 빛으로 가득했다. 존재감이 거의 없던 빛이끼가 녹색 반짝이로 된 크리스마스 카펫처럼 갑자기 반짝였다. 원사체의 모든 세포가 빛을 굴절시켜 생성하는 당은 앞으로 다가올 어둠 동안 이끼를 지탱할 것이었다. 그리고 몇 분 후 모든 것이 사라졌다. 하루 끝 무렵 태양이 동굴 입구와 일렬로 되는 순간 동안 필요한 모든 것이 충족되었다. 해가 완전히 져 어두워졌고 우리는 둑으로 다시 올라가 집으로 향했다.

시기가 정말 좋은 여름 저녁에는 동굴 안이 그날처럼 빛이 가득해진다. 빛이끼는 이에 반응해 여름의 빛을 더 주워 담기 위해 증식한다. 원사체를 따라 난 미세한 눈bud들이 순간의 풍요로움을 만끽할 준비를 하고 있었다. 원사체에 흩어진 눈들은 몸을 뻗으며 위로 솟아 지상부를

빛이끼
Schistostega pennata

형성한다. 납작하고 섬세한 지상부는 깃털 같았다. 해가 지나가는 길을 따라 부드러운 청록색 잎들이 반투명 양치식물 더미처럼 서 있었다. 정말 작다. 하지만 그 정도면 충분하다.

작은 동굴 안에 이끼가 난다는 사실을 알게 된 건 내게 선물과 같아 주위에 신중하게 그 사실을 알렸다. 오래전 내가 선태학자가 될 운명임을 깨달은 교수님은 은퇴하기 전 빛이끼를 보여주셨다. 처음에 나는 누구에게도 빛이끼를 알려주지 않으려고 했다. 건방지게도 그 가치를 충분히 이해한 사람들에게만 선물을 나눠주고 싶었다. 가치를 알아보는 사람들에게 선물을 빼앗길까 봐 걱정하지는 않았다. 가치를 알아보지 못할까 걱정했다. 그래서 이 작은 반짝임의 아름다움을 몰라보는 사람으로부터 금을 꽁꽁 숨겨놓았다.

인내심 있게 빛을 모은 빛이끼는 마침내 가족을 일굴 에너지를 얻는다. 동굴 벽에 응결된 수분에서 정자는 앞이 보이지 않아도 난자에 닿을 때까지 헤엄쳐 포자체를 생성한다. 얇은 막 같은 잎 아래에서 올라온 작은 포자낭은 포자를 바람에 날린다. 바람이 거의 들지 않고 막혀 있는 동굴 안에서는 포자가 벗어나긴 힘든데도, 호숫가를 따라 빛이 끼 군락들이 흩어져 있다. 빛이끼는 우연히 오게 된 이곳 서식지에서 어찌됐든 여러 다양한 곳에 군락을 형성하는 방법을 찾은 듯했다. 동굴은 영원하지 않으므로 다행한 일이다.

이제 다 큰 딸들은 일몰에 호숫가를 거니는 것보다 흥미로운 일이 많다. 딸들이 없으니 혼자 동굴을 가는 일이 점차 줄었다. 게다가 커튼 달기처럼 다른 일로 바빠졌다. 빛이끼가 사라진 건 그해였다. 어느 저녁 홀로 걷다 빛이끼가 살던 둑이 무게를 못 이기고 무너지면서 동굴 입구가 막힌 걸 발견했다. 아마 시간이 흐르면서 일어난 불가피한 침식 작용이었을 것이다. 하지만 빛이끼가 사라진 이유는 그게 다는 아니었을 것이다.

언젠가 한 오논다가족 노인은 내게 식물은 우리가 필요할 때 찾아온다고 말했다. 우리가 식물을 활용하고 그 재능에 감사하면 식물은 존중받고 그 결과 강하게 성장한다. 존중받는 한 우리 곁에 머문다. 하지만 우리가 잊으면 떠난다.

커튼은 실수였다. 나는 태양, 별 그리고 반짝이는 이끼로는 집이 될 수 없다고 생각했다. 지나치게 나풀대는 커튼은 창밖에서 기다리는 빛과 공기를 존중하기는커녕 모욕했다. 빛과 공기 대신 물욕을 받아들여 많은 걸 잊었다. 내게 필요한 모든 것은 바깥에 내리는 비와 안에 있는 불뿐이고 이미 그것들을 가졌다는 사실을 잊었다. 빛이끼는 나 같은 실수를 하지 않았을 것이다. 동굴은 이미 무너진 뒤였다. 커튼을 벽난로로 던져버리자 굴뚝을 타고 올라가 빛나는 별이 되었다.

그날 밤 난롯불이 호박색으로 꺼지고 달빛이 창으로 쏟아져 들어올 때 나는 빛이끼를 생각했다. 빛이끼는 굴절된 달빛에도 빛날까? 호수 바로 위까지 낮아진 태양에서 빛을 받는 날이 일 년에 과연 며칠이나 될까? 반대편 호숫가에서는 빛이끼가 일출의 빛을 받아 자랄까? 아마 바람이 동굴을 만들고 햇빛이 바위틈으로 직접 들어오는 이곳 호숫가에서만 빛이끼가 자랄 수 있을 것이다.

그러한 생존 조건들이 조화를 이루는 건 거의 불가능하므로 빛이끼는 금보다 훨씬 귀하다. 그 황금이 고블린의 것이든 아니든 말이다. 동굴과 태양의 각도도 중요하지만 서쪽 호숫가에 있는 언덕이 조금만 높았더라도 햇빛은 동굴에 닿지 않은 채 해가 저버렸을 것이다. 하지만 그것만으로 빛이끼는 빛을 내지 못한다. 서풍이 계속해서 호숫가에 부딪쳤기 때문에 빛이끼가 살 동굴이 만들어졌다. 빛이끼와 우리가 존재할 수 있는 건 특정한 순간에 특정한 장소로 우리를 데려온 수많은 우연이 동시에 발생했기 때문이다. 그런 선물에 보답하는 적절한 화답은 반짝이는 것뿐이다.

감사의 글

–

이 책이 나오기까지 함께해 준 많은 사람에게 고마움을 전하고 싶다. 내 아버지 로버트 월Robert Wall은 이끼를 관찰하고 훌륭한 솜씨로 아름다운 그림을 그려주었다. 아버지와 함께 작업할 수 있어 행복했다. 또한 여러 책과 그림을 통해 많은 사람에게 이끼를 소개한 위대한 선태학자 고故 하워드 크럼Howard Crum은 이 책에 그의 그림을 쓸 수 있도록 허락해 주었다.

팻 뮤어Pat Muir와 브루스 맥쿤Bruce McCune은 언제나 내게 친절했고 용기를 불어넣어 주었으며, 크리스 앤더슨Chris Anderson과 돈 앤징어Dawn Anzinger는 기꺼이 내 글을 읽어주었고, 미국 국립과학재단과 오리건주립대학교는 내가 안식년 동안 집필할 수 있도록 배려해 주었다. 오리건주립대학교 출판사의 메리 엘리자베스 브라운Mary Elizabeth Braun과 조 알렉산더Jo Alexander는 충고와 응원을 아끼지 않았다. 제니스 글림Janice Glime, 캐린 스터전Kareen Sturgeon, 뉴욕주립대학교 환경과학 및 산림학과의 선태생태학 수업에 참여한 학생들, 그리고 수많은 친구가 내 글을 읽고 제시해 준 제안과 의견, 응원은 무척 큰 도움이 되었다.

무엇보다도 내게 가장 큰 행운은 좋은 일이 전파되는 안식처를 만들어준 사랑하는 가족이다. 어머니는 맨 처음부터 내 글을 읽어주고 가정을 아름답게 일궜으며, 아버지는 숲과 들로 나를 안내했고, 형제자매들은 내게 용기를 주었다. 한 걸음 내디딜 때마다 나를 믿어준 제프Jeff에게도 감사한다. 언제나 나를 진심으로 응원하고 받아주며 내게 영감을 주는 두 딸 린든Linden과 라킨Larkin에게 특히 고맙다는 말을 전한다.

그림의 일부는 하워드 크럼의 《오대호 숲의 이끼Mosses of the Great Lakes Forest》에서 출판사의 허가를 받아 게재했다. 그 밖의 그림은 로버트 월이 그렸다.

*《이끼와 함께》에서는 37쪽, 48쪽은 원서에 쓰인 로버트 월의 그림을 이용하고, 그밖의 도판은 19·20세기에 출간된 도감인 《Bryologia Europaea, seu, Genera muscorum Europaeorum monographice illustrata》(1836-1855), 《Natural History of Plants; their forms, growth, reproduction, and distrib. v2》(1895), 《Musci exotici: containing figures and descriptions of new or little known foreign mossed and other cryptogamic subjects. v1》(1818)의 세밀화를 사용했습니다.

더 읽을거리

도서: 생물학에서 다루는 이끼

Bates, J. W., and A. M. Farmer, eds. 1992. *Bryophytes and Lichens in a Changing Environment*. Clarendon Press.

Bland, J. 1971. *Forests of Lilliput*. Prentice Hall.

Grout, A. J. 1900. *Mosses with Hand-lens and Microscope*.

Malcolm, B., and N. Malcolm. 2000. *Mosses and Other Bryophytes: An Illustrated Glossary*. Micro-optics Press.

Schenk, G. 1999. *Moss Gardening*.Timber Press.

Schofield, W. B. 2001. *Introduction to Bryology*. The Blackburn Press.

Shaw, A. J., and B. Goffinet. 2000. *Bryophyte Biology*. Cambridge University Press.

Smith, A. J. E., ed. 1982. *Bryophyte Ecology*. Chapman and Hall.

도서: 이끼 종 식별

Conard, H. S. 1979. *How to Know the Mosses and Liverworts*. McGraw-Hill.

Crum, H. A. 1973. *Mosses of the Great Lakes Forest*. University of Michigan Herbarium.

Crum, H. A., and L. E. Anderson. 1981. *Mosses of Eastern North America*. Columbia University Press.

Lawton, Elva. 1971. *Moss Flora of the Pacific Northwest*. The Hattori Botanical Laboratory.

McQueen, C. B. 1990. *Field Guide to the Peat Mosses of Boreal North America*. University Press of New England.

Schofield, W. B. 1992. *Some Common Mosses of British Columbia*. Royal British Columbia Museum.

Vitt, D. H., et al. *Mosses, Lichens and Ferns of Northwest North America*. Lone Pine Publishing.

기타 자료

Alexander, S. J., and R. McLain. 2001. "An overview of non-timber forest products in the United States today." Pp. 59-66 in Emery, M. R., and McLain, R. J. (eds.), *Non-timber Forest Products*. The Haworth Press.

Binckley, D., and R. L. Graham 1981. "Biomass, production and nutrient cycling of mosses in an old-growth Douglas-fir forest." *Ecology* 62:387-89.

Cajete, G. 1994. *Look to the Mountain: An Ecology of Indigenous Education*. Kivaki Press.

Clymo, R. S., and P. M. Hayward. 1982. The ecology of Sphagnum. Pp. 229-90 in Smith, A. J. E. (ed.), *Bryophyte Ecology*. Chapman and Hall.

Cobb R. C., Nadkarni, N. M., Ramsey, G. A., and Svobada A. J. 2001. "Recolonization of bigleaf maple branches by epiphytic bryophytes following experimental disturbance." *Canadian Journal of Botany* 79:1-8.

DeLach, A. B., and R. W. Kimmerer 2002. "Bryophyte facilitation of vegetation establishment on iron mine tailings in the Adirondack Mountains." *The Bryologist* 105:249-55.

Dickson, J. H. 1997. "The moss from the Iceman's colon." *Journal of Bryology* 19:449-51.

Gerson, Uri. 1982. "Bryophytes and invertebrates." Pp. 291-332 in Smith, A. J. E. (ed.), *Bryophyte Ecology*. Chapman and Hall.

Glime, J. M. 2001. "The role of bryophytes in temperate forest ecosystems." *Hikobia* 13:267-89.

Glime, J. M., and R. E. Keen. 1984. "The importance of bryophytes in a man-centered world." *Journal of the Hattori Botanical Laboratory* 55:133-46.

Gunther, Erna. 1973. *Ethnobotany of Western Washington: The Knowledge and Use of Indigenous Plants by Native Americans*. University of Washington Press.

Kimmerer, R. W. 1991a. "Reproductive ecology of *Tetraphis pellucida*: differential fitness of sexual and asexual propagules." *The Bryologist* 94(3):284-88.

Kimmerer, R. W. 1991b. "Reproductive ecology of *Tetraphis pellucida*: population density and reproductive mode." *The Bryologist* 94(3):255-60.

Kimmerer, R. W. 1993. "Disturbance and dominance in *Tetraphis pellucida*: a model of disturbance frequency and reproductive mode." *The Bryologist* 96(1):73-79.

Kimmerer, R. W. 1994. "Ecological consequences of sexual vs. asexual reproduction in Dicranum flagellare." *The Bryologist* 97:20-25.

Kimmerer, R. W., and T. F. H. Allen. 1982. "The role of disturbance in the pattern of riparian bryophyte community." *American Midland Naturalist* 107:37-42.

Kimmerer, R. W., and M. J. L. Driscoll. 2001. "Moss species richness on insular boulder habitats: the effect of area, isolation and microsite diversity." *The Bryologist* 103(4):748-56.

Kimmerer, R. W., and C. C. Young. 1995. "The role of slugs in dispersal of the asexual propagules of *Dicranum flagellare*." *The Bryologist* 98:149-53.

Kimmerer, R. W., and C. C. Young. 1996. "Effect of gap size and regeneration niche on species coexistence in bryophyte communities." *Bulletin of the Torrey Botanical Club* 123:16-24.

Larson, D. W., and J.T. Lundholm. 2002. "The puzzling implication of the urban cliff hypothesis for restoration ecology." *Society for Ecological Restoration News* 15:1.

Marino, P. C. 1988 "Coexistence on divided habitats: Mosses in the family Splachnaceae." *Annals Zoologici Fennici* 25:89-98.

Marles, R. J., C. Clavelle, L. Monteleone, N. Tays, and D. Burns. 2000. *Aboriginal Plant Use in Canada's Northwest Boreal Forest.* UBC Press.

O'Neill, K. P. 2000. "Role of bryophyte dominated ecosystems in the global carbon budget." Pp 344-68 in Shaw, A. J., and B. Goffinet (eds.), *Bryophyte Biology.* Cambridge University Press.

Peck, J. E. 1997. "Commercial moss harvest in northwestern Oregon: describing the epiphytic communities." *Northwest Science* 71:186-95.

Peck, J. E., and B. McCune 1998. "Commercial moss harvest in northwestern Oregon: biomass and accumulation of epiphytes." *Biological Conservation* 86:209-305.

Peschel, K., and L. A.Middleman. *Puhpohwee for the People: A Narrative Account of Some Uses of Fungi among the Anishinaabeg.* Educational Studies Press.

Rao, D. N. 1982. Responses of bryophytes to air pollution. Pp 445-72 in Smith, A. J. E. (ed.), *Bryophyte Ecology.* Chapman and Hall.

Vitt, D. H. 2000. "Peatlands: ecosystems dominated by bryophytes." Pp 312-43 in Shaw, A. J., and B. Goffinet eds. *Bryophyte Biology.* Cambridge University Press.

Vitt, D. H., and N. G. Slack. 1984. "Niche diversification of Sphagnum in relation to environmental factors in northern Minnesota peatlands." *Canadian Journal of Botany* 62:1409-30.

찾아보기

이끼와 함께

작지만 우아한 식물, 이끼가 전하는 지혜

초판 1쇄 발행일 2020년 2월 21일
초판 5쇄 발행일 2024년 10월 28일

지 은 이 | 로빈 월 키머러
옮 긴 이 | 하인해

펴 낸 이 | 김효형
펴 낸 곳 | (주)눌와
등록번호 | 1999.7.26. 제10-1795호
주   소 | 서울시 마포구 월드컵북로16길 51, 2층
전   화 | 02. 3143. 4633
팩   스 | 02. 6021. 4731
페이스북 | www.facebook.com/nulwabook
인스타그램 | instagram.com/nulwa1999
블 로 그 | blog.naver.com/nulwa
전자우편 | nulwa@naver.com

편   집 | 김선미, 김지수, 임준호
디 자 인 | 엄희란
책임편집 | 임준호
표지디자인 | 로컬앤드
본문디자인 | 이현주
제작진행 | 공간
인   쇄 | 더블비
제   본 | 대흥제책